COLLECTION FOLIO

Jean-Christophe Rufin
de l'Académie française

Les sept mariages d'Edgar et Ludmilla

Gallimard

Médecin, engagé dans l'action humanitaire, Jean-Christophe Rufin a occupé plusieurs postes de responsabilités à l'étranger, notamment celui d'ambassadeur de France au Sénégal.

Nourrie par son expérience internationale et centrée sur la rencontre des civilisations, son œuvre littéraire se partage en deux courants. Avec *L'Abyssin*, son premier roman publié en 1997, *Rouge Brésil*, qui lui a valu le prix Goncourt en 2001, *Le grand Cœur*, *Le collier rouge* ou *Le tour du monde du roi Zibeline*, qui ont rencontré un très vaste public, il explore une veine historique, toujours reliée aux questions actuelles.

Avec *Immortelle randonnée* (sur les chemins de Compostelle), *Check-point*, *Les sept mariages d'Edgar et Ludmilla* et la série des *Énigmes d'Aurel le Consul*, Jean-Christophe Rufin crée des univers romanesques contemporains qui éclairent l'évolution de notre monde.

L'écriture vivante de Jean-Christophe Rufin, pleine de suspense et d'humour, a séduit un large public tant en France que dans les nombreux pays où ses livres sont traduits.

Il a été élu à l'Académie française en 2008.

PROLOGUE

Ludmilla et Edgar.

Edgar et Ludmilla.

Il m'est impossible d'imaginer ce qu'aurait été leur destin l'un sans l'autre.

J'ai eu le privilège de les connaître tous les deux, ensemble et séparés.

Ce qui a été écrit sur eux, leurs succès, les scandales auxquels ils ont été mêlés, leur réussite éclatante et leurs périodes de crise, voire de déchéance, rien ne peut être compris sans entrer dans le détail du couple qu'ils ont formé.

Cependant, de cela bien peu ont parlé et pour cause. L'essentiel de cette question est resté caché. Ils se sont livrés avec complaisance à la mise en scène de plusieurs de leurs mariages et de quelques-unes de leurs séparations, mais ils n'ont fait connaître au monde – et avec quel éclat – que ce qu'ils voulaient bien montrer. Ces représentations correspondaient à ce que le public attendait d'eux et non aux sentiments, aux émotions, aux joies et aux déchirements qu'ils ressentaient vraiment.

Voilà ce qui, plutôt, m'intéresse et que je compte

vous livrer. Je suis un des seuls à les avoir longuement interrogés sur ces questions, à partir du début des années 2000 et jusqu'à leur mort. J'ai ajouté à ces souvenirs une enquête minutieuse qui m'a mené de Russie en Amérique, du Maroc à l'Afrique du Sud. Tous ces lieux ont servi de décor à ces deux personnages, et même à trois, si l'on veut bien considérer que leur vie commune était un être particulier, fait de leurs deux personnalités en fusion.

Avant de commencer ce périple, je voudrais vous adresser une discrète mise en garde : ne prenez pas tout cela trop au sérieux. Dans le récit de moments qui ont pu être tragiques comme dans l'évocation d'une gloire et d'un luxe qui pourront paraître écrasants, il ne faut jamais oublier que Ludmilla et Edgar se sont d'abord beaucoup amusés.

Si je devais tirer une conclusion de leur vie, et il est singulier de le faire avant de la raconter, je dirais que malgré les chutes et les épreuves, indépendamment des succès et de la gloire éphémère, ce fut d'abord, et peut-être seulement, un voyage enchanté dans leur siècle. Il faut voir leur existence comme une sorte de parcours mozartien, aussi peu sérieux qu'on peut l'être quand on est convaincu que la vie est une tragédie.

Et qu'il faut la jouer en riant.

I

Ils étaient quatre, deux filles et deux garçons, à rouler dans une Marly couleur crème et rouge pour relier Paris à Moscou. Cette voiture était en 1958 l'image même de la modernité. Elle rompait avec le vieux modèle de la « Traction » Citroën et entendait rivaliser avec les américaines. Simca, le constructeur, l'avait offerte pour cette expédition, séduit par l'idée de faire admirer sa production dernier cri aux foules soviétiques.

Je ne sais pas si vous avez déjà vu une Marly ? Pour les besoins de ce récit, je suis allé admirer le modèle de la collection Schlumpf, à Mulhouse. C'est une espèce de grosse baignoire de tôle, au ras du bitume, tout en longueur et en chromes, pas le véhicule idéal pour affronter de mauvaises routes. Or, en cette fin du mois d'avril, dans une Europe de l'Est à peine remise de la guerre et occupée par les Russes, les ornières creusées par les camions et les chars étaient profondes. Le gel formait de véritables rails dans la boue et la Marly avait souvent bien du mal à s'en extraire.

Qui parmi les quatre voyageurs avait pris

l'initiative de cette expédition ? Paul, vingt-trois ans, le plus âgé du groupe, revendiquait volontiers la paternité du voyage. Mais il y mettait plus ou moins de force en fonction des circonstances. Lorsque tout allait mal, qu'ils étaient obligés de pousser la voiture, de marcher des heures pour trouver le carburant qui les dépannerait ou lorsque les averses détrempaient leur campement et les faisaient patauger dans des flaques glacées dès le réveil, Paul ne semblait plus trop pressé de prendre à son compte un tel calvaire. Mais dès que le soleil revenait, faisait verdir les champs, dès que des portions asphaltées permettaient de rouler à vive allure, les fenêtres ouvertes, en chantant tous les quatre, il recommençait à se vanter d'avoir conçu ce projet fou.

En vérité, c'était plutôt à Nicole, sa compagne, que revenait le mérite – ou l'imprudence – de cette aventure. Fille d'un ouvrier typographe de Rouen, elle avait été élevée dans le culte de l'URSS. Son père parlait avec tendresse de la « Patrie des Travailleurs » et il avait pleuré, cinq ans plus tôt, la mort de Staline. À Paris où elle était venue suivre des études de médecine, Nicole mettait un point d'honneur à défendre les idées de sa famille, malgré les sarcasmes des jeunes bourgeois qu'elle côtoyait. Elle était l'amie de Paul depuis un an. Otage de l'amour, ce fils de notaire parisien, étudiant en droit et destiné à succéder un jour à son père, était tout sauf un révolutionnaire. Il subissait sans protester les plaidoyers communistes de sa compagne. Il avait compris qu'elle vivait un douloureux dilemme : plus elle s'éloignait de son milieu, plus elle avait besoin d'en défendre les valeurs. Parfois cependant, en entendant son amie lui décrire les charmes de la Révolution bolchevique, il ne pouvait s'empêcher d'exprimer des doutes. Nicole protestait. La discussion devenait violente et sans issue car personne ne voulait renoncer à ses certitudes. Un beau jour, Nicole proposa de trancher ce débat : « Et si on allait voir sur place, en URSS, ce qu'il en est ? »

Lancée d'abord comme un défi, l'idée d'un voyage en Union soviétique avait occupé toute l'activité de Paul et de Nicole ces derniers mois. Il leur avait fallu avant tout régler l'épineuse question des visas. Le pays était en pleine déstalinisation. Sous la direction de Khrouchtchev, il s'engageait dans une confrontation planétaire avec les États-Unis. Montrer que le socialisme pouvait apporter le bien-être aux masses, ce qui, à l'époque, voulait dire leur fournir une machine à laver, une voiture et un téléviseur, faisait partie de la stratégie de communication du nouveau pouvoir. Des journalistes occidentaux étaient invités à témoigner ; ils étaient strictement encadrés et conduits dans des villes, pour y voir ce qu'on avait décidé de leur présenter. Quel que fût leur talent, ces professionnels restaient suspects aux yeux des opinions occidentales. Faire témoigner des jeunes, leur laisser traverser le pays, pouvait constituer un extraordinaire coup de pub pour le régime communiste. À condition, bien sûr, que les jeunes en question offrent des garanties et viennent dans un esprit « constructif ». Paul et Nicole constituaient, chacun à sa manière, des profils rassurants pour les autorités soviétiques.

Le général de Gaulle, en cette année 1958, revenait au pouvoir. Son scepticisme à l'égard de l'Alliance atlantique était apprécié à Moscou. Par un oncle du côté maternel qui était député gaulliste, Paul se fit recommander auprès de l'ambassadeur de l'URSS à Paris. Les références impeccablement communistes de la famille de Nicole lui permirent par ailleurs d'actionner un réseau de camarades à même, sinon de convaincre les autorités soviétiques, du moins de les rassurer. Les visas furent finalement accordés mais les jeunes gens prirent l'engagement de soumettre leurs textes avant toute publication au ministère de l'Information à Moscou. Ils acceptaient aussi d'être accompagnés dans leur parcours en territoire soviétique par un commissaire politique, pudiquement dénommé « guide touristique ». Enfin, ils s'engageaient à obtenir le soutien d'un grand magazine populaire, afin de donner à leur témoignage – contractuellement positif – un large retentissement.

L'autre fille de l'expédition était une certaine Soizic. Elle avait quitté sa Bretagne natale pour suivre à la Chaussée-d'Antin une formation courte de dactylo. C'était une grande rousse plutôt futile qui n'avait jamais beaucoup aimé les études. Passionnée par la mode, le cinéma, les boîtes de nuit, elle avait vu dans cette idée de croisière automobile une occasion de s'amuser. La perspective de se faire prendre en photo à son avantage et de se trouver un jour dans les pages d'un grand magazine – *Paris-Match* était partenaire de l'aventure – l'excitait beaucoup. Son flirt du moment lui avait proposé ce voyage. Elle le connaissait depuis peu, mais en était tombée très amoureuse. C'était Edgar, le quatrième membre de l'expédition.

Edgar, notre Edgar. Le voici pour la première fois, lui que nous allons suivre tout au long de cette histoire. Je dois m'arrêter un peu pour le présenter.

Lorsque l'on a connu quelqu'un à plus de quatre-vingts ans, il est difficile de reconstituer ce qu'il a pu être à vingt. La tentation est grande d'affecter le jeune homme des mêmes qualités et des mêmes défauts que l'âge et les épreuves ont révélés. Ce n'est pas toujours pertinent. Cependant, d'après les témoins de l'époque, deux traits de personnalité qui caractérisaient le jeune Edgar resteront présents chez le vieil homme que j'ai côtoyé : l'énergie et la séduction.

L'énergie n'était pas chez lui synonyme d'agitation. C'était plutôt une plante à croissance lente qui était loin d'avoir pris sa pleine dimension. Au moment de ce voyage, cette énergie était encore enfermée au-dedans de lui comme une arme serrée dans un coffre. Pourtant, elle transparaissait dans la vivacité de ses gestes, dans sa bonne humeur matinale, dans son optimisme en face des obstacles, et il n'en manquerait pas au cours de ce voyage.

La séduction, il l'exerçait immédiatement sur ceux qui croisaient sa route. Elle est bien difficile à définir. Seule certitude : elle ne venait pas de qualités physiques particulières. Que dire de remarquable sur son apparence ? Une petite cicatrice sur sa pommette droite – chute de vélo dans son enfance – déformait un peu son visage et attirait le regard de ses interlocuteurs. Ses mains fines et longues étaient toujours en mouvement. Ses cheveux châtains, en broussaille sur le front, étaient coupés court vers la nuque, comme le voulait la mode. Rien de bien exceptionnel, en somme. Cependant, il se dégageait de lui un charme puissant. À quoi tenait-il ? Sans doute à la manière unique qu'il avait de mettre de l'élégance dans tout. Ce n'était pas une élégance recherchée, coûteuse, plutôt un talent inné grâce auquel il tirait parti des moindres détails de son apparence pour donner une impression d'aisance et de naturel. Par exemple, il était d'une taille moyenne mais, sur les photos, on jurerait qu'il est très grand. Cette illusion était due à sa minceur, à sa silhouette construite autour de lignes verticales mais aussi, et peut-être surtout, à une manière de se tenir droit, de regarder loin, qui suggérait l'idée de hauteur, d'élévation. Son visage était longiligne, étroit et osseux pour un garçon de son âge. Cette sécheresse de traits ne rendait que plus séduisante l'expression juvénile de ses yeux noisette aux paupières grandes ouvertes et de sa bouche encore charnue, avide, mobile, qui mettra longtemps à s'amincir. Quand il m'a été donné de le connaître, Edgar avait perdu sa lippe depuis belle lurette et ses orbites s'étaient creusées sous d'épais sourcils gris. Pourtant, il conservait l'expression qu'on retrouve sur son visage de vingt ans : ironique, pleine de gaieté, espiègle et intelligente.

L'autre garçon de l'expédition, Paul, n'était certainement pas triste et il était mieux charpenté qu'Edgar. On aurait même pu dire qu'il était beau. En réalité, à part ses cheveux noirs bouclés, rien de remarquable ne se dégage de lui sur les photos de l'époque. Quand il est à côté d'Edgar, toute la lumière semble aller vers celui-ci. Je me méfie de ma fascination mais j'ai fait le test auprès de plusieurs personnes, hommes ou femmes, et tous sont saisis par la même impression : dès qu'Edgar figure sur une image, il la dévore.

Cette puissance de séduction était pour lui comme une déesse protectrice. Il était arrivé à Paris sans le sou à dix-huit ans. Il quittait Chaumont où il avait vécu jusque-là avec sa mère qui travaillait dur sur les marchés. Il ne connaissait personne dans la capitale et voyait fondre à toute vitesse son petit pécule…

Or voilà que trois jours seulement après son arrivée, Edgar aperçoit dans la rue un automobiliste dans un élégant costume bleu clair qui regarde sa Mercedes en se grattant la tête : une de ses roues venait de crever. Aussitôt, il se propose pour la changer. L'homme accepte bien volontiers. Il est amusé par ce gamin débrouillard et souriant qui lui évite de salir un complet tout neuf. Plutôt que de lui jeter trois sous, il a l'idée de l'engager comme garçon de courses dans son étude de notaire. Le précédent venait justement de partir au service militaire.

Ce bienfaiteur était le père de Paul. Il avait proposé à Edgar de le loger comme son prédécesseur dans une chambre de bonne, au-dessus de l'étude et de son appartement. C'est ainsi qu'Edgar avait fait la connaissance de Paul, qui montait le soir dans le couloir du sixième pour fumer en cachette. Paul n'avait pas tardé, comme son père, à céder au charme de cet être tombé de la lune et qui se montrait à l'aise partout. Ils devinrent de grands amis.

Cette amitié avait donné à Edgar l'occasion d'être embarqué dans cette histoire de traversée de l'URSS. Moyennant la gratuité de son loyer (que Paul négocia avec son père), Edgar devint la cheville ouvrière du projet. Son sens pratique, son énergie et sa bonne humeur firent merveille. Il résolut un nombre considérable de problèmes concrets. Il apprit également à se servir de l'appareil photo Foca à rideau dernier cri que leur avait offert le père de Paul. Car il avait été convenu que, pendant le voyage, Paul écrirait les textes – pour des articles et même un livre – et qu'Edgar aurait le rôle de photographe.

Dans la voiture, ils se relayaient pour conduire. Edgar, qui n'avait pas encore le permis, ne se mit au volant qu'après avoir passé la frontière tchécoslovaque. Ils avaient vite compris que le monde totalitaire contrôlé par le grand frère russe était bardé d'interdictions en tous genres, semé d'indicateurs et de policiers, mais que cette tyrannie ne s'exerçait que sur la politique. Les opinions étaient surveillées et sanctionnées. Mais la vie quotidienne restait plus anarchique et somme toute plus libre qu'en Occident. On pouvait par exemple boire et fumer autant que l'on voulait ; quant à conduire sans permis, c'était un délit que personne ne s'avisait de contrôler.

Les sièges rose vif de la Marly étaient en skaï, matière qui supportait tous les excès. Les réserves de Coca-Cola emportées de France avaient coulé sur les banquettes au gré des cahots de la route, sans y laisser d'autre trace que des flaques sèches et collantes. Aux premières étapes, ils avaient découpé le jambon envoyé par la mère de Nicole, tout emmailloté d'un torchon à carreaux. Et une trentaine de pains, de moins en moins frais à mesure que passaient les jours, avaient servi à confectionner des sandwichs. Ces premières provisions épuisées, ainsi que le vin emporté dans une bonbonne couverte d'osier, ils avaient dû se nourrir dans les fermes. Les paysans avaient peur de recevoir de l'argent étranger et préféraient leur donner gratuitement ce qu'ils désiraient. Paul avait insisté pour emporter un stock de vieux vêtements pour les offrir en échange de ces victuailles. Nicole s'était opposée à cette initiative qui semblait par trop considérer comme acquise la pauvreté des masses prolétariennes dans les pays socialistes. Elle n'avait pas pu empêcher Paul de suivre son idée et il fallait se rendre à l'évidence : toutes les personnes qu'ils rencontraient le long de la route semblaient avides de posséder une de ces nippes.

Les visas avaient été négociés pour deux couples. Edgar devait donc être accompagné. Il avait enrôlé dans l'aventure cette Soizic qu'il avait croisée dans un bar du quartier. Il la connaissait à peine, même si, à son grand étonnement, elle s'était donnée à lui presque aussitôt, en lui apportant une expérience dont il manquait encore à l'époque. Sans ce voyage, il est probable qu'Edgar ne serait pas resté longtemps avec elle. Dès le départ, la cohabitation entre eux se révéla difficile.

Le plus pénible pour Edgar était les nuits. Ils avaient emporté des tentes scoutes dans lesquelles deux personnes tenaient, à condition de se serrer. Ce qu'Edgar ne supportait pas chez Soizic se trouvait aggravé par cette promiscuité. Sa conversation superficielle, son incompréhension des choses et des gens, sa culture de midinette irritaient Edgar. Cette antipathie envahissait tout et finissait par lui faire détester les mimiques, les odeurs, les comportements intimes de sa compagne forcée. Car Soizic était loin de partager le dégoût d'Edgar. Elle se faisait de plus en plus tendre à mesure qu'ils s'éloignaient vers l'inconnu, quêtant sa protection et multipliant les signes d'affection. Elle cherchait à l'embrasser, se collait contre lui, murmurait des mots doux à son oreille, inspirés de ce qu'elle avait entendu dans ses chansons américaines préférées. Finalement, peu après leur entrée en Roumanie, dans les contreforts des Carpates encore semés çà et là de plaques de neige sale, il y eut entre eux une explication assez violente. Leur cohabitation devint glaciale. Sans que Soizic eût vraiment renoncé à son amour, elle n'en imposa plus les signes. Edgar, la nuit tombée, l'entendait pleurer en silence, le nez dans son oreiller.

Avant le départ, il fit un rapide aller-retour à Chaumont. Désormais habitué par la famille de Paul à un milieu aisé, Edgar fut frappé par la misère dans laquelle vivait sa mère. Il avait grandi là sans en être conscient. Il se rendit compte pour la première fois à quel point la pauvre femme qui l'avait élevé seule était usée. Il se jura de chercher au plus vite un moyen de réussir et de l'aider. Il lui faudrait d'abord rentrer de cet absurde périple soviétique ; c'était du moins ce qu'il pensait, sans savoir qu'il ne s'égarait pas en partant si loin. Car là-bas l'attendait son destin.

II

Ils étaient entrés depuis deux jours en URSS et s'enfonçaient dans les terres noires de l'Ukraine.

À la frontière, un cinquième passager les avait rejoints à bord de la Marly. Edgar et Soizic devaient se serrer à l'arrière pour faire une place au « guide touristique » qu'ils s'étaient engagés à transporter. C'était un Géorgien d'une trentaine d'années, la bouche encombrée de dents en métal. Il était mal rasé et répandait une odeur mêlée de suint et d'eau de Cologne bon marché.

À l'arrivée de la voiture, les villageois s'approchaient avec une curiosité souriante mais dès qu'ils apercevaient le guide ils faisaient mine d'avoir une affaire urgente à poursuivre. L'homme s'appelait évidemment Ivan, c'est-à-dire personne, et ne parlait aucune langue étrangère. Quand la voiture roulait, il tenait les yeux mi-clos et semblait lutter contre le sommeil. Mais au moindre coup de frein, il sursautait et regardait méchamment autour de lui.

Du fait de sa présence, les jeunes Français avaient peu de contacts avec les populations – si ce n'est aux étapes prévues et avec les interlocuteurs qu'on leur avait préparés. Ils rencontrèrent ainsi un tractoriste de kolkhoze, radieux et fier de sa machine moderne ; une ménagère dans une maison cossue à la périphérie d'un bourg minier qui leur avait fait visiter sa cuisine neuve ; un vétéran de la grande guerre patriotique, arborant une planche entière de décorations sur la vareuse d'uniforme qu'il portait en sarclant son potager. Même Nicole n'y croyait pas. Tous ces numéros sentaient le toc, pire, la terreur. Il semblait que d'invisibles canons tenaient ces malheureux en joue et les obligeaient à débiter leur boniment, sous peine d'être abattus sur place.

Edgar prenait consciencieusement des photos. Il était maintenant bien familiarisé avec les notions d'ouverture et d'exposition. Les bobines s'accumulaient au fond de son sac. *Paris-Match*, qui avait confirmé son intérêt pour le reportage et pris l'engagement de le publier, y mettait deux conditions : que les photos soient de bonne qualité et les plus originales possible. Edgar était à peu près sûr qu'elles seraient techniquement réussies. Mais il voyait bien à quel point les sujets étaient convenus et il ne désespérait pas de trouver mieux.

La scène décisive se déroula par un temps gris. Le soleil avait brillé les jours précédents car le printemps était déjà bien installé. Ce retour des nuages semblait d'autant plus incongru : les gens les regardaient avec mépris, comme les derniers détachements d'une armée en déroute. C'est dans cette atmosphère lourde que se produisit un accroc dans l'étoffe trop parfaite de la propagande.

Ils arrivaient dans un village d'Ukraine que rien ne distinguait de tous ceux qu'ils avaient traversés : maisons basses couvertes de bardeaux décolorés, fenêtres entourées de larges encadrements de bois sculptés, meules de foin dressées dans les cours autour de piquets en bois et toujours ces paysans apeurés qui gardaient les yeux baissés. Cette fois pourtant, le village où ils pénétraient paraissait en proie à une agitation inhabituelle. Le guide touristique sentit un danger et passa au-dessus d'Edgar pour mettre le nez à la portière. Les deux mains sur la banquette, il reniflait comme un chien d'arrêt. Chose étrange dans ces villages toujours plus ou moins déserts, une troupe compacte s'était rassemblée sur la place centrale. On aurait presque pu parler de foule. Au centre de l'espace trônait un grand chêne. L'écorce autour du tronc avait été usée par le frottement du bétail et lardée d'entailles au couteau, laissées par des jeunes gens désœuvrés. On imaginait volontiers que, les jours de chaleur, les oisifs du village profitaient de son ombre. La nuit venue, il avait dû abriter pas mal de couples d'amoureux. Pendant ce printemps continental, les arbres se couvraient lentement de feuilles mais le chêne était le dernier à étaler sa ramure complète. Il ne portait que de gros bourgeons à peine éclos. On voyait encore l'entrelacs de ses branches sombres se détacher sur le ciel gris pâle.

La foule regardait l'arbre, les yeux fixés sur ses plus hautes branches. On entendait des rires mais, quand la Marly se gara sur la place, le silence se fit. Le guide sortit de la voiture et chacun secoua la tête, s'efforçant de montrer à quel point il était scandalisé par ce spectacle et tout à fait étranger à l'événement. Les quatre Français descendirent à leur tour. Edgar se mit à prendre des photos. Quand le déclic arriva aux oreilles du guide, celui-ci entra en fureur et arracha l'appareil des mains d'Edgar. Il cherchait un moyen de l'ouvrir et, faute de savoir s'y prendre, il allait le jeter par terre. Edgar l'en empêcha et choisit un moindre mal : il ouvrit le capot du Foca et remit la pellicule au commissaire politique qui la déroula, la laissa tomber et la piétina.

Cet incident clos, tout le monde revint au chêne. L'objet du scandale était toujours là. À dix mètres du sol peut-être, sur une haute branche en forme de lyre, était assise une femme. On la distinguait mal à travers les rameaux couverts de pousses vertes mais il n'y avait aucun doute : elle était complètement nue. Le silence se prolongea, laissant entendre le sifflement du vent à travers la toiture noircie d'une grange brûlée. Soudain, une voix d'homme retentit parmi les assistants.

— Ludmilla !

Suivit une longue phrase dont ni Edgar ni ses compagnons ne comprirent rien, car ils ne parlaient pas le russe. Cependant, le sens était clair : l'homme demandait à la jeune femme de descendre et ajoutait à son ordre menaces et jurons.

Les paysans semblaient plus inquiets depuis l'apparition de la voiture. L'air mauvais du « guide » les incitait à se montrer plus actifs. L'un d'eux saisit une pierre au sol et la lança. Elle n'atteignit pas son but. D'autres l'imitèrent avec plus de force mais, à cette hauteur, les projectiles arrivaient très affaiblis et la jeune fille ne bougeait pas.

Il se produisit alors un événement si inattendu que personne n'eut le temps d'intervenir. Le guide sortit un pistolet de sa poche et tira dans la direction de l'arbre. Edgar savait que le commissaire politique était armé. Il avait remarqué comme les autres la saillie que le pistolet faisait sous son veston. Mais qu'il pût s'en servir ainsi sans sommation pour tirer sur une jeune femme inoffensive ne lui avait pas effleuré l'esprit.

La balle alla se ficher dans le tronc un peu trop bas, avec un bruit mat. La fille ne bougea pas. L'homme pointa de nouveau son arme. Cette fois, Edgar et Paul se précipitèrent pour l'empêcher de tirer. Il y eut un début de bagarre, beaucoup de confusion. Pendant ce temps, on s'agitait dans la foule. Quelqu'un portait une échelle et, quand le guide eut enfin accepté de ranger son arme, la fille était en train de descendre. Sitôt à terre, une femme lui jeta un sac de jute sur les épaules et l'en enveloppa pour cacher sa nudité. C'était une toile grossière et rêche, tachée de graisse et semée de grains d'orge qu'elle servait d'ordinaire à transporter. Elle formait un contraste atroce avec la peau blanche de la fille sur laquelle frisait un duvet doré.

Les villageois s'étaient attroupés autour d'elle et allaient l'emmener mais le guide voulut la voir et on la conduisit devant lui. Il avait grande envie de la frapper, mais il sentait autour de lui l'attention indiscrète des quatre étrangers et il se retint.

Il interrogea la fille. Elle lui répondit d'une voix ferme mais ne le regarda pas. Elle ne semblait même pas le voir. Elle tenait les yeux fixés ailleurs, sur ce qui paraissait à tout le monde être un point vague. En réalité, elle regardait Edgar. Et lui, qui était un peu en retrait derrière le garde-chiourme, au milieu de ses compagnons, se sentait transpercé par le regard de cette femme auquel il répondait en offrant ses yeux grands ouverts. Il les écarquillait comme on écarte les bras, pour qu'elle vienne s'y blottir, s'y réfugier.

Ses yeux… Ce fut longtemps tout ce qu'il connut d'elle. Beaucoup croient qu'il fut séduit par sa voix, et c'est naturel quand on connaît la suite de l'histoire. Mais il a fallu longtemps pour qu'il en entende le timbre et, déjà, tout était joué. En vérité, c'est son regard qui l'a frappé au cœur.

Moi qui ai rencontré Ludmilla dans son grand âge, j'ai subi la même fascination pour ce regard. Le temps avait ridé ses paupières et alourdi son visage mais ses yeux gardaient leur puissance envoûtante. Détailler un tel pouvoir, c'est le détruire. On peut dire qu'ils étaient bleus, en amande, que la pupille y était si noire qu'elle semblait la bouche d'un canon, d'où partaient d'invisibles et meurtriers projectiles quand elle dévisageait quelqu'un ; on n'a rien révélé pour autant de leur charme. Car, en réalité, ils n'étaient pas toujours bleus. Ils étaient l'expression du ciel et du moment, gris d'acier ce jour-là. Elle avait certes les pommettes hautes des Slaves et les yeux légèrement bridés mais en cet instant précis, tandis qu'elle les tenait dans ceux d'Edgar pour la première fois, ses sourcils levés et ses paupières grandes ouvertes trahissaient sa stupeur et l'abandon de tout son corps à un bonheur inattendu. Quant à ses prunelles, dans la lumière éclatante et diffuse du soleil voilé, elles étaient réduites à deux points minuscules, deux insectes qui flottaient sans l'altérer sur le lac à peine bleuté de ses iris.

Quand un tel choc amoureux arrive, le temps est suspendu. Et quand il prend fin, aucun des deux épris ne pourrait dire combien il a duré.

La toile grossière glissa sur l'épaule de Ludmilla, un sein apparut. Une commère bondit pour le cacher. Le guide, désespérant d'obtenir une réponse à ses questions, fit signe d'emmener la coupable. La foule immonde se referma sur elle et la poussa vers une des maisons de la place. La jeune fille trébucha sous les coups, tomba à genoux dans une flaque. Des mains calleuses aux ongles noirs de terre la saisirent et la relevèrent. Quelqu'un lui empoigna les cheveux. Elle ne cria pas. On entendait seulement les invectives de la meute, claquer des gifles. Puis le groupe et sa proie s'engagèrent dans un hangar et disparurent de la vue des Français. Ivan le guide reprit contenance, eut le rire gras de quelqu'un qui vient d'assister à une scène inconvenante mais sans importance et il fit signe à Paul de reprendre le volant. Nicole s'assit à l'avant à côté de lui. Ivan monta derrière.

Edgar ne bougeait pas. Il est difficile de rendre l'émotion qu'il ressentait. Le plaisir et la douleur s'y mêlaient avec tant de puissance qu'il en était paralysé. Il avait envie de courir vers le hangar, de délivrer cette femme, de l'étreindre, de la protéger. En même temps, il ne s'en sentait pas la force. Ou plutôt cette force le pétrifiait comme ces héros de contes qu'un sort a rendus semblables aux rochers et livrés à la malédiction de l'immobilité.

Soizic, à côté de lui, était la seule à avoir compris ce qui venait de se passer. Si elle manquait tout à fait de culture, elle avait une intuition et une sensibilité qui lui faisaient déceler l'amour dans toutes ses expressions. Elle regarda Edgar et fondit en larmes. C'est en la voyant sangloter qu'il s'éveilla. Il la suivit dans la voiture et laissa le village s'éloigner.

Si j'ai sorti cette scène de celles qui l'ont précédée et suivie, c'est bien sûr parce qu'elle revêt rétrospectivement une signification particulière. Mais sur le moment, il n'en est rien paru. Le voyage s'est déroulé conformément au programme, avec son lot de rencontres et de rares complications liées à des pannes ou à des obstacles imprévus, comme ce pont que la fonte des glaces avait emporté et qui contraignit les voyageurs à faire un détour de plus de trois cents kilomètres.

Soizic, on l'a dit, avait senti quelque chose mais elle n'en fit pas part aux autres, se contentant de pleurer encore plus longtemps chaque soir dans la tente. Ainsi, à part elle, personne ne comprit ce qui avait frappé Edgar ni à quel point il était intérieurement bouleversé.

Lui-même ne dit rien et resta seulement silencieux. Il ne participa plus aux conversations que Paul et Nicole consacrèrent à l'incident, pendant qu'ils roulaient à travers les plaines ukrainiennes où s'activaient des milliers de paysans pour les semailles.

Faute de pouvoir tirer quelque explication que ce soit de leur rustre de guide, les jeunes gens étaient arrivés à la conclusion qu'ils avaient assisté à une scène médiévale mettant aux prises une malade mentale et une populace abrutie par l'ignorance et la superstition. Edgar, consulté sur cette opinion, l'approuva silencieusement. Mais ses pensées étaient bien différentes. Il ne parvenait pas à ôter de son esprit l'image de cette jeune femme et son regard lui brûlait le cœur comme s'il eût imprimé jusqu'au fond de son être un sceau incandescent. Il était partagé entre cette douleur et quelque chose de plus inattendu encore : la certitude que cette rencontre était la promesse d'infinies délices à venir.

Il dut faire un effort immense sur lui-même pour recouvrer un peu de l'énergie et de la gaieté auxquelles il avait jusque-là habitué ses compagnons. Il fit mine de s'intéresser aux femmes et aux hommes qui avaient été sélectionnés d'étape en étape pour apporter à l'Occident le témoignage des charmes soviétiques. Il se força à prendre des photos, soignant le cadre et attentif aux réglages nécessaires. Il lui arriva même de rédiger des notes par exemple quand Paul avait été victime d'une grave indigestion qui le laissait très affaibli.

Une fois à Moscou, ils durent prendre part à des réceptions officielles d'une hypocrisie épaisse dans lesquelles personne n'était ce qu'il prétendait être, sauf eux. Ils séjournèrent trois jours à l'hôtel Intourist de la capitale. Après avoir revendu la Marly à un attaché de l'ambassade de France, les quatre aventuriers étaient rentrés à Paris sur un vol Aeroflot. Une réunion fut organisée presque aussitôt dans les locaux de *Paris-Match*. Les responsables de la rédaction se montrèrent assez satisfaits des photos d'un point de vue technique et esthétique. Mais, comme il était à prévoir, ils les jugèrent un peu trop convenues et sentant la propagande. L'essentiel, à l'évidence, serait le récit du voyage. Ils fixèrent des délais très brefs pour le rendre. Paul, qui en était chargé, composa une sorte de journal de bord pour le grand public. C'était un récit assez enlevé, lucide sur la situation politique si on savait lire entre les lignes. Il n'avait pas l'intention de le faire passer, comme ils s'y étaient engagés, à l'ambassade de l'URSS pour validation. Bizarrement, c'est Edgar, qui s'était toujours montré plutôt libre et n'avait jamais perdu une occasion de contourner les règlements soviétiques, qui insista pour que Paul fasse tout de même contrôler son texte.

— Au diable l'ambassade, protesta Paul. On n'a pas l'intention de retourner là-bas.

Edgar ne répondit rien mais s'entêta jusqu'à ce que Paul, de guerre lasse, envoie copie de son article. Ils reçurent un mot de remerciement et de félicitations de l'ambassadeur russe en personne.

La parution du reportage mit le projecteur sur les quatre jeunes gens. Paul et Nicole se révélèrent assez doués pour répondre aux interviews. Soizic se contenta de faire admirer ses coiffures et son maquillage, non sans résultat d'ailleurs : à la faveur d'une des conférences qu'ils donnèrent en province, elle rencontra un jeune propriétaire terrien du Périgord et l'épousa quelque temps plus tard.

Un éditeur prestigieux signa un contrat pour un livre illustré. J'ai réussi à en retrouver un exemplaire sur un site de livres anciens. C'est un témoignage très intéressant sur l'URSS de la fin des années cinquante : la vie d'une famille « aisée » dans la promiscuité d'un logement minuscule, le quotidien d'une vendeuse du Goum, une noce paysanne digne de Tolstoï…

On y voit avec quelle tragique naïveté le régime communiste essaie d'imiter les productions de l'Amérique mais sans en accepter les fondements. Les voitures qu'on présente comme des instruments de liberté sont issues d'industries d'État ; les gratte-ciel qui prétendent rivaliser avec ceux de New York ont été construits par des prisonniers de guerre ; les éléments d'électroménager qui accompagnent prétendument la libération des femmes sont installés dans la cuisine sordide des appartements communautaires. Ces images décrivent mieux qu'un long discours les contradictions de la grande utopie soviétique… Mais ce n'est pas notre sujet. Pour ce qui nous occupe, ce livre est intéressant parce qu'il comporte des images du petit groupe de voyageurs et de leur Marly. Les garçons se sont laissé pousser la barbe. Ils posent avec le pantalon remonté jusqu'en haut du ventre, comme c'était la mode. Les filles sont coiffées à la Rita Hayworth, ce qui ne devait pas aller sans mal dans les conditions où elles étaient.

Je me suis efforcé de voir si on peut noter un changement dans le comportement d'Edgar pendant ce voyage. C'est assez difficile à dire. Rien ne signale clairement qu'un événement décisif pour lui se soit déroulé en Ukraine. On peut seulement signaler que plus l'expédition avance, plus il semble marquer ses distances avec le reste du groupe. Et, peut-être parce que je connais la suite de l'histoire, je lui trouve sur les derniers clichés un regard vague et comme voilé par la mélancolie.

Généreusement, Paul et Nicole laissèrent la plus grosse part de l'à-valoir du livre à Edgar. Avec les droits d'auteur, il quitta sa chambre de bonne chez les parents de Paul pour un petit studio indépendant dans le XVIIe arrondissement, près des Batignolles. Edgar, ne vivant plus à proximité de Paul et de sa compagne, se mit à moins les fréquenter. De loin en loin, il leur rendait visite mais sans leur raconter ce qu'il faisait. En vérité, il ne s'ouvrit à personne du projet qu'il poursuivait.

La première étape pour réaliser ce projet était de se faire engager dans un grand journal. Edgar avait fait de gros efforts pour se faire bien voir par les rédacteurs en chef de *Paris-Match.* Moins pour la qualité de ses photos que parce qu'ils avaient succombé à son charme, ils lui donnèrent bientôt la possibilité de rejoindre l'équipe éditoriale. Sans aller jusqu'à lui proposer un poste de permanent à la rédaction, ils lui offrirent de généreuses conditions financières en tant que photographe pigiste régulier. Il accepta et suggéra d'abord deux sujets proches et rapides à exécuter. C'est ainsi qu'on le vit, au début de 1959, se mêler aux mineurs en grève dans le Massif central puis embarquer sur un remorqueur chargé de mettre à flot un nouveau paquebot. Il devait chaque fois rapporter des images et rédiger de courts textes. La rédaction du journal apprécia son travail.

On allait lui réserver un emploi permanent quand, soudain, il abattit ses cartes. Il ne voulait pas d'un travail régulier. Il ne demandait qu'une seule chose mais avec tant d'énergie et de charme qu'il avait toutes les chances de l'obtenir. Il voulait retourner en Ukraine. Pour conférer à ce voyage un semblant de raison, il avait trouvé une idée : faire un reportage sur Khrouchtchev, l'homme fort du Kremlin qui était en train de prendre l'ascendant sur les autres leaders poststaliniens. Aller sur les traces de son enfance en Ukraine, visiter son école, son usine, recueillir des témoignages sur son accession à la tête du Parti local.

La rédaction se montra dubitative. Edgar répondit à toutes les objections. On finit par lui donner le feu vert. Il sollicita un visa, régla les problèmes pratiques du voyage, choisissant le train plutôt que l'avion et, le 20 mai, il embarqua gare de l'Est dans un wagon en partance pour Lviv.

Si ses commanditaires avaient eu l'idée de lui faire ouvrir sa valise, ils auraient été bien étonnés. À part une tenue de rechange pour lui, elle ne contenait que des habits de femme. Pendant toutes ces semaines, il les avait achetés discrètement mais avec passion. Il ne connaissait pas la taille exacte de celle qui les porterait mais, en s'imaginant l'étreindre, en se donnant la volupté de la voir debout devant lui et d'imaginer sa corpulence, ses mensurations, il rêvait déjà de la serrer contre lui. Elle ne lui était jamais apparue que nue ou couverte d'un sac rêche.

Car c'était Ludmilla le but de ce voyage. Edgar n'avait fait que l'entrevoir mais il n'avait pas cessé depuis lors de penser à elle. Il l'avait abandonnée aux coups de la populace quand elle avait eu, elle, l'audace de tout affronter pour lui sourire.

Cela, il ne l'avait pas oublié. Il était prêt à payer cette lâcheté au prix fort.

III

Il est impossible de comprendre la passion qui saisit Edgar pendant ces mois décisifs sans rappeler la singularité de sa propre histoire.

À l'origine de sa vie était un mystère et il est aisé d'imaginer derrière ce mystère une violence : il était né de père inconnu. Sa mère, en tout cas, refusa toujours d'en révéler le nom.

Cette femme de petite taille aux cheveux gris et aux doigts rougis par le travail était vendeuse de fleurs sur les marchés. Hiver comme été, elle étalait ses bouquets sur des ais et plongeait les mains dans l'eau glacée des bacs où elle les conservait. Longtemps, elle n'avait disposé pour transporter sa marchandise que d'une charrette à bras. C'est seulement quand Edgar eut dix ans qu'elle fit l'acquisition d'une vieille mobylette bleue qui tirait une remorque en métal. Elle était née juste au moment de la déclaration de guerre, en 1914, dans une ferme de l'Oise où son père travaillait comme ouvrier agricole. Ils étaient huit enfants et elle n'avait ni la faveur d'être la dernière ni le privilège d'occuper le rang d'aînée. Elle avait été placée comme bonne à seize ans. À dix-neuf, elle était enceinte. Elle avait raconté à Edgar que son père était un important banquier dont elle ne pouvait livrer le nom. Contre toute évidence arithmétique, elle affirmait qu'il s'était suicidé en 1932, après avoir tout perdu lors du krach boursier de 1929. Edgar, né pourtant en 1937, n'avait jamais remis en question une histoire pour le moins étrange. Cette grossesse de cinq ans était comme un mensonge de tendresse qui unissait la mère et le fils. Plus tard, Edgar en était venu à considérer cette extraordinaire gestation comme un signe surnaturel qui faisait de lui, un peu à la manière de Gargantua, un être humain d'une espèce singulière. Cette part de rêve était la bienvenue dans une enfance marquée par une misère cruelle qui aurait pu verser dans son cœur le désespoir et l'humiliation. Edgar avait passé ses dix premières années dans une cour humide au fond d'une impasse en banlieue parisienne. Bobigny à cette époque était encore cerné par une campagne triste. Des barres d'immeubles en briques commençaient à s'infiltrer entre des relais de poste en ruine. Il y avait peu d'enfants dans le voisinage. Tout, sa mère, le décor, le manque d'argent, l'absence d'amis, de soutiens, aurait dû concourir à faire d'Edgar un être de mélancolie. Au lieu de quoi, il avait été dès son plus jeune âge un enfant souriant, heureux de vivre, toujours gai. Il faisait de son mieux pour soulager sa mère dans les tâches ménagères. Tout petit, on le voyait traîner dans les rues de gros sacs en toile d'où dépassaient des poireaux ou du pain. Les voisins enviaient la pauvresse d'avoir un enfant si courageux et si allègre. C'en était presque immoral quand tant de bourgeois aux petits soins pour leur progéniture ne recueillaient d'elle que déceptions et ingratitude.

Quand Edgar eut sept ans, un couple âgé sans enfant qui vivait dans un pavillon lui ouvrit sa demeure. La femme lui faisait faire ses devoirs ; son mari lui enseignait les échecs et lui parlait du monde, qu'il avait parcouru en tant que contremaître des chemins de fer. Ils l'invitèrent même en vacances, près de Cavalaire, dans une maison 1900 que l'épouse avait héritée de ses parents. Quand la guerre éclata, ils proposèrent de l'emmener avec eux dans le Sud pour y passer les hivers. Ainsi Edgar ne manqua de rien pendant l'Occupation. Il était fier, quand il rentrait du Midi, de rapporter des provisions d'olives et de charcuterie à sa mère. Pour éviter qu'il ne soit à Paris pendant les combats de la Libération, ses « grands-parents adoptifs », comme ils s'appelaient eux-mêmes, lui avaient fait passer tout l'été 1944 sur la Côte.

À son retour, surprise : Edgar trouva sa mère en ménage avec un homme. C'était un veuf, routier, de quinze ans son aîné. Il avait connu la jeune fleuriste en lui faisant préparer une couronne pour les obsèques de sa femme. Il était retourné la voir, sous prétexte de lui confier diverses commandes pour des amis. Finalement, il n'eut d'autre ressource que de lui faire préparer cette fois un bouquet pour elle-même et elle comprit.

Edgar et sa mère emménagèrent après guerre dans une villa que le beau-père tout neuf achevait de faire construire du côté de Montlhéry. La maison sentait les plâtres frais et les plates-bandes du jardin n'étaient encore couvertes que d'un gazon chlorotique qui poussait en brosse.

Je suis allé voir les lieux ou ce qu'il en reste car la maison aujourd'hui est à l'abandon. Le petit parc qui l'entoure a été amputé pour servir de remblai à l'autoroute du Sud. J'imagine ce qu'Edgar enfant put ressentir dans ce décor ; il garde encore, malgré les graffitis qui défigurent les murs et les ordures qui s'accumulent sur les planchers, les marques sinon du luxe, du moins d'un confort que l'enfant n'avait pas connu jusque-là. En déménageant, Edgar perdait ses vieux protecteurs et il devait partager sa mère avec un inconnu. C'était le prix à payer pour la savoir heureuse.

Mais les dieux, s'ils existent, n'allaient pas lui accorder ce bonheur. Ils envoyèrent à la pauvre femme une nouvelle épreuve. Pour payer les traites de la maison, le routier accélérait les cadences. La fatigue et le manque de sommeil lui firent prendre de plus en plus de risques. Un jour, au retour à vide de Bretagne, il roulait vite. Le temps était clair, la route déserte. L'accident ne pouvait avoir eu qu'une seule cause : il s'était endormi au volant. Il était mort sur le coup.

Le mariage avec la mère d'Edgar n'avait pas encore été célébré. Au regard de la loi, elle n'était rien pour le défunt. Deux paires de cousins se retrouvèrent en concurrence pour l'héritage de la maison. Ils commencèrent par s'entendre en la jetant dehors. Edgar avait douze ans. Sur les cinq années suivantes, je n'ai pas pu recueillir d'autre témoignage que le sien. Je sais seulement que la mère et l'enfant déménagèrent pour Chaumont, où il était sans doute moins onéreux de se loger. Elle reprit son premier métier sur les marchés. Edgar, forcé de l'aider, a quitté l'école à quatorze ans. Il a déchargé des camions sous la grande halle de la ville puis trouvé du travail comme ouvrier dans une scierie le long de la Marne. Sa seule distraction était la lecture. Il lisait tout ce qui lui tombait sous la main et ne faisait guère la différence entre Stendhal et Maurice Dekobra. Les livres, tous les livres, lui faisaient imaginer d'autres vies, rêver à des villes inconnues, des pays lointains. Il avait une dévorante envie de partir. À dix-huit ans, sa mère lui fit don de ses maigres économies et l'encouragea à aller découvrir le monde. C'est ainsi qu'il partit tenter sa chance à Paris.

J'ai raconté qu'avant son départ pour la Russie il était retourné brièvement à Chaumont. Cette visite l'avait bouleversé. La pauvreté dans laquelle vivait sa mère l'avait frappé avec une violence inattendue. À son retour d'URSS, il se précipita pour la voir. Il la découvrit à l'hôpital. Elle mourut un mois plus tard, comme elle avait vécu : sans se plaindre.

Edgar lui trouva une sépulture à Chaumont dans un cimetière moderne. Les tombes n'y occupaient encore qu'un quart de l'espace. Dans cet enclos de campagne envahi de fleurs sauvages, on avait l'impression que les morts étaient en vacances.

En racontant tout cela, j'ai conscience de trahir un peu la mémoire d'Edgar car lui n'en parlait pas volontiers. Pourtant, quand on veut comprendre ce qui fut peut-être l'acte le plus important de sa vie, ce retour solitaire vers l'URSS à la recherche d'une femme à peine entrevue, on est obligé, je crois, d'exhumer ces souvenirs enfouis.

Il est difficile de dire quand est né dans l'esprit d'Edgar ce projet précis. Il est rentré du premier voyage en Ukraine avec une douleur au cœur : le remords de ne pas avoir tenté plus énergiquement de sauver cette fille en danger. À quel moment ce remords est-il devenu volonté d'action ? Nul ne le sait. Le fait est qu'Edgar a réuni très tôt les informations qui constituèrent les jalons de son deuxième voyage. J'ai rencontré un général en retraite qui était à l'époque jeune capitaine et travaillait à l'École militaire dans un service d'analyse des renseignements. Il m'a raconté que les quatre jeunes gens avaient été longuement interrogés, à leur retour, à la caserne Mortier. L'URSS était en ce temps-là le grand ennemi. Tout ce qu'ils avaient pu observer pendant leur périple était précieux pour le contre-espionnage.

Edgar avait gardé le contact avec cet officier et l'avait revu par la suite à titre privé. Ils sont d'ailleurs restés amis toute leur vie. Dès qu'ils furent en confiance l'un avec l'autre, Edgar demanda au militaire de l'aider à reconstituer le trajet précis de leur premier voyage grâce à des cartes dont seuls les services de renseignement disposaient. Il voulait connaître l'emplacement et le nom du village où s'était produit l'incident avec Ludmilla. Ils y étaient à peu près parvenus, deux localités proches pouvaient correspondre.

C'est à la même date qu'Edgar prit sa carte au Parti communiste. Cet engagement demeura longtemps secret – sauf pour la DST qui l'enregistra immédiatement. Il fut révélé bien plus tard dans une des biographies qui lui fut consacrée. Il paraît évident, compte tenu de la concordance des dates, que cette éphémère adhésion au Parti était liée directement au projet que nourrissait Edgar à l'époque. Il comptait sur cette référence pour entrer plus aisément en contact avec les instances dirigeantes en Ukraine et pour obtenir d'elles les autorisations nécessaires. Il serait fastidieux d'énumérer tous les autres indices qui prouvent sans erreur possible que le retour d'Edgar en URSS fut méthodiquement préparé.

Quand il monta dans l'Orient-Express le 12 juillet 1959, il savait où il allait. Son reportage sur Khrouchtchev était un simple prétexte. La meilleure preuve est qu'il ne publia jamais rien à son retour sur le sujet. Son objectif était simple et tout autre : retrouver Ludmilla et la sauver.

Il l'avait vue à l'époque en tout et pour tout trois minutes à peine. L'amour est-il capable de frapper si vite et si fort ? Certains affirmeront que oui. D'autres voudront le croire, même s'ils en doutent. La plupart diront que c'est impossible. Chacun réagit en la matière avec sa propre expérience. Dans ce cas, il est certain, la suite le prouvera, que c'est bien d'amour qu'il s'agit. Cependant, pour expliquer l'immense énergie qu'Edgar déploya pour parvenir à sauver celle qui avait si brièvement mais si profondément imprimé sa marque en lui, il faut admettre que l'amour seul ne peut tout expliquer. Dans cette rage d'aller délivrer une inconnue brûla un autre combustible que l'on peut, faute de mieux, appeler le rachat.

Edgar, mis peu avant son départ en présence de sa mère sacrifiée par la vie, fut envahi par le désir de la sauver. Il était bien entendu trop tard pour elle. J'ai dit qu'elle allait mourir peu après. En somme, ce n'est pas cette vieille femme brisée qui appelait Edgar au sacrifice, c'était celle qu'elle avait été. Il m'a confié un jour qu'au fond des yeux de sa mère et dans ce corps auquel la vie avait ôté toute force et toute beauté, avait brillé jusqu'au bout un éclat de jeunesse. Comme ces villes antiques où l'on ne reconnaît plus rien mais où, tout à coup, une pierre sculptée vient porter témoignage des anciennes splendeurs, le regard de sa mère laissait apercevoir la beauté de sa jeunesse.

C'est cette fille innocente et belle si cruellement violentée par la vie qu'Edgar avait le désir de protéger. Vient toujours un moment où les enfants ont le désir douloureux et évidemment désespéré de protéger leurs parents, comme s'il était en leur pouvoir de leur donner à vivre une autre vie. Et par le moyen classique du transfert, ce désir de salvation peut s'arrêter sur un autre objet. Celui d'Edgar se porta sur Ludmilla.

Le déroulement du deuxième voyage d'Edgar en Ukraine importe peu, et l'on n'en connaît pas tous les détails. Disons seulement qu'arrivé en train à Kiev, il avait obtenu diverses audiences auprès des autorités de l'État et du Parti. Il était parvenu à se faire organiser un déplacement en voiture. Sans qu'on puisse y voir le jeu du hasard, la Ziel noire le conduisit jusqu'aux deux villages qu'il avait repérés sur la carte avec son ami officier. Le premier qu'ils atteignirent était le bon, reconnaissable au grand chêne sombre, couvert d'un épais feuillage vert bronze qui dominait la place centrale. L'atmosphère était bien différente que lors de son premier passage, à bord de la Marly. Un soleil impitoyable écrasait tout. L'air brûlé de chaleur sentait la paille sèche et la cendre. Fait étrange, malgré le bleu faïence du ciel et le tapis doré des champs mûris, le village paraissait encore plus triste et misérable que par temps gris.

Le chauffeur de la Ziel avait servi à Berlin pendant la guerre. Il parlait quelques mots d'anglais, à peu près autant qu'Edgar à l'époque. L'un avait appris cette langue chez des filles à soldats et l'autre en écoutant des disques de Harry Belafonte. Une partie de leur vocabulaire était commun : tout ce qui touchait aux femmes et à l'amour. Le garde du corps dont Edgar était inévitablement flanqué ne parlait que le russe mais le chauffeur et lui étaient cousins. Ce hasard facilita d'autant la conclusion d'un petit marché dont ils partagèrent le profit à égalité. Ils acceptèrent, moyennant une somme conséquente, de se mettre à la recherche d'une jeune fille nommée Ludmilla.

Sitôt dans le village, les deux cousins ratissèrent les maisons. Les paysans apeurés se tenaient au frais, volets fermés, dans la pénombre. Habitués au racket des autorités, ils étaient prêts à livrer de bonne grâce toutes les victuailles qu'ils avaient cachées. Le chauffeur et le garde durent crier fort pour leur faire entendre qu'il ne s'agissait pas de cela. Bientôt tout le village retentit du même nom. « Ludmilla. » Compères et commères trottaient d'une masure à l'autre, revenaient bredouilles ;

certains grimpaient dans des greniers, d'autres descendaient aux caves. Partout on criait « Ludmilla ».

Edgar attendait assis sur le capot de la Ziel. Tout à coup, une clameur retentit au loin, presque à la sortie du village, à la porte d'un grand bâtiment qui devait être une étable communautaire. L'attroupement revint. Le chauffeur marchait en tête. Une fois sur la place, le groupe s'ouvrit. Edgar se mit debout. Il m'a confié qu'il avait toute sa vie cherché à éprouver de nouveau une émotion semblable. Malgré les triomphes et les chutes, malgré les bonheurs inouïs que la fortune lui réservait en part égale avec les chagrins, jamais il n'y était parvenu.

À dix pas de lui, vêtue cette fois d'un simple fourreau de toile qui découvrait ses bras nus et ses jambes jusqu'aux genoux, les cheveux en chignon lâche fixés par une branche d'osier, se tenait Ludmilla.

La poussière soulevée par le piétinement de la foule retombait lentement sur le sol gris. Edgar fit un pas, comme pour s'assurer que ses jambes le portaient encore. Ludmilla lâcha le panier qu'elle tenait à la main. Un œuf en sortit, roula et se brisa.

Il se fit un long silence. Il fallait que se recollent dans l'esprit de l'un comme de l'autre le souvenir qu'ils avaient gardé de leur première rencontre et l'image qu'ils découvraient à cet instant. La mémoire donne aux êtres qu'elle saisit une forme simplifiée, arrondie, floue, et elle se charge par la suite de l'enrichir de toutes les imaginations de l'amour. Quand elle se trouve soudain confrontée à la personne dont elle est le lointain reflet, elle résiste. On tient tant à cette image idéalisée qu'on préfère d'abord croire qu'elle est plus réelle que l'apparition crue et prosaïque que nous livrent nos sens.

Edgar, sale, fatigué par le voyage, le visage déformé par l'anxiété, ressemblait à peine à l'homme que Ludmilla avait entrevu en descendant de l'arbre et dont elle avait emporté le souvenir comme un trésor volé. Quand elle le vit s'avancer vers elle, elle eut un imperceptible mouvement de recul. Puis, sans y penser, elle lui tendit la main. C'était une manière tout à la fois de s'en approcher et de le tenir à distance.

Le contact de cette main chaude la surprit et la fit revenir à elle. D'un coup, le rêve prenait une réalité et l'homme auquel elle songeait cessait d'être une pure apparence pour devenir un corps et promettre le plaisir.

Edgar était aussi embarrassé. Il retint la main qu'il avait saisie et se plaça à côté de Ludmilla. Avec autant de maladresse que de douceur, il la conduisit vers la voiture.

Ils venaient à cet instant de quitter une vie qu'ils ne vivraient jamais plus : celle pendant laquelle ils ne s'étaient pas connus.

IV

Il est très facile aujourd'hui de retrouver le village de Ludmilla. En Ukraine, tout le monde le connaît. C'est une fierté nationale. Elle-même a beaucoup donné pour que la pauvre bourgade où elle avait passé son enfance connaisse une prospérité qui lui devait tout. Si les villages alentour n'ont guère changé depuis les années soixante, celui de Ludmilla a été refait à neuf, repeint, organisé pour les visites. L'église orthodoxe était si modeste jadis qu'Edgar ne l'avait pas remarquée lors de son premier passage. C'était à l'époque un simple hangar surmonté d'un bulbe et il était fermé depuis la Révolution. Depuis lors, l'ensemble a été restauré et désormais le bulbe est couvert en feuilles d'or. Le portail sculpté, qui date de la fin du Moyen Âge et avait subi de nombreux outrages, y compris la pose d'un enduit de plâtre pour cacher les bas-reliefs, est maintenant d'une splendeur que ses modestes créateurs n'avaient sans doute jamais espérée. La maison de Ludmilla est devenue un musée. Je l'ai visitée par un après-midi de juin sous la conduite d'une guide polyglotte et en compagnie d'un groupe venu en car de Finlande.

Comme souvent, l'ardeur de l'office du tourisme a transformé la maison d'enfance de Ludmilla en « maison natale ». En réalité, elle n'y est arrivée qu'à l'âge de deux ans, en 1942. La modestie proprette de la maison paysanne que l'on visite de nos jours ne rend pas compte de la misère et du drame de celle qui y passa son enfance. Car Ludmilla était issue d'une classe sociale que le stalinisme devait livrer aux persécutions et à l'infamie en l'affublant d'un nom qui, à lui seul, était une condamnation : les koulaks.

Originaire de Crimée, la famille de Ludmilla avait été en grande partie déportée en 1932. Sa grand-mère avait échappé à l'exil car elle était mariée à un cousin éloigné, membre du Parti. Ils étaient installés dans les environs de Kiev. C'est là que la mère de Ludmilla avait grandi. Malheureusement, lors des purges de 1935, le grand-père s'était retrouvé du mauvais côté de l'épuration et déporté à son tour. La mère envoya sa fille à la campagne pour qu'elle ne soit pas soumise à la répression. La jeune femme rencontra, dans le village où elle était placée, un musicien du Bolchoï de dix ans son aîné qui se cachait lui aussi. Grâce à l'argent dont il disposait, il avait acheté la complicité d'un couple de paysans. Ils l'employaient pour des travaux de force. Naguère virtuose du hautbois, il avait comme seule ressource, pour éviter que ses mains durcies par le froid et la terre ne s'ankylosent tout à fait, de jouer le soir sur une flûte qu'il avait taillée lui-même dans un os. Ludmilla naquit de cette union et passa les deux premières années de sa vie dans le village où ses parents s'étaient connus. La guerre venait d'éclater. Quand l'Allemagne attaqua l'URSS, son père fut enrôlé dans la mobilisation générale. Il troqua la fourche pour une mitrailleuse et ne revint jamais. Ludmilla fut emmenée par sa mère dans le village où Edgar, bien des années plus tard, la rencontrerait, car de mauvaises rumeurs couraient sur elles. Leurs origines koulaks les rattrapaient et l'argent du musicien n'était plus là pour faire taire les haines et les jalousies. Dans ce nouveau village, la mère de Ludmilla, rassemblant tout ce qu'elle avait économisé, loua une masure, cultiva un jardin, éleva des lapins et des poules et vendit le reste de ses forces pour soigner les vaches dans une étable collective. Elles survécurent.

Ludmilla apprit à lire avec sa mère et se mit à jouer seule sur la flûte en os que son père avait laissée en partant. C'était une fille solitaire, malingre, rêveuse. Les autres enfants se moquaient d'elle. Jusqu'au jour où, vers treize ans, elle se mit à grandir d'un coup. Avec la violence du printemps d'Ukraine, elle vit son corps fleurir de charmes désirables. On se mit non plus à la repousser mais à la poursuivre. Elle dut se garder des appétits de ceux-là même qui, hier, la méprisaient. Elle subit de nouveau leurs injures quand elle refusait leurs avances. Pour s'en garder, elle se renferma complètement, se contenta d'aider sa mère au jardin et de jouer de sa flûte. Les jours où elle était certaine qu'aucune brute ne la guettait de l'autre côté de la haie, elle chantait des mélodies qu'elle tenait des oiseaux, à moins qu'elle n'eût entendu son père les fredonner.

Les choses se gâtèrent peu à peu dans les années d'après guerre. Plus le temps passait, plus Ludmilla devait se résoudre à admettre que son père ne reviendrait jamais. Sa mère, usée, mal soignée pendant ces hivers rudes, s'affaiblit. Ludmilla eut à la remplacer à la ferme collective. Elle y subit une promiscuité dangereuse. Plusieurs soirs, alors qu'elle rentrait à la nuit tombée, elle fut attaquée par de jeunes paysans que ses menaces n'effrayaient guère. Elle put s'enfuir grâce à son chien, un vilain bâtard qui l'adorait. Un matin, elle le trouva empoisonné. C'est alors qu'elle choisit la seule solution à sa portée : elle devint folle ou en tout cas le fit croire.

Pour imiter si bien la folie, il fallait en avoir éprouvé certains aspects. Ludmilla connaissait l'angoisse quand elle était poursuivie dans l'obscurité par des ombres menaçantes. Elle connaissait la mélancolie des nuits d'été quand la solitude vous écrase et que tout, autour de vous, est hostile et fait obstacle au bonheur que la nature offre avec tant de force. Elle connaissait les hallucinations qui font venir des mélodies dans la tête, au point qu'il est inutile de les jouer pour les entendre distinctement. Elle connaissait le délire du rêve lorsque l'esprit vagabonde et qu'on le suit dans d'autres mondes. Elle n'eut, au fond, qu'à accentuer tous ces phénomènes, à s'y laisser entraîner sans retenue et au grand jour.

C'est ainsi que se répandit autour d'elle une odeur inquiétante de malédiction, de sorcellerie et de pouvoirs occultes. Dans ces mondes paysans où l'on brûlait volontiers les jeteurs de sorts, une telle réputation n'était pas sans danger. Heureusement, le rationalisme marxiste, s'il n'avait pas extirpé ces croyances, en limitait l'expression. On ne la fit pas monter sur le bûcher mais on se détourna d'elle. C'était ce qu'elle voulait.

Puis sa mère mourut. La pauvre femme eut le temps de lui dire où elle cachait l'argent que sou à sou elle économisait depuis des années. Elle espérait avec ce pauvre trésor qu'elles pourraient un jour retourner en ville et que sa fille y recevrait une éducation. Ludmilla, loin de préserver ces économies, y vit le moyen de vivre sans plus avoir à travailler au-dehors. Elle dépensa sans crainte de tout dilapider. Cette prodigalité était le signe de quelque chose qui grandissait lentement en elle, au point de devenir, ces derniers mois, l'objet constant de sa rêverie. Comment désigner ce sentiment puissant que rien, dans la réalité, ne confirmait ? Pour faire bref, je dirai : la confiance en son destin.

Était-ce quelques mois plus tôt le lancement du premier satellite ? L'écho de ce Spoutnik était parvenu jusqu'au village de Ludmilla qui, pourtant, ignorait tout du monde... Était-ce la contemplation des étoiles à laquelle elle se livrait, dès que les soirées étaient douces, au point d'en être aveuglée ? En tout cas, ces dernières semaines avant l'arrivée d'Edgar, elle était de plus en plus tournée vers le ciel. Elle rêvait de voyages dans les constellations, d'êtres fabuleux qui la prenaient pour reine. Elle inventait des cantilènes pour eux. Si elle n'était pas encore tout à fait folle, la solitude lui dérangeait de plus en plus l'esprit. Elle avait l'habitude de parcourir la campagne pour de longues promenades. Elle eut l'idée de grimper dans un arbre et s'y trouva bien. Elle était plus près du ciel auquel elle rêvait et, de haut, voyait passer les paysans qui allaient aux champs. Ils lui apparaissaient tout petits, inoffensifs, presque aimables. Elle prit l'habitude chaque jour de passer des heures perchée dans un des grands arbres qu'elle rencontrait en se promenant à travers champs.

Un jour, un convoi de véhicules militaires s'arrêta dans le village. Un haut-parleur fixé sur une des voitures ordonna le rassemblement de toute la population sur la place. Ludmilla se terrait chez elle. Deux soldats la sortirent de là sans ménagement. Elle se retrouva plantée avec les autres à écouter un officiel monté sur une caisse qui braillait dans un porte-voix. Il annonçait le passage la semaine suivante d'une voiture transportant des étrangers. Il n'était pas prévu qu'elle s'arrête dans le village. Mais, quoi qu'il advienne, tout contact personnel avec ces voyageurs était interdit. Il s'agissait de ressortissants du monde capitaliste, d'ennemis du peuple, d'adversaires venimeux du socialisme, etc. L'homme termina sa harangue le poing levé puis descendit de sa caisse. Le convoi repartit porter ses ordres à l'étape suivante. Comme Edgar et ses compagnons l'avaient pressenti, leur passage avait été soigneusement préparé.

Ludmilla rentra chez elle plus songeuse que jamais. Cependant ses rêves suivaient un cours nouveau. Elle avait l'intuition que ce qu'elle venait d'entendre lui était personnellement adressé. Elle comprenait cette proclamation comme une sorte de visitation, au point que le méchant fonctionnaire soviétique avec sa gabardine verte prenait peu à peu dans son esprit la forme et la grâce d'un archange chargé de lui porter la Bonne Nouvelle. Elle n'avait de religion que ce qu'en disait sa mère. La pauvre femme avait la foi mais, dans l'impossibilité de la pratiquer, son culte se bornait à raconter les Évangiles à sa fille. Les aventures de Jésus étaient pour Ludmilla des légendes parmi d'autres. Elles prenaient place parmi les innombrables contes que roulait depuis des siècles la mémoire paysanne.

Quoi qu'il en fût, elle sentit qu'elle devait se préparer. Une confiance que rien n'étayait dans le monde réel l'habitait. Bien plus tard, quand je l'ai connue, elle était toujours sujette à ces inspirations étranges qui avaient pour elle force de réalité, qui guidaient ses décisions et finissaient du coup par advenir dans les faits. Elle avait ainsi la conviction que la visite annoncée de ces étrangers allait changer le cours de son existence. Ce fut le cas.

Le jour dit, elle quitta sa maison avant l'aube. Sans y avoir consciemment réfléchi, elle savait de science certaine ce qu'elle devait faire. Parvenue sur la place centrale, elle grimpa dans le chêne en s'aidant des anfractuosités que le temps avait creusées dans le vieux tronc. Elle s'installa le plus haut possible et attendit. C'était la première fois qu'elle dominait le village. Elle observa toutes les allées et venues, plongea son regard dans l'intimité des cours, s'amusa du spectacle des gamins qui se bagarraient, de la femme qui se vengeait de son mari infidèle en piétinant ses plants de tabac. Personne ne levait le nez. Jusqu'à midi, nul ne s'avisa de sa présence. Cela ne devait pas durer plus longtemps car la voiture des étrangers avait été annoncée pour le début de l'après-midi par l'homme au porte-voix. Il ne fallait pas qu'ils trouvent un village tranquille, sinon ils passeraient leur chemin sans s'arrêter. À midi et quart, Ludmilla retira son corsage et le lança. Il tournoya et se posa au beau milieu de la place. Personne ne le vit tomber. Quelques instants plus tard, une paysanne qui traversait en tenant une volaille par les pattes le remarqua. Elle crut d'abord que quelqu'un l'avait perdu. Elle allait s'en emparer discrètement quand une autre femme s'approcha. Elles discutèrent pour savoir d'où pouvait bien venir ce vêtement. C'est alors que l'une d'elles eut l'idée de lever les yeux : elle aperçut Ludmilla. Les cris des deux femmes ameutèrent le village. On alla chercher celui des paysans qui faisait office de maire pour les autorités. Il ordonna à Ludmilla de descendre. En guise de réponse, elle ôta sa jupe et la lui lança. Le rectangle de lourde étoffe rouge tomba sur la tête du petit chef. Comme c'était aussi le plus redouté des mouchards et qu'il n'était guère aimé, ce ridicule déchaîna les rires de toute l'assemblée. Le maire se dégagea à grand-peine et le regard mauvais qu'il jeta vers la foule suffit à la faire taire. Il montra son poing à la folle et ordonna à un jeune gars de monter à l'assaut. Ludmilla avait emporté avec elle une besace pleine d'objets de toutes sortes qui avaient en commun d'être lourds et pleins d'aspérités. Elle saisit un poids hexagonal en fonte par son anneau et le plaça à la verticale du grimpeur. Celui-ci ne tenta pas le sort ; il préféra encourir les injures du maire que d'avoir le crâne défoncé. Pour le récompenser de se montrer raisonnable, Ludmilla lui envoya son soutien-gorge.

S'ensuivit un long conciliabule autour du maire, à distance de l'arbre. Que fallait-il faire ? Lancer un assaut coordonné de plusieurs côtés, avec des échelles au besoin ? C'était risquer un drame et contrevenir gravement aux ordres de l'homme au porte-voix. La discrétion recommandée serait ruinée. Fallait-il laisser cette pauvre égarée dans son arbre ? Après tout, il y avait peu de risques que les automobilistes étrangers, s'ils traversaient le village, portent précisément leurs regards là-haut. Les villageois en étaient encore à débattre quand la voiture des Français débarqua. Ludmilla s'était délestée de ses derniers sous-vêtements. Elle était complètement nue. Ce sont les regards de la foule qui dirigèrent vers elle ceux des étrangers.

On sait comment elle descendit et se retrouva face à face avec Edgar. Elle fut aussi frappée par l'amour que lui et resta bouleversée. Ses sentiments, s'ils produisirent le même effet de stupeur, furent d'une nature bien différente. Il y eut chez Edgar une sorte de foudroiement, mais à l'amour se mêlait, on en verra les conséquences, une part douloureuse de pitié. Le besoin de protéger cette femme dominait toute autre considération. En elle, rien de semblable. Ce qui la marqua le plus intensément fut le plaisir un peu ironique que l'on éprouve lorsqu'une prévision se vérifie, qu'un calcul tombe juste, qu'une intuition se trouve confirmée par les faits. Elle savait que quelqu'un allait venir pour elle : il était là. Elle découvrait son apparence avec curiosité et ce n'était pas de cette apparence que naissait l'amour puisque, en somme, il lui préexistait. En détaillant Edgar, elle pensait seulement : c'est donc lui. Et elle était heureuse que tout ce qu'elle voyait rendît aussi séduisant l'homme qu'elle attendait. Elle aima son regard noir, l'épi de cheveux sur le coin de son front. Elle aima ses mains qui n'avaient jamais dû toucher de terre. Elle aima son torse large et la manière qu'il avait de se camper sur ses deux jambes, comme pour arrêter un ballon. Elle aima sa gêne et son malaise car elle y lut la confirmation qu'il était aussi fortement attiré par elle qu'elle par lui.

Que les commères lui jettent un sac de jute sur les épaules, elle ne s'en était pas souciée. Elle ne se préoccupait pas plus de l'hostilité de la foule autour d'elle. Ce fut seulement quand on l'éloigna qu'elle s'alarma. Elle avait tout prévu dans son inconscience, sauf ce dénouement qui était plus prévisible que tout : on allait les séparer. Elle avait rencontré celui qu'elle attendait. Il avait été frappé d'amour pour elle. Pourtant, il allait repartir et elle allait rester. À peine aperçu, le danger l'avait déjà engloutie. Elle fut conduite à la maison du maire, giflée par sa femme, obligée de remettre ses vêtements, jetée dans un cagibi. Elle y passa deux jours et deux nuits avant qu'un fourgon cellulaire ne vienne la chercher pour la conduire à la ville. Interrogée par le NKVD, battue, elle fut finalement déclarée folle. Le plus douloureux était, hélas, qu'elle ne l'était plus. En voyant Edgar, elle avait en quelque sorte atteint la fin de son rêve. La réalité prenait de nouveau des couleurs attirantes. Elle avait envie de vivre pour de bon et savait qu'avec cet homme elle sortirait de cette campagne. En comparaison de ce qu'elle espérait désormais de la vie, ses rêves de naguère lui paraissaient sans attrait. Pendant les mois qui s'écoulèrent ensuite, elle en aurait eu plus besoin que jamais. On la ramena au village. Pendant son absence, le maire avait fait fouiller sa maison et découvert ses économies. Tout lui avait été confisqué. Elle dut travailler à la ferme collective. Plus rien ne la protégeait du mépris des villageois, de leurs violences. De l'avoir vue nue avait éveillé d'abjectes convoitises chez tous les hommes et sa supposée folie ne la mettait plus à l'abri. Pour éviter le pire, elle choisit un des garçons du voisinage, le plus timide et le plus respectueux, et se laissa faire la cour. Il la considéra aussitôt comme sa propriété et la défendit contre les autres. Il n'était pas très hardi dans l'intimité et elle parvint à inventer suffisamment de prétextes pour retarder le moment de lui céder.

Elle allait devoir s'y résoudre quand Edgar revint au village.

V

Retrouver Ludmilla était le premier but vers lequel avaient convergé jusque-là tous les efforts d'Edgar. Une fois ce but atteint, il lui fallut mener un nouveau combat qui mobilisa une énergie encore plus grande. À quel titre en effet Edgar pouvait-il prétendre mener une relation avec une jeune citoyenne de l'URSS dont il ne connaissait même pas le nom de famille ? Passé l'instant des retrouvailles, si fort et si irrésistible qu'il avait laissé l'assistance stupéfaite, des murmures s'élevèrent qui disaient en somme : tout cela est-il légal ? Qui est cet étranger et depuis quand les capitalistes sont-ils autorisés à venir se pourvoir en femmes dans les campagnes soviétiques ?

Ludmilla ne pouvait pas être d'un grand secours. Elle ne connaissait que l'ukrainien et un peu de russe. Edgar en avait appris des rudiments pendant ses mois de préparatifs mais, faute de pratique, il était incapable de le parler.

Heureusement, il était doté d'une qualité qui lui serait précieuse toute sa vie : plus la situation était incertaine et même dangereuse, plus il puisait d'énergie en lui pour l'affronter. La morosité et même la mélancolie qui pouvaient le saisir dans les moments d'attente et d'inaction faisaient place quand c'était nécessaire à un dynamisme souriant, à un optimisme communicatif, à un charme entraînant auquel il était difficile de résister.

De surcroît, pour ce qui concernait Ludmilla, il avait assez soigneusement préparé son affaire. Il saisit une bouteille de vodka dans la voiture. Prenant le maire par les épaules, il lui en fit cadeau et se laissa mener par l'édile jusqu'à sa maison. Il y entraîna Ludmilla, en la tenant toujours par la main. Il trouvait cette main rugueuse et ferme, à cause du labeur agricole mais peut-être aussi parce qu'elle révélait, par-delà les formes douces et l'air fragile de la jeune fille, un caractère solide et une certaine dureté d'âme qui lui plut.

Ils s'assirent dans la cuisine du maire. Le chauffeur les y avait suivis, pour servir d'interprète. Ludmilla n'y était pas retournée depuis qu'on l'y avait conduite à sa descente de l'arbre. Cette fois, la maîtresse de maison s'adressa à elle avec politesse. Elle fut même obligée, la mort dans l'âme, de placer un verre devant elle, comme elle l'avait fait pour son mari, le chauffeur et Edgar, et de lui verser de la vodka. Ils trinquèrent et la discussion s'engagea. Edgar avait bien réfléchi à la situation pendant ces mois d'attente et de préparation. Il était arrivé à la conclusion que la seule manière de sauver la jeune femme était de proposer un mariage. Il avait effectué par correspondance toutes les démarches auprès du consulat de France à Kiev. Les papiers nécessaires de son côté étaient prêts.

Restait à obtenir ceux de Ludmilla. Compte tenu de la bureaucratie soviétique, il était quasiment impossible de vivre dans ce pays sans y produire régulièrement ses documents administratifs. Si rêveuse et misérable qu'elle fût, Ludmilla devait avoir des papiers, comme tout un chacun. Et si elle n'en disposait pas, le maire, lui, était capable de produire les certificats requis.

Edgar avait d'ailleurs compris que le bougre ne serait guère sensible au langage de l'amour et que le seul qui pût l'impressionner était celui de l'autorité. C'est pourquoi, sitôt le verre de vodka vidé, il poussa sous le nez du chef de village une liasse de documents en diverses langues, bardés de tampons officiels et d'en-têtes impressionnants. Il ajouta un seul commentaire que le chauffeur n'eut pas besoin de traduire car Edgar l'avait appris dans la langue locale : « mariage ».

Le maire prit un air d'importance, chaussa des lunettes dont la monture était rafistolée avec du fil de fer et se plongea dans l'examen des divers documents. Pendant le long silence qui accompagna cet examen, la femme resservit de la vodka et le glouglou du liquide sonna lugubrement comme l'écoulement de l'eau dans une clepsydre fatale.

Enfin, le paysan se redressa, repoussa les papiers en hochant la tête, pour indiquer qu'ils étaient conformes. Il posa cependant une question que le chauffeur traduisit et qui surprit Edgar.

— Cette femme est-elle d'accord ?

Il était cocasse que la question du consentement fût le fait de ce rustaud. Dans toutes les conjectures où il s'était perdu, Edgar ne l'avait jamais envisagée. Il prit conscience tout à coup que c'était une présomption de sa part et, à tout le moins, un manque d'égard pour celle qu'il comptait épouser. Il lui semblait évident qu'elle serait trop heureuse d'accepter. Pourquoi cette idée ? Parce qu'il avait senti en elle la force de l'amour ? Ou, plutôt, parce qu'il exprimait là une forme mineure mais réelle de mépris ? Comme si la différence de leurs conditions devait à elle seule pousser Ludmilla à se jeter dans ses bras. Je l'ai dit, le désir de protection avait tendance à recouvrir en lui la conscience de l'amour. Il devrait un jour en payer le prix mais, pour l'heure, il n'eut pas trop à s'en préoccuper. Ludmilla, consultée dans sa langue, répondit qu'elle acceptait avec joie le mariage. La négociation put continuer.

Elle dura longtemps. L'apparatchik était coriace et il avait compris que sa signature bloquait tout. En réalité, il avait grande envie de se débarrasser une fois pour toutes de cette folle, faiseuse d'ennuis et qui ne livrait même pas ses charmes. Il était inespéré pour lui d'en tirer, en plus, de l'argent. Quand même, il barguignait.

Edgar fit preuve d'une patience et d'une habileté qui devaient lui être bien utiles par la suite. Il demeura maître de lui, évalua les forces et les – nombreuses – faiblesses de l'adversaire et finit par obtenir ce qu'il désirait. S'il ne laissait rien paraître, il était intérieurement au dernier degré de l'angoisse. Cette première autorisation arrachée, ils étaient sur la bonne voie. Mais il restait bien des obstacles à franchir.

Le soir même, qui à cette saison tombait tard, ils quittèrent le village devant les paysans, qui agitaient les mains et, c'était un comble, paraissaient sincèrement émus. Ils roulèrent au milieu des champs d'orge qui rosissaient au couchant. À la spontanéité de leur première rencontre avait succédé une gêne pleine de désir et qui n'était pas sans charme. Edgar et Ludmilla étaient assis à l'arrière de la Ziel, à bonne distance l'un de l'autre, et se tenaient chastement la main.

Ils furent à Kiev le soir même. Edgar dut louer deux chambres à l'Intourist car ils n'étaient pas encore officiellement mariés. Il alla seul le lendemain au consulat de France pour fixer la date du mariage et faire rédiger un laissez-passer pour Ludmilla. Le consul général, un quadragénaire fatigué qui détestait le pays et ne pouvait concevoir qu'on y prenne femme, ne mit pas du sien pour accélérer les procédures. Il exigea même de nouveaux documents du côté soviétique, qui entraînèrent de nouvelles démarches, de nouvelles palabres et de nouveaux frais. Tout fut enfin réglé et une brève cérémonie put être organisée pour sceller l'union des deux inconnus.

Elle se déroula dans une salle aux murs jaunâtres, mal éclairée par une fenêtre dont les carreaux étaient en verre dépoli, comme s'il eût fallu cacher aux regards indiscrets une scène impudique. Ludmilla avait revêtu une robe qu'Edgar avait apportée dans ses valises. C'était un modèle un peu vieillot, en satin blanc, dessiné pour que le haut soit près du corps. Hélas, faute d'essayage, le vêtement était trop grand et flottait. Ludmilla, peu habituée à paraître en public, se tenait un peu voûtée, les épaules basses et les bras ballants.

Une Marianne réglementaire ouvrait de grands yeux de plâtre. Le consul général égrena les états civils et les articles du Code puis il poussa un soupir gênant. Il fallait en venir aux questions rituelles. Il les posa en français. Ludmilla, qui ne comprenait pas les paroles mais savait bien de quoi il s'agissait, prononça fièrement le seul mot qu'elle avait appris : « oui ».

Les mariés signèrent un registre, suivis par les témoins, une amie du chauffeur d'Edgar, danseuse dans un cabaret louche, et un gendarme du poste de garde. Il n'y eut pas d'échange d'anneaux. Edgar expliqua qu'il n'avait pas pu prendre la mesure du doigt de Ludmilla et qu'il y pourvoirait en arrivant en France. La vérité est qu'il n'y avait pas pensé, faute d'avoir assisté à un mariage dans sa vie. Le consul hocha la tête comme un professeur qui se désole d'une étourderie. Il remit à chacun des époux un livret de famille. Ainsi s'achevèrent ces noces de papier.

Car ce séjour forcé à Kiev était tout sauf une lune de miel. Le statut précaire des nouveaux époux leur interdisait de trop s'afficher ensemble. Où seraient-ils allés, d'ailleurs ? La ville était sinistre en cet interminable après-guerre communiste : presque aucun restaurant et les boîtes de nuit, encore plus rares, étaient peuplées par un genre de femmes avec lesquelles Edgar ne voulait à aucun prix que Ludmilla fût confondue.

Il courait la ville du matin au soir pour les dernières démarches administratives, qui n'étaient pas les plus faciles. Quand il rentrait, souvent tard, il se couchait au côté de Ludmilla qui faisait mine de dormir. Pour qu'une intimité s'installe entre eux, il aurait fallu qu'ils puissent disposer d'un lieu assez beau, d'un environnement assez tranquille et surtout d'un temps assez long. Alors seulement, ils auraient pu jouer en pleine harmonie la pavane sexuelle qui, chez deux amoureux, permet de donner à la passion une expression charnelle, sans la dénaturer.

Quand vint le jour de s'embarquer pour Paris, Edgar et Ludmilla ne se connaissaient toujours pas.

*

Ils atterrirent au Bourget par un matin triste de septembre. La pluie fouettait le pare-brise du taxi. Ludmilla regardait tout intensément, sans cesser de sourire. Mais il fallait son émerveillement et son long exil dans une campagne d'Ukraine pour trouver du charme à la nationale encombrée qui traversait la banlieue nord.

Au moment de donner une adresse au taxi, Edgar avait hésité. Il avait tout liquidé avant de partir afin d'assurer le succès de son entreprise. Il savait qu'elle lui coûterait cher, moins à cause des trajets et du séjour que des innombrables pattes à graisser. Il n'avait plus d'endroit où aller. Il dit finalement « Place d'Italie » parce que ce nom à lui seul mettait un peu de soleil dans l'instant et parce qu'il se souvenait d'avoir vu des hôtels dans ce quartier.

Le taxi les déposa à l'entrée du boulevard de la Gare et ils pénétrèrent dans l'entrée d'un hôtel de catégorie modeste. Ludmilla portait une minuscule valise en toile et Edgar un sac à dos qu'il tenait à l'épaule par une seule bretelle. Les gens qui les croisaient auraient été étonnés de savoir que c'était là tout ce qu'ils possédaient au monde.

La chambre qu'ils louèrent était petite et donnait sur le boulevard. Hormis le lit double et une armoire à glace, elle était meublée d'une table en sapin et d'une chaise à barreaux. L'hôtel a aujourd'hui disparu, remplacé par les tours de Chinatown. C'est bien dommage. J'aurais aimé pouvoir retrouver ce lieu. J'aurais été curieux d'éprouver par moi-même ce qu'un tel décor pouvait faire ressentir. A priori, pour de jeunes mariés, tous les endroits se valent ou presque. Ils seront comblés si le lieu est beau mais, s'il ne l'est pas, ils ont en eux assez de feu pour le réchauffer et y jeter des couleurs vives. Ce fut loin d'être le cas. Sur ce point, les témoignages de Ludmilla et d'Edgar recueillis bien plus tard concordent. Leur arrivée dans cet hôtel fut lugubre. Edgar s'assit sur le lit dont les ressorts grinçaient et se prit la tête dans les mains. Selon lui, il réfléchit. Selon elle, il pleura nerveusement pendant de longues minutes.

La tension de l'opération était retombée. Edgar avait vaincu les uns après les autres tous les obstacles qui se dressaient sur sa route. Le dernier avait été cette longue hésitation du douanier soviétique devant les papiers de Ludmilla. S'en étaient suivies plusieurs minutes d'attente anxieuse. L'heure du vol approchait dangereusement. Edgar, s'ils n'embarquaient pas, n'avait plus les moyens d'acheter de nouveaux billets. Le tampon était toujours dans les mains du douanier. Il téléphona à Dieu sait quelle autorité invisible. Fallait-il sortir encore quelques roubles ? Dans l'ambiance très officielle de cet aéroport et au vu de tant de gens, cela paraissait plus dangereux qu'utile. Enfin le tampon résonna sur le plateau métallique du poste de contrôle. Ils coururent vers l'avion. La même scène, quoique moins angoissante, avait eu lieu lors des formalités de débarquement à Paris. Puis il y avait eu le taxi, la chambre et maintenant ce sommier grinçant. C'était fini. Tout ce qui avait occupé l'esprit d'Edgar pendant cette année était accompli. Ce projet mené à son terme, restait un grand vide. Edgar était sonné, hagard comme un boxeur qui a gagné un combat et s'effondre sans connaissance.

L'image de sa mère lui vint. C'était pour elle qu'il s'était battu. C'était elle qu'il avait arrachée à la violence et à la misère, elle dont il avait racheté le sacrifice, en lui offrant une nouvelle chance, une nouvelle vie. Edgar leva les yeux vers Ludmilla et sembla la découvrir pour la première fois. En se rendant compte que ce n'était pas sa mère qu'il avait sauvée mais une autre femme, il la regarda presque comme une usurpatrice. Tout cela s'opéra sans parole et peut-être même sans claire conscience. Les sentiments se bousculaient dans le cœur d'Edgar mais tous nourrissaient ses larmes. Il se dit qu'en voulant racheter la vie de sa mère c'était la sienne qu'il avait sacrifiée. Il s'était placé dans une tragique extrémité. Sans argent ni travail, il était désormais responsable d'une femme qui ne parlait pas le français, qui n'avait ni formation ni métier.

L'histoire de leurs familles était assez semblable, faite de beaucoup de deuils et de souffrances. C'est cela sans doute qui avait permis d'opérer un transfert et de faire du destin de Ludmilla une sorte de réécriture de celui de sa mère, sur le palimpseste de la vie. Reste que ces origines humbles de part et d'autre additionnaient les faiblesses dans la vie réelle. Ils entraient dans l'existence sans appui ni relation, sans fortune ni formation. Les sanglots d'Edgar, plus que d'un apitoiement sur lui-même, étaient le signe d'une impuissance, d'un accablement devant une tâche insurmontable.

Ludmilla regarda Edgar pleurer sans comprendre. Il lui sembla que c'était là, peut-être, la manifestation d'une de ces nombreuses particularités des mœurs de l'Occident qu'elle était condamnée, au début, à trouver étranges. La manière hostile qu'il avait de la regarder lui fit sentir qu'il valait mieux qu'elle n'approche pas trop de lui et ne cherche pas à le consoler par des caresses ou des mots tendres. Elle se fit couler un bain dans la petite salle d'eau, luxe inouï pour elle.

En vérité, Ludmilla n'arrivait pas à être inquiète. Elle mettait les larmes d'Edgar sur le compte de l'épuisement et sans doute n'avait-elle pas tout à fait tort. Elle ne voyait pas ce qui pouvait le désespérer. Tout était si merveilleux. Ce qu'elle découvrait à Paris était lumineux, passionnant, et elle se moquait bien des nuages et du temps gris qu'il faisait. Tout lui paraissait au contraire coloré : les voitures, les robes des femmes dans les rues, les panneaux publicitaires, la devanture des magasins. Elle n'avait aucune idée préconçue sur l'endroit où elle allait vivre et ne connaissait pas assez Paris pour distinguer un quartier d'un autre. Quant à la notion d'« hôtel », elle lui était presque inconnue. Les alarmes d'Edgar n'avaient aucune raison d'être, à ses yeux. Elle savait par expérience qu'au pire on peut survivre en élevant des lapins et en cultivant des choux.

Cette anecdote est devenue au fil du temps une partie de sa légende. Elle aimait bien raconter plus tard aux journalistes qu'elle avait passé sa première nuit à Paris dans une chambre d'hôtel à imaginer où elle allait disposer des clapiers et à évaluer le genre de légumes qui pourrait pousser sur le balcon !

VI

Ils restèrent un mois dans la chambre du boulevard de la Gare avant de s'installer dans un minuscule deux-pièces à Malakoff, ironiquement situé rue Lénine.

Le contraste entre eux était saisissant. Ludmilla s'émerveillait de tout. Elle faisait de longues promenades dans les rues pavillonnaires, en regardant avec attendrissement les façades en briques, les petits perchoirs à oiseaux dans les jardins, les lions en plâtre autour des portails. Elle avait bien compris qu'elle ne devait plus grimper aux arbres mais elle recherchait toujours les points hauts, marchait jusqu'aux collines de l'Haÿ-les-Roses ou de Meudon, montait parfois tout en haut des immeubles, quand la cage d'escalier était ouverte, pour regarder la banlieue. Et ce bonheur la faisait chanter, à voix basse quand elle était dans les rues, à pleine gorge lorsqu'elle arrivait dans un endroit découvert et désert, comme la terrasse du parc de Sceaux en hiver.

Edgar, lui, montrait tous les signes du désespoir. Il avait contracté quelques dettes pour financer son voyage en Ukraine et devait maintenant les rembourser. À cela s'ajoutaient la location de l'appartement et les frais de la vie quotidienne. Il se rendit vite compte que son avenir n'était pas dans la photo, comme il l'avait espéré. Son premier reportage avait été publié par *Paris-Match* sans provoquer d'enthousiasme. Lors de son deuxième voyage, il avait été si occupé par les démarches en tous genres et si accablé par l'angoisse qu'il n'avait guère eu le temps de réaliser un travail photographique digne de ce nom. Et d'ailleurs, quoi montrer ? Il aurait pu rapporter, comme la première fois, des images de propagande. Mais l'envers du décor, le village de Ludmilla et son maire véreux, ses chauffeurs et autres apparatchiks, tout ce qui évoquait la misère et la répression et qui aurait pu intéresser des journaux en Occident, tout cela, il ne l'avait pas photographié de crainte de faire échouer son entreprise.

Il chercha de nouveaux sujets et n'en trouva pas. Pire, il dut s'avouer qu'il n'avait pas l'œil. Ses clichés étaient cadrés sans goût et paraissaient fades. Certes, il aurait pu, avec beaucoup de temps et d'efforts, se faire engager par une feuille de chou et couvrir les chiens écrasés. À supposer qu'il y parvienne, ce serait pour un salaire de misère.

Il n'avait pas d'exigences pour lui-même, n'avait jamais jusque-là réfléchi à la position sociale qu'il ambitionnait d'atteindre. De par son milieu d'origine, il était habitué à se contenter de ce qu'il avait, c'est-à-dire peu. Toutefois, il y avait ces petites dettes à régler mais surtout la grande dette morale qu'il pensait avoir contractée auprès de Ludmilla en la faisant venir à l'Ouest.

Passé le moment d'épuisement de l'arrivée et n'étant plus tenu désormais par la pensée monomaniaque qui l'avait aidé à vivre pendant ces derniers mois, Edgar était face à une montagne à gravir : payer les conséquences de cette folie. Il s'était chargé d'une personne qui dépendait de lui sans pouvoir, croyait-il, s'aider elle-même.

Serait-il resté seul qu'il aurait pu aller chercher fortune n'importe où, émigrer vers des pays lointains (il avait entendu une conversation dans un bar à propos du Brésil) ou, pourquoi pas, s'engager dans l'armée, épouser une héritière... Mais rien de tout cela n'était envisageable car il se sentait obligé de tenir compagnie à Ludmilla et ne voulait pas lui imposer un nouvel exil, incertain de surcroît et peut-être dangereux. C'était un paradoxe de plus : par sa présence, Ludmilla le poussait à se battre et le condamnait à réussir. En même temps, par les contraintes qu'elle imposait, elle lui ôtait les moyens d'y parvenir.

Comme je l'ai compris en interrogeant Edgar sur cette période, ce dont personne avant moi n'avait pris l'initiative, il a été longtemps prisonnier, à l'égard de Ludmilla, de la volonté de protection que j'ai déjà soulignée.

Fait étrange mais au fond compréhensible, cette nécessité de la protéger, qui faisait obstacle à tout et surtout à l'épanouissement de l'amour, était devenue encore plus forte, quoique d'une nature différente, depuis qu'ils avaient gagné la France.

Tant qu'il était question de faire sortir Ludmilla

d'Ukraine, l'affaire paraissait simple, même si sa réalisation comportait de nombreux obstacles. Il s'agissait, en somme, de soustraire la jeune femme aux violences du monde soviétique et, pour y parvenir, il « suffisait » de la faire passer à l'Ouest. Maintenant qu'elle était là, Edgar avait changé de point de vue. Tant qu'elle vivait en Ukraine, il évaluait la situation de Ludmilla dans ce pays au regard de la sécurité et de la prospérité qu'offrait l'Europe de l'Ouest. Mais dès lors qu'elle s'y trouvait, il considérait non plus la situation générale mais leur condition réelle et particulière. Il se disait qu'à cause de lui Ludmilla vivait de nouveau dans la pauvreté, une pauvreté aux couleurs de l'Ouest, urbaine et non plus rurale, démocratique et non plus totalitaire. Tout de même, il l'avait entraînée dans ce qu'elle imaginait encore comme un rêve, faute d'éléments de comparaison, mais qui se révélerait peu à peu à ses yeux pour ce que c'était : un malheur nouveau.

Pour en sortir, Edgar se mit à déployer une grande énergie. Il tenta d'abord, on l'a dit, une carrière de photographe mais n'y rencontra aucun succès. Il enchaîna ensuite, pour des raisons purement alimentaires, des petits boulots de livreur, magasinier, et passa même six mois comme manutentionnaire dans une usine de cartonnages à Antony. Il rentrait de ses journées épuisé et nauséeux, convaincu qu'il faisait fausse route, qu'il ne trouverait aucune solution dans ces expédients. Les nécessités de la vie quotidienne, la location de leur logement et l'achat du minimum vital mobilisaient toute son énergie et ne lui laissaient ni liberté ni ressort pour entreprendre quelque chose de plus ambitieux.

Ils avaient fini par faire l'amour mais Edgar n'y mettait guère d'ardeur et Ludmilla n'y éprouvait guère de satisfaction. L'un et l'autre s'efforçaient de cacher ces insuffisances. Ludmilla prenait sur elle de montrer qu'elle était heureuse. Même sans ressentir de bonheur physique, elle aurait été satisfaite si elle avait eu la sensation de donner du plaisir à son mari. Hélas, il était impossible de ne pas voir qu'il en éprouvait peu. Ce fut une époque bizarre et dont ils ne gardèrent pas trop de souvenirs, ce qui rend malaisée la tâche de la reconstituer. Vue de l'extérieur et avec le recul du temps écoulé, la situation ne paraît pas si dramatique. Il aurait suffi à Edgar de parler, d'expliquer son trouble et d'en livrer la cause. Ludmilla l'aurait immédiatement détrompé. Elle n'était pas malheureuse car elle l'aimait et l'aveu de cet amour aurait peut-être obligé Edgar à ouvrir les yeux sur ses propres sentiments. Mais les choses ne se sont pas passées ainsi. Il y avait d'abord la barrière de la langue, qui ne leur permettait guère d'exprimer des nuances de sentiments. Ce n'était pas tout : ils auraient pu mettre au point d'autres manières de se comprendre. Les vraies raisons de leur difficulté à communiquer sont à chercher dans l'époque, encore peu ouverte aux confidences, mais surtout dans la culpabilité d'Edgar et dans sa jeunesse solitaire. Quoi qu'il en soit, l'incompréhension s'aggrava et un mur de silence vint bientôt les séparer.

Ludmilla apprenait lentement le français, en

suivant des cours dans un patronage du XVe arrondissement de Paris. C'était une institution tenue par des religieuses. Elles venaient en aide à toutes sortes de femmes : des filles des rues, des femmes battues, des étrangères analphabètes. Ludmilla s'y fit des amies, sans pouvoir leur dire encore grand-chose. Elles sortaient parfois dans des cafés et riaient beaucoup.

La tristesse d'Edgar était au fond le seul obstacle au complet bonheur de Ludmilla. Quand elle le voyait rentrer d'un travail qu'elle ne connaissait pas, épuisé, démoralisé, incapable de lui sourire, elle se reprochait intérieurement de ne pouvoir l'aider. Elle sentait qu'elle était sans doute pour une part responsable de cette détresse, sans savoir comment la soulager. Par ses amies de l'institution religieuse, elle apprit l'existence de la Loterie nationale. En cachette, elle gardait la monnaie des courses et achetait des billets. Elle se prenait à rêver que l'un d'eux rendrait Edgar riche et heureux. Mais elle ne gagnait jamais.

Deux années passèrent ainsi. La planète, en 1963, passa à côté d'une conflagration nucléaire. La crise des fusées était un sujet de conversation pour les copines de Ludmilla. De son côté, elle se moquait bien de ces hautes questions politiques. Pourtant, la tristesse d'Edgar l'avait à ce point gagnée qu'elle se prenait à espérer que le monde explose une fois pour toutes. L'URSS, l'Occident, ces frontières qui faisaient obstacle au bonheur disparaîtraient et eux deux avec. Bon débarras.

Mais ni Kennedy ni Khrouchtchev ne déclenchèrent le feu. Ce fut Edgar qui, un soir en rentrant, lança la bombe.

Dans sa rumination solitaire, il avait fini par se convaincre que la poursuite de cette situation était plus préjudiciable à Ludmilla qu'une rupture franche. Il notait ses progrès en français, son aisance grandissante dans le monde occidental – même si la pauvreté les contraignait à n'en voir qu'un petit bout –, sa facilité à se faire des amis. Il se dit qu'en lui rendant ainsi sa liberté il lui donnait une chance de rencontrer quelqu'un qui serait en mesure de lui offrir une meilleure vie. Cette idée lui faisait mal et, au fond, il n'avait pas envie de cette séparation. Quand ils étaient ensemble dans la rue et qu'Edgar remarquait le regard d'intérêt que les hommes adressaient à Ludmilla, cela le rendait triste et même le faisait souffrir. Il aurait dû mieux écouter ces sentiments et comprendre qu'ils ne pouvaient venir que de l'amour. Hélas, la culpabilité est un ressort puissant, une encre qui assombrit tout et cache les motifs plus délicats qui s'impriment sur les âmes. Aveuglé par ce trouble, Edgar y voyait moins clair en lui-même que jamais.

Avec un vocabulaire simple pour être sûr d'être compris, il annonça son intention de divorcer. C'était un soir au début du printemps, la saison préférée de Ludmilla, celle à laquelle elle pensait en chantant, même au creux de l'hiver. Elle n'eut pas besoin de saisir tous les mots d'Edgar pour comprendre le sens de ses paroles. Elle m'a confié que ce moment fut un des plus tristes de sa vie. À la fois, elle s'attendait confusément à ce que la situation conduise à ce dénouement et, en même temps, il lui semblait impossible. Car son amour pour Edgar était prêt à s'accommoder de tout. Elle l'aurait suivi n'importe où, aurait accepté toutes les privations, tous les dangers, pour le rendre heureux. Paradoxe, c'est la force de cet amour qui la conduisit à accepter sans murmurer ce qu'Edgar lui annonçait. Elle n'avait aucune envie de divorcer mais si cette séparation apportait à Edgar la paix et le bonheur, elle s'y résignerait aussi, par amour.

Il expliqua qu'il avait accepté un travail de placier en livres qui le conduirait à travers toute la France et même en Belgique et en Suisse. Il vivrait dans sa voiture, sur les routes, et ne voulait pas imposer ce sacrifice à Ludmilla. Elle l'écouta parler, les yeux dans le vague. Elle se voyait dans le chêne de son village, regardait le monde de là-haut et Edgar qui s'éloignait dans sa Marly, en agitant la main par la portière. Il lui dit que ce travail était assez bien payé et qu'elle pourrait, en attendant mieux, rester dans leur petit appartement dont il continuerait à régler le loyer. Il lui enverrait une pension pour vivre. Il était sûr qu'elle allait très bien s'en trouver, que des opportunités nouvelles s'offriraient… Cela signifiait qu'elle rencontrerait un autre homme et, en le disant, Edgar baissa les yeux.

Il attendit qu'elle réponde. Elle n'avait pas assez de vocabulaire et trop d'émotion en elle pour y parvenir. Elle se contenta d'avancer la main et de caresser les cheveux d'Edgar. Puis elle l'enlaça et ils s'embrassèrent avec plus de chaleur que d'ordinaire. Ils étaient étonnés de retrouver la passion simple et les gestes spontanés qui avaient marqué leur rencontre dans le village, que ce fût le jour où il l'avait aperçue dans son arbre ou quand il était revenu la chercher. Pour la première fois sans doute, Edgar la désira avec la vigueur de son âge, éprouva à se trouver en elle, à être enveloppé de ses bras et de ses jambes, à remplacer l'amertume des paroles par l'eau délicieuse des baisers, un bonheur qui le surprit et auquel il s'abandonna. Entêté dans son erreur, il vit dans ce moment parfait une confirmation de ses choix, comme si cet acte ultime lui avait prodigué la récompense qu'il méritait.

Ludmilla, elle aussi, éprouva la perfection de ce premier bonheur physique. Elle sentit son corps s'émouvoir et s'alanguir, découvrant en elle un plaisir inattendu. Il ne lui avait pas manqué jusque-là car elle ne l'avait jamais connu. Elle comprit en cet instant qu'elle ne cesserait plus de le désirer et que cet assouvissement, dont elle s'était passée pendant si longtemps, lui deviendrait dès lors aussi nécessaire que l'air qu'on respire.

Ils n'eurent pas l'occasion de recommencer car Edgar avait attendu la dernière minute pour annoncer la nouvelle. Il devait partir le lendemain.

Il revint à Paris un mois plus tard dans le cadre de la procédure de divorce qu'il avait lancée. Parallèlement, il avait fait le nécessaire pour que Ludmilla puisse recevoir un titre de séjour avant d'être bientôt naturalisée, si elle le souhaitait. Elle préféra quitter l'appartement de Malakoff et prendre une chambre dans l'institution religieuse où elle suivait les cours de français. C'était le moyen d'épargner à

Edgar les frais du loyer mais il insista pour qu'elle en garde le montant. Elle s'acheta quelques vêtements. C'est alors seulement qu'elle apprit de ses amies combien elle était belle. Ces jeunes Françaises lui enseignèrent en riant les plaisirs du maquillage et quelques règles d'élégance.

Le jour fixé pour le divorce, c'est une femme nouvelle qu'Edgar vit entrer dans le palais de justice. Elle était vêtue d'une robe aux lignes droites, aux motifs pied-de-poule, créée par une couturière de quartier, à l'imitation des modèles Chanel. Ses yeux étaient discrètement soulignés par une ombre sépia qui les rendait plus profonds. Un rouge à lèvres incarnat, en harmonie avec ses ongles, attachait les regards à sa bouche et relevait la rigueur noire et blanche de sa tenue, en donnant à ses lèvres la forme d'un cœur frémissant.

La jeune paysanne d'Ukraine avait commencé sa métamorphose. Il était encore impossible de deviner jusqu'où elle la mènerait. Cependant, cette première étape constituait à elle seule un pas gigantesque.

Son français était plus fluide et plus riche. Elle échangea quelques mots avec Edgar pendant qu'ils étaient assis sur les bancs en pitchpin d'un couloir sinistre au palais de justice. Elle lui donna de bonnes nouvelles de sa vie. Lui se crut obligé de dire qu'il ne s'en tirait pas trop mal. Mais sa mine trahissait la fatigue et les privations.

Ils se séparèrent sur les marches de pierre en s'embrassant sur les joues. Ludmilla eut le cran d'attendre d'avoir disparu au coin de la place Dauphine pour éclater en sanglots. Elle brouilla son maquillage en se frottant les yeux et laissa la moitié de son rouge à lèvres dans son mouchoir. L'eau noire de la Seine l'attirait mais la saison était déjà venteuse et froide. Cela la retint d'enjamber la rambarde. Elle aurait bien accepté de mourir mais elle ne voulait pas s'enrhumer. Elle ôta ses chaussures à talons et, en les tenant à la main, rentra pieds nus jusqu'à son foyer.

VII

Avec ce divorce, Edgar avait retrouvé son énergie et cet humour qui était chez lui une arme de combat. Non pas qu'il fût heureux ; il était libre, ce qui n'est pas la même chose. De cette liberté il ne faisait pas un usage hédoniste : elle était la force qui le faisait avancer, imaginer, réaliser.

Il est toujours troublant, lorsqu'on connaît la fin d'un parcours, et d'autant plus qu'il a été exceptionnel, de revenir à ces limbes, à ces époques pendant lesquelles le jeune être se cherche et doute. À vrai dire, quand on considère les chances d'Edgar de parvenir à ce qu'il est devenu par la suite, on se rend compte qu'elles étaient infimes. Ce qui paraît extravagant aujourd'hui, ce n'est pas qu'il ait douté mais au contraire que, contre toute évidence, il ait pu conserver une part de confiance dans ces moments sombres. Outre ses handicaps de départ, l'échec de ses premières tentatives professionnelles lui donnait mille raisons d'être découragé. Les lendemains de son divorce furent loin d'être radieux. Son emploi de placier en livres était encore plus éprouvant que les petits boulots enchaînés jusqu'alors. Il s'agissait pour lui de vendre une édition de la Bible en vingt volumes, agrémentée d'illustrations affreuses. Mal imprimés et mal reliés, les livres étaient loin de tenir les promesses des Prophètes et surtout du dépliant publicitaire. Il valait mieux avoir déguerpi après avoir fait signer la souscription. Edgar priait le Ciel, quand il sonnait à la porte d'un pavillon, pour qu'aucun de ses prédécesseurs n'ait démarché cette adresse avant lui.

Comme souvent dans la vie, cette expérience éprouvante lui fut utile par la suite. Il y déploya ses talents naissants de bateleur. La nécessité lui donnait le moyen de trouver l'argument décisif, le geste encourageant, le sourire qu'il fallait pour que la victime se laisse plumer.

Il devait vite se rendre compte qu'à ce jeu ce sont les plus faibles qui perdent. La richesse ou tout au moins l'aisance des rentiers ou retraités leur avait fait connaître la vie et ajouté la méfiance à la ruse qu'ils tenaient de leur atavisme bourgeois. Tandis que de pauvres gens, mal armés contre les arnaques, s'enthousiasmaient plus aisément pour le boniment d'Edgar.

Un jour, il tomba sur une femme d'une soixantaine d'années qui vivait seule et cultivait un potager de ses mains déformées par les rhumatismes. Elle n'avait guère l'habitude de recevoir des visites dans sa maison isolée. Cette bible tombée du ciel lui sembla être un cadeau de la Providence qu'elle ne pouvait pas repousser. Elle alla dans une pièce voisine, sa chambre probablement, fouiller sous un matelas pour rapporter de quoi payer la souscription. En ouvrant le petit sac en coton qui contenait ses économies, elle se mit à parler de son fils qui était « monté » à la capitale. Elle s'en voulait de soustraire cette somme à ce qu'elle lui envoyait chaque mois. Mais elle dit que cet achat serait aussi une action de grâce et qu'elle en espérait du bonheur pour lui. Edgar, en entendant ces mots, vit sa mère sous les traits de la pauvre femme. Il fondit en larmes, laissa en plan son exemplaire de démonstration et les catalogues ridicules dont il se servait pour tromper son monde. Il partit sans pouvoir prononcer un mot et jeta dans un fossé toutes les bibles qu'il avait dans son coffre. Il lui fallait trouver un autre emploi.

*

Le divorce avait fait naître dans le cœur de Ludmilla une douleur à laquelle elle n'était pas préparée. Elle avait laissé Edgar s'éloigner sans imaginer ce qui allait advenir. Elle était comme pétrifiée, incapable de résister à ce qu'Edgar lui imposait. D'ailleurs, au fond d'elle subsistait une large part de doute : elle ne savait pas grand-chose encore des usages de la France, ce pays nouveau pour elle. Peut-être l'amour y avait-il perdu sa force ? La liberté que l'on glorifiait sans cesse dans les discours et les journaux avait peut-être produit entre les êtres une forme d'intolérance à tout lien, à toute entrave ? Elle se demandait jusqu'à quel point le comportement d'Edgar était conforme à la norme en Occident. Elle n'avait pas osé poser la question à ses amies de peur de paraître ignorante et surtout parce qu'elle n'avait jamais encore parlé à quiconque de ses sentiments. Mais quand Edgar fut parti et le divorce prononcé, les camarades de Ludmilla, la voyant si désespérée, la questionnèrent et apprirent d'elle la vérité. Elles furent très surprises et lui expliquèrent tout ce que la conduite d'Edgar avait d'exceptionnel et d'inattendu. C'est alors que Ludmilla comprit qu'elle aurait dû lui parler et tenter de le retenir.

En même temps, ses amies, pour la consoler, essayèrent de la convaincre qu'elle devait plutôt se réjouir. Après tout, elle était jeune, Edgar l'avait sortie de son sinistre pays. S'il n'avait pas su l'aimer, c'était tant pis pour lui ; elle en trouverait un autre.

Ludmilla se révoltait en elle-même contre cette idée. Elle n'éprouvait aucun désir pour d'autres hommes. Ceux qui, le samedi, quand elles sortaient toutes ensemble, lui tournaient autour la dégoûtaient. C'était seulement la fierté qui la retenait de se lancer à la recherche d'Edgar. La fierté et l'amour aussi, car, pour malheureuse que cela la rendît, elle continuait d'espérer que la liberté apporterait le bonheur à Edgar.

Elle avait déménagé chez les sœurs pour des raisons d'économie mais aussi sur l'insistance de ses camarades. Elles étaient convaincues que la solitude était mauvaise pour elle. L'ambiance de pensionnat de l'institution la distrairait de sa rumination. En réalité, sitôt installée dans sa petite chambre, Ludmilla ne cessa de fuir l'encombrante sollicitude de ses voisines. Elle se remit à faire de longues promenades, partant toujours sans prévenir pour que personne ne l'accompagne. Elle déclara avoir besoin de beaucoup de sommeil afin de pouvoir rester au lit le matin à rêver. Surtout, elle fréquenta l'église où les conversations étaient interdites.

Elle n'avait jamais pratiqué de culte et la religion solitaire de sa mère ne la préparait guère à suivre les interminables offices qui se déroulaient sous la grande nef. Ludmilla s'essaya à la prière. Elle fut d'abord rassurée de voir que, dans cet environnement, elle était l'égale des autres puisque le latin, langue presque inconnue de tous, servait de véhicule à l'oraison. Cependant, elle sentit vite un malaise. Le mystère de la religion était déjà très épais pour elle, pourquoi le rendre encore plus impénétrable en imposant, dans les relations avec cette invisible divinité, l'usage d'une langue dont on ne comprenait pas le sens ?

Le seul moment dans ces cérémonies où elle ressentait une émotion véritable et l'impression d'être confrontée au surnaturel était le chant. Elle y prenait part avec bonheur. Si les paroles des cantiques ne lui étaient pas plus intelligibles, du moins la mélodie lui permettait-elle d'exprimer ses sentiments. Elle mettait ses espoirs et ses peines dans la musique, et chantait à pleine voix. Les sœurs ne mirent pas longtemps à la remarquer. Elles lui proposèrent de travailler avec la responsable des chœurs. En quelques séances, Ludmilla avait capté les airs et pouvait les interpréter d'une voix très sûre. À la messe de Pâques, quand l'église accueillit un vaste public venu de tout le quartier, elle fit retentir son premier cantique en soliste sous les voûtes. Elle provoqua dans l'assistance une émotion si forte que le prêtre lui-même resta longtemps assis, parcouru de frissons, sans parvenir à se lever ni à poursuivre la célébration. Tout le monde s'accorda, en sortant, pour dire qu'elle avait la voix d'un ange.

Mais c'était encore une bête qui faisait l'ange. Le talent de Ludmilla pour le chant n'était à ce stade que l'expression d'un instinct, une aptitude presque animale, comme en montrent les oiseaux. Il n'y participait ni culture, ni étude, ni conscience. Elle chantait avec son âme. De là procédait l'émotion qu'elle suscitait. Elle s'en serait contentée et, à vrai dire, n'importe quelle mélodie lui aurait convenu, y compris celles qu'elle découvrait en elle-même, sans savoir qui les avait inspirées. Mais les sœurs avaient d'autres exigences. Elles tenaient ce talent en suspicion : la preuve était l'effet que cette voix avait eu sur le curé. Pour la rendre licite, il fallait en faire un instrument maîtrisé, soumis à des règles et mis au service de la liturgie. Elles orientèrent donc Ludmilla vers l'étude. Une vieille professeure de musique fréquentait l'institution le dimanche pour y suivre la messe. Les sœurs lui demandèrent si elle pouvait se charger d'apprivoiser le don sauvage de la jeune fille. Elle accepta d'autant plus volontiers qu'elle était présente à Pâques, quand Ludmilla avait bouleversé l'assistance.

Cette madame Baudeloque, Thérèse de son prénom, habitait un minuscule appartement au rez-de-chaussée dans une cour, rue de Lourmel, tout encombré de partitions. Le seul meuble était un piano quart-de-queue, laqué avec tant de soin qu'il pouvait servir de miroir. Ludmilla vint presque chaque jour prendre des leçons de solfège. Qu'on puisse lire la musique, que des signes sur du papier gardent la trace des sons et permettent à l'œil de remplacer l'oreille pour faire entendre des mélodies, cela lui parut une merveilleuse invention. La musique, tout à coup, quittait le domaine invisible des songes et entrait dans la réalité concrète, comme ces îles fabuleuses qui cessent d'appartenir au monde rêvé des récits de navigateurs pour prendre un contour et un relief sur des cartes.

Ludmilla se jeta dans l'étude. Le plaisir qu'elle y trouva lui fit oublier d'être malheureuse.

*

Pendant ce temps, Edgar poursuivait, lui, sa traversée aride de l'échec. Après son expérience ratée de vendeur de bibles, il avait repris des emplois sans avenir pour lui : serveur de restaurant, chauffeur de camionnette et même jardinier pour un châtelain de Montargis. Pourtant, il ne se décourageait toujours pas. Peut-être est-ce une manière de reconstruire ses souvenirs et d'y mettre une cohérence rétrospective, quoi qu'il en soit, il me l'a affirmé lui-même quand nous en avons parlé pendant nos entretiens. En passant d'une de ces éphémères conditions à la suivante, il avait l'impression d'être un orpailleur debout dans le torrent et qui agite la boue dans son tamis, en attendant qu'y brille une pépite d'or. Il savait qu'elle apparaîtrait un jour et cette certitude, que rien n'étayait, le gardait de toute mélancolie.

La suite lui donna raison : chacune de ces expériences l'a préparé à ce qu'il allait devenir. Ce fut le cas, en particulier, pour son emploi de jardinier au service du comte de H* dans le Gâtinais. Le château du vieil aristocrate était un bâtiment XVIIIe à double corps, en pierres et briques. Un parterre de gazon ornait la façade au sud. La tâche principale d'Edgar fut d'abord de tailler les bordures de buis compliquées qui dessinaient des arabesques. Puis il dut replanter les vivaces qui avaient passé l'hiver sous des serres.

Le comte, qui était veuf, vivait seul. Pour se désennuyer, après s'être habillé avec gilet, cravate et redingote, il s'asseyait sur un banc sous un des grands arbres du parc et regardait son jardinier travailler. Comme à son habitude et bien qu'il ne fût guère joyeux à cette époque, Edgar régalait le comte avec ses sourires, sa bonne humeur et le faisait rire en lui racontant des histoires grivoises, ramassées sur les chemins de son errance.

Il était logé dans un réduit situé au-dessus de l'appentis où étaient rangés les outils de jardinage et les pots en argile vides. Il avait à peine la place de s'y faire à manger, en posant une casserole sur une plaque électrique. Le comte, qui l'aimait beaucoup, prit l'habitude de le faire entrer chez lui en fin d'après-midi pour boire un whisky en sa compagnie. Bientôt, il le garda à dîner. Edgar retournait dans sa chambre tard dans la soirée, une lampe à la main, souvent assez éméché.

La fierté du comte était sa bibliothèque. Il pouvait

passer des heures à en faire découvrir les trésors à Edgar. On y comptait des ouvrages très anciens, incunables et post-incunables aux couvertures souples de vélin. Plusieurs sections contenaient des in-folio du XVIIIe aux tranches magnifiquement dorées et d'autres volumes plus petits reliés en maroquin rouge et frappés aux armes du comte. Nombre de ces livres lui avaient été transmis par ses ancêtres. Mais il était plus fier encore de ceux qu'il avait réunis lui-même. Sa collection proprement personnelle comptait une quantité considérable d'éditions rares du XIXe siècle.

N'était le respect qu'il avait pour le vieil homme, Edgar n'aurait guère prêté attention à ces reliures sombres et à ces papiers jaunis. Mais le comte les maniait avec tant d'amour qu'il s'obligeait à marquer de l'intérêt.

Ce qui frappa le plus Edgar dans cette collection, ce fut l'identité des auteurs dont le collectionneur lui montrait les autographes. Leurs noms étaient passés à la postérité sous la forme de rues ou de stations de métro. Edgar qui, on le sait, n'avait pas terminé sa scolarité s'étonnait de découvrir ces grands hommes dans leurs œuvres. Leur écriture à la plume, leur signature plus ou moins tremblée, les lignes qu'ils avaient tracées sur des pages donnaient d'eux une image vivante et au fond presque pitoyable. Ainsi ces écrivains devenus des mythes avaient commencé par s'asseoir chaque matin devant une feuille de papier, sans penser à la gloire qui les attendait. Ils avaient cherché des idées, raturé des lignes entières, souffert beaucoup sans doute. Cela les rendait familiers et presque fraternels.

Le comte en profita pour guider les lectures d'Edgar et lui inculquer des rudiments de culture littéraire. Il forma son goût et lui fit aimer les écrivains talentueux, que ce fussent des classiques ou des auteurs contemporains.

Un fait impressionnait beaucoup Edgar : le comte était prêt à payer n'importe quel prix pour assouvir sa passion. Il lui confia par exemple quelle somme il avait déboursée pour acquérir une lettre de Napoléon adressée à Joséphine pendant la campagne d'Italie. C'était un billet d'amour presque illisible, écrit deux jours après l'épisode du pont d'Arcole. Le comte l'avait manquée lors d'une première vente à Belfort. L'acheteur était âgé et le comte avait pris depuis lors des nouvelles de sa santé, en espérant qu'elle déclinerait vite. Il caracola vers Belfort sitôt qu'il reçut la nouvelle de l'agonie de son rival. Il obtint le document à un prix exorbitant mais moindre tout de même que s'il avait attendu une vente publique. Il s'était en effet arrangé avec l'une des filles du défunt. Elle accepta d'autant plus volontiers de céder le document que l'argent, versé de la main à la main, ne fut jamais déclaré dans la succession.

Le comte riait encore de l'aventure et répétait à l'envi qu'il avait fait une bonne affaire. Avec ce montant, Edgar se disait, lui, qu'on pouvait acquérir un appartement comme celui qu'il avait loué avec Ludmilla.

Il commença à questionner le comte sur le monde particulier des bibliophiles. Il apprit ainsi que ces collectionneurs aussi enragés que discrets se connaissaient entre eux, publiaient d'austères bulletins et s'échangeaient des informations, à condition toutefois de ne pas être en concurrence sur une affaire précise.

Les livres que le comte lui montrait chaque soir avec des mines gourmandes parurent moins tristes à Edgar lorsqu'il sut qu'ils étaient chers. Il était de ces esprits tournés passionnément vers la vie qui considèrent l'argent non en lui-même mais pour ce qu'il permet d'acquérir d'aisance, d'autorité et peut-être même de bonheur. Il en avait trop manqué pour se défier d'en posséder.

En écoutant le comte, il devint rapidement très averti en matière de maroquin, de basane et de chagrin. Il sut reconnaître les contrefaçons hollandaises du XVIIIe siècle et retint par cœur le millésime des éditions originales de Stendhal, de Flaubert ou de Maupassant. Son maître s'enthousiasma à tel point pour ses progrès qu'il envisagea d'en faire son assistant. Il lui commanda de cesser le jardinage car il ne souffrait pas de le voir manipuler ses précieuses reliures avec des mains noires de terreau.

Le secours inespéré de ce jeune élève redonna au comte l'envie d'agrandir sa collection. Il l'avait perdue les dernières années, faute de pouvoir se déplacer comme avant. Dès qu'Edgar fut suffisamment formé, il le chargea de le représenter dans les ventes aux enchères.

Ce hasard fut le début de la carrière d'Edgar. On peut s'en étonner car ce n'est pas dans cette activité qu'il a acquis plus tard la célébrité. Reste que c'est ainsi qu'il a véritablement commencé. La bibliophilie l'a fait quitter l'enchaînement sans espoir des petits boulots. Elle lui a donné un premier succès, même s'il fut éphémère.

Sur le développement de cette affaire Edgar a toujours fait preuve par la suite d'une certaine discrétion. Puisqu'il y eut un procès, on comprend qu'il n'ait jamais voulu trop en dire, même trente ans plus tard. Il s'en est tenu à la version officielle, telle qu'elle est consignée dans le verdict. Moi qui ai pu consulter l'intégralité du dossier, j'en sais un peu plus et je mesure à quel point le sujet a pu demeurer sensible.

Edgar, en effet, a connu dans cette activité une réussite fulgurante et ses ennuis sont venus précisément de cette rapidité.

Au départ, il se contenta de représenter le comte dans des ventes comme celui-ci le lui avait demandé – et il était payé pour cela. Puis, tout en continuant à faire le courtier, il créa sa propre société. D'où tenait-il les fonds qu'il utilisa pour les premiers achats ? La question n'a jamais été élucidée. Il est certain qu'il s'associa avec deux autres personnes croisées dans ses vies passées. Hugues Laureau, un chauffeur livreur qu'il avait rencontré à Langres, servit probablement à apporter quelques fonds et surtout à prêter son nom pour éviter que celui d'Edgar n'apparaisse. Le troisième personnage prit au cours du procès la place principale, attirant toute la faute sur lui par des aveux circonstanciés. Reste que son rôle exact ne fut jamais tout à fait clair. C'était un dénommé Georges Rabutin. Il était plus âgé qu'Edgar et avait dépassé la cinquantaine au moment de cette association. Il exerçait officiellement le métier d'encadreur mais ses compétences allaient bien au-delà, comme devait le montrer la suite de l'affaire. Edgar l'avait connu lors de son bref passage à Loudun, comme serveur de bar. Rabutin louait le rez-de-chaussée d'un ancien relais de poste. Le bâtiment était isolé et l'encadreur, s'il n'en occupait qu'une partie, avait l'usage du tout s'il le souhaitait, à titre de débarras ou d'atelier.

Edgar continua de loger au château près de Montargis et de représenter les intérêts de son patron. Rien ne le reliait officiellement à cette société appelée « Laureau et Cie ». Nouvelle venue dans le monde de la bibliophilie et des manuscrits, cette entreprise de courtage se révéla vite être un phénomène commercial. Elle mit en vente un grand nombre de pièces rares et mêmes introuvables. Bientôt assez puissante pour être un acquéreur majeur sur le marché, elle généra un chiffre d'affaires énorme pour ce secteur et des profits considérables. Jusqu'à quel point le comte fut-il informé des activités de son ancien jardinier ? A-t-il contribué, comme certains l'ont prétendu, à l'établir dans ce métier ? Là encore, le mystère demeure. Au bout de deux ans, Edgar quitta officiellement le château, en prétendant devenir le directeur de cette société florissante, dont il était en fait l'un des propriétaires. On était en 1968. La mode n'était pas à la richesse mais plutôt à la contestation. Il n'en avait cure. Ce fut sans le moindre complexe qu'il fit un gros emprunt pour acheter un grand appartement à Paris, boulevard Magenta. Il s'offrit aussi un coupé Mercedes et se fit imprimer, gravées sur le meilleur bristol, des cartes de visite à son nom.

M'a-t-il menti ? En tout cas, il m'a affirmé que pendant qu'il gravissait à grandes enjambées les degrés de cette première réussite, il n'avait qu'une idée en tête : revoir Ludmilla et lui offrir enfin la vie qu'elle méritait.

VIII

Longtemps, Ludmilla s'était gardée de penser à Edgar car cela la faisait souffrir. Un jour, en se promenant, une Marly qui passait lui fit venir à l'esprit l'image de son éphémère mari. Elle se rendit compte qu'elle ne souffrait plus. Cette évocation lui faisait même plaisir. Elle se remit à penser au temps qu'elle avait partagé avec Edgar. En somme, il avait pris place dans le vaste répertoire de ses souvenirs, bons ou mauvais : sa mère, son village, un chat roux qu'elle avait eu enfant et qu'elle avait beaucoup aimé.

Elle était désormais très occupée par ses cours de musique. À vrai dire, le solfège l'ennuyait. Elle l'apprenait comme on suit des études arides en vue de pratiquer un métier. Ses seuls bonheurs, en musique, étaient les moments où elle chantait sous les voûtes de la chapelle. La beauté de sa voix l'avait fait connaître dans le voisinage. Il lui arrivait d'aller se produire dans d'autres églises, même si les sœurs n'aimaient pas cela. Elle continuait à travailler pour améliorer sa technique. Sa vieille professeure de musique ne serait pas éternelle, elle le savait. Il était urgent de tirer d'elle tout ce qu'elle pouvait en apprendre. Un jour, il serait trop tard.

En ce printemps de 1968, elle entendit des rumeurs de révolution. L'institution où elle habitait était presque autant à l'écart du monde que son village d'Ukraine autrefois. Ses camarades discutaient avec animation, commentaient des bribes d'information. L'une d'elles, qui faisait figure d'aventurière, s'était trouvée coincée la nuit précédente entre une barricade et une charge de CRS.

Ludmilla ne comprenait rien à tout cela. La situation, cependant, lui semblait grosse d'un cataclysme. Certaines cantates de Bach, ce mois-là, résonnaient en elle de façon solennelle comme si elles annonçaient de mystérieux décrets de la Providence.

Elle pensait que ces phénomènes se produiraient bien loin d'elle et à une échelle nationale. Au lieu de quoi, le tremblement de terre la concerna en propre et sous la forme la plus particulière.

Un matin du début de mai, une voiture de sport bleue se gara devant le portail des sœurs. Un homme élégant en sortit. Sa silhouette était élancée. Il portait un complet à la mode, c'est-à-dire cintré et avec le pantalon large aux chevilles. Une cravate à fleurs était nouée autour de son cou. Il tenait à la main un bouquet de pivoines qu'enveloppait un cône délicatement froissé de papier cristal. Il se dirigea d'un pas assuré vers le bureau de la sœur tourière. Ludmilla allait partir à sa leçon de musique. Elle était vêtue pour le printemps, avec un corsage blanc brodé, sans manches, et une jupe rouge, trop courte à son goût, que ses amies l'avaient encouragée à choisir. Ce qui la réjouissait, c'était ses sandales légères en cuir. Elles lui donnaient la sensation de marcher pieds nus comme jadis dans la campagne.

En passant dans le couloir, elle remarqua quelques filles attroupées autour d'une des fenêtres qui donnaient sur la cour d'honneur. Elles observaient en riant les démêlés du visiteur avec les sœurs. L'affaire devait être grave car on avait appelé la supérieure.

L'institution protégeait ses pensionnaires. Pour éviter que des maquereaux ne viennent harceler leurs anciennes protégées, tous les hommes étaient arrêtés au parloir. Aucun mâle n'était autorisé à entrer dans le bâtiment. Le visiteur ne semblait pas l'accepter. On entendait des éclats de voix et il agitait ses fleurs sous le nez des religieuses. Les filles riaient à la fenêtre. Ludmilla, par curiosité, approcha. L'homme réapparut à ce moment-là l'air furieux, balançant son bouquet à bout de bras la tête en bas. C'était Edgar.

Sans avoir jamais réfléchi à ce qu'elle ferait en pareil cas, Ludmilla réagit sans aucune hésitation. Elle poussa ses camarades, se pencha par la croisée ouverte et cria avec la même énergie qu'elle mettait dans son chant.

— Edgar !

Il se figea, chercha d'où venait cette voix désirée, vit Ludmilla et lui sourit. Elle dévala l'escalier en courant, sortit sur le perron. Au grand scandale des sœurs, ils s'embrassèrent en plein milieu de la cour d'honneur. Puis, se tenant par la taille, ils marchèrent jusqu'à la voiture. Toute l'institution les regarda démarrer et s'éloigner.

L'indignation était générale. Les sœurs réprouvaient semblable étalage de sentiments devant des jeunes filles. Quant aux jeunes filles en question, elles avaient donné en vain à Ludmilla pendant tous ces mois des conseils venimeux pour qu'elle oublie cet homme. L'irruption de l'amour est un phénomène reconnaissable entre tous, y compris par celles et ceux qui ne l'ont jamais éprouvé. Les retrouvailles impudiques de ces deux-là portaient sa marque et rendaient inutiles ou ridicules les interdictions, considérations morales et autres recommandations qui se prétendaient avisées.

La voiture d'Edgar était garnie de sièges en cuir bordeaux et le tableau de bord en racine de bruyère brillait de laque transparente. Par les fenêtres ouvertes entrait un air tiède et piquant, chargé des pollens du printemps. Ils ne se disaient rien, riaient. Edgar ôtait de temps en temps la main qui tenait celle de Ludmilla pour changer les vitesses.

Il y avait peu de voitures dans les rues, sans doute à cause des événements qui secouaient Paris en ce mois de mai 1968. Ils remontèrent l'avenue de l'Observatoire en roulant au milieu de la chaussée et, à Port-Royal, Edgar grilla même un feu rouge. Il avait vaguement l'impression qu'il aurait dû parler, donner quelques explications mais il n'y parvenait pas. L'instant était si voluptueux qu'ils avaient l'un et l'autre envie de le prolonger en silence. Edgar tira de sa poche des cigarettes américaines, des Lucky Strike sans filtre. Il les tendit à Ludmilla. Elle hésita, sourit, n'osa pas avouer qu'elle n'avait jamais fumé. Crânement, elle en prit une, en huma le tabac, la pinça entre ses lèvres. Edgar pressa l'allume-cigare et le porta devant leurs deux cigarettes. Ludmilla aspira une longue bouffée, grimaça à cause de l'amertume mais se retint de tousser. Edgar l'observa et ils partirent d'un grand éclat de rire qui remplaçait tous les commentaires.

Qu'aurait-il pu lui dire, de toute manière ? Bien des choses restaient mystérieuses à ses propres yeux. Il ne savait pas à quel moment précis il s'était remis à penser à Ludmilla. Il n'avait certainement jamais cessé de penser à elle. Mais ces évocations, à une certaine période, avaient changé de nature. Longtemps, elles avaient été douloureuses et désespérées : il était convaincu de l'avoir perdue. Parti volontairement, il s'étonnait que cette décision, qu'il ne regrettait pas, le laissât si nostalgique. Pendant ce temps, il suivait le cours chaotique de sa vie.

C'est à peu près au moment où il arriva chez le comte qu'il se mit à évoquer Ludmilla autrement. La culpabilité l'avait quitté. Il se disait qu'après tout il s'en était lavé en lui redonnant sa liberté. Restait le souvenir d'une histoire qu'il avait la conviction de n'avoir pas vécue. Le désir de protection, la honte, le sentiment d'indignité, tous ces parasites de l'âme avaient caché à ses yeux ce qu'il découvrait maintenant et trop tard : l'amour. C'est de cela, au fond, qu'il s'agissait et, s'il avait pu le voir à temps, il aurait évité bien des erreurs.

L'amour l'avait frappé lorsqu'il avait rencontré Ludmilla. L'amour encore lui avait donné l'énergie pour la tirer du bout du monde où elle vivait.

Et c'était toujours l'amour qui entretenait son souvenir, qui faisait ressentir à Edgar de l'ennui et presque du dégoût chaque fois qu'il se rapprochait d'une autre femme. Il chercha d'abord à s'en délivrer, en chassant ces pensées quand elles venaient. Puis, à mesure qu'il construisait sa nouvelle vie, que les affaires semblaient lui réussir, il imagina qu'au fond rien n'était peut-être perdu. Il pourrait la revoir et, qui sait ? la reconquérir. Son aisance financière lui permettrait d'offrir à celle qu'il aimait toujours une vie plus belle que la première qu'ils avaient partagée. On voit qu'il ne pouvait tout à fait considérer l'amour en soi. Comme si ce sentiment tout seul n'eût pas suffi, il y mêlait à nouveau des aspects matériels. L'amour était pour lui un corps mou auquel seul l'argent et tout ce qu'il permettait d'acquérir servait de colonne vertébrale. En somme, il jugeait son aptitude à être aimé en fonction de sa capacité à gagner de l'argent. Faute de père, probablement, il s'était forgé cette idée du rôle masculin…

Quoi qu'il en fût, plus il réussissait, plus l'idée de revenir vers Ludmilla grandissait. Il finit par lui écrire à leur ancienne adresse. La lettre suivit un long parcours et l'atteignit enfin à l'institution. Elle ne contenait que quelques mots, à l'occasion de l'anniversaire de Ludmilla. Celle-ci répondit en s'appliquant. Elle ne voulait pas faire corriger les fautes par ses copines. Elle en laissa quelques-unes. Assez pour qu'il sût qu'elle avait écrit seule. Elle n'en disait pas beaucoup sur sa vie, parlait du chant et des sœurs. Il en conclut qu'elle était encore libre. C'était une idée à la fois présomptueuse et ridicule. Car, libre ou pas, elle aurait pu ne pas vouloir de lui. Et au contraire, si elle était toujours amoureuse, aucun autre engagement ne l'aurait retenue.

Ce malentendu n'eut pas trop de conséquences puisque Edgar décida de venir la voir. Son intention n'était pas de l'enlever, juste de reprendre contact, de lui offrir des fleurs. Mais la force du lien entre eux était telle qu'à peine réunis la passion avait eu raison de la bienséance et rendu tout préliminaire superflu. C'était comme la première fois dans le village d'Ukraine quand rien d'artificiel ne recouvrait encore leurs sentiments et quand ils étaient capables de se laisser envahir par l'évidence du désir.

Sans trop savoir pourquoi, arrivé au carrefour Cluny, au lieu de continuer vers l'île de la Cité et le boulevard de Sébastopol, Edgar tourna à droite et prit le boulevard Saint-Michel. Sans doute était-il attiré par le grand vide qui s'ouvrait devant lui. Cet axe d'ordinaire si fréquenté était silencieux et semblait offrir sa verdure, ses trottoirs larges, ses belles façades à la volupté du printemps. Edgar s'y engagea. C'était une mauvaise idée. Arrivés devant la faculté de Censier, ils tombèrent sur une manifestation d'étudiants. L'ambiance était tendue. Il était encore tôt et après les échauffourées de la nuit, un calme précaire était revenu devant les barricades qui bouchaient les accès à la Montagne-Sainte-Geneviève. Des forces de l'ordre tout juste relevées se mettaient en place. Face à elles, du côté des manifestants, on sortait des vapeurs de la nuit. L'irruption inopinée d'une voiture de luxe créa une sorte d'électrochoc de part et d'autre. Les étudiants l'accueillirent par une volée de projectiles en tous genres. Et la maréchaussée, pour s'échauffer, déclencha quelques grenades lacrymogènes dont une atteignit la carrosserie du coupé Mercedes au niveau de l'aile droite. Des éclats de verre, vestiges de la nuit précédente, jonchaient le sol. Deux pneus crevèrent, entraînant le véhicule dans un tête-à-queue particulièrement malvenu car il l'immobilisait au milieu du carrefour. Ludmilla et Edgar sortirent de la voiture en courant, craignant qu'elle ne prenne feu. Des rires et des quolibets accompagnèrent leur fuite. Si les jeunes insurgés avaient su qui ils insultaient, peut-être se seraient-ils ravisés. Edgar, fils d'une pauvresse, tout juste sorti de la misère, et Ludmilla, arrivée sans le sou d'une campagne ravagée, couraient sous les projectiles que leur lançaient de jeunes bourgeois en mal de révolution.

Comme il fallait choisir son camp, ils rejoignirent le côté des CRS où ils furent accueillis avec moins d'insultes mais guère plus de chaleur. Au terme des dix minutes qu'avait duré en tout cet incident, ils se retrouvèrent sur le quai Saint-Bernard, à pied. Ludmilla boitait à cause d'un talon qu'elle avait perdu et Edgar était au bord des larmes. Cette journée était décidément placée tout entière sous le sceau de l'inattendu. Nos amoureux, enfuis de chez les religieuses avec la fière allure de jeunes conquérants, parvinrent épuisés au domicile d'Edgar à la tombée de la nuit. Ludmilla avait les pieds en sang et Edgar tremblait de rage plus encore que de fatigue.

Si je raconte cet épisode, c'est moins pour l'anecdote qu'en raison de la manière bien différente dont il fut vécu par l'un et par l'autre. Cet écart n'est pas sans conséquence sur la suite des événements. Edgar m'a raconté qu'il était au creux du désespoir. L'actualité, dans son imprévisible cruauté, l'avait privé de ce à quoi il avait tant travaillé. Lui qui espérait offrir à celle qu'il aimait une entrée triomphale dans une nouvelle vie dut subir un ratage complet. C'est ainsi en tout cas qu'il vit l'abandon de sa belle voiture au milieu d'un carrefour du Quartier latin et son exode à travers Paris, revenu à la condition de piéton assoiffé et meurtri.

Ludmilla, quarante ans plus tard, se souvenait au contraire de cet après-midi comme l'un des moments les plus joyeux et les plus excitants de son existence, qui pourtant n'en manqua pas. Elle a gardé une image en particulier : leur traversée de la Seine sur le pont Sully. Notre-Dame se détachait sur le fond bleu pâle du ciel, l'eau était d'un gris velouté et le large parapet métallique était doux d'avoir été caressé par tant de mains de flâneurs et d'amoureux. Elle s'était arrêtée au milieu du pont pour embrasser Edgar. Encore bouleversé par ce qui venait d'arriver, il se laissait faire de mauvaise grâce. Alors, d'un coup, elle avait fait glisser le nœud de sa cravate et l'avait jetée à l'eau. La guirlande de tissu fleuri avait tournoyé longtemps dans l'air et était restée étalée à la surface du fleuve comme une algue flottante. Ludmilla avait glissé ses doigts dans la tignasse d'Edgar et l'avait libérée de son gaufrage de brillantine. Elle était attendrie de lui voir ce visage stupéfait d'enfant qu'un diable aurait soustrait à la discipline sacrée de sa première communion. Au fond d'elle, sans se l'avouer encore mais elle y repensa par la suite, elle était surtout heureuse que le concours des circonstances eût fait disparaître tous les accessoires, la Mercedes aux fauteuils de cuir, les cigarettes américaines, la cravate dernier cri. À ses yeux, ces détails n'étaient pour rien dans le fait qu'elle avait suivi Edgar. Il était bon qu'il sache qu'elle le préférait ainsi : décoiffé, dépenaillé, pieds nus. C'était encore trop. Elle voulait qu'ils soient nus tout à fait. Dès leur entrée chez Edgar boulevard Magenta, sans même un regard pour l'appartement dont il était si fier, elle arracha à la hâte son veston, sa chemise, lança au loin son corsage et laissa tomber sa jupe. Ils n'atteignirent pas la chambre à coucher, expression que Ludmilla avait d'ailleurs toujours eue en horreur. Un canapé, tandis qu'elle poussait Edgar en arrière, s'interposa et les recueillit. Jamais ils n'avaient éprouvé autant de volupté à se mêler l'un à l'autre. Le plaisir et la sueur de leurs assauts les faisaient frissonner dans la brise tiède de la nuit printanière. Au loin, ils entendaient des déflagrations assourdies, sans savoir s'il s'agissait d'une guerre lointaine ou d'une révolution minuscule.

IX

Le deuxième mariage eut lieu en juillet 1968, à la mairie du Xe arrondissement de Paris. Le calme était revenu dans la ville, les Parisiens partis en vacances, il faisait chaud.

Cette cérémonie était une idée d'Edgar. Il tenait à racheter le caractère presque clandestin de leur première union, au consulat de Kiev, et surtout la procédure humiliante et douloureuse du divorce. Par contraste avec ces débuts calamiteux, il entendait placer ce deuxième mariage sous le signe de l'aisance. Chez lui, faute d'expérience, le luxe prenait volontiers à cette époque la forme du mauvais goût. Il avait loué pour deux jours une Rolls décapotable rose avec un chauffeur en frac. C'est dans cet équipage qu'après la cérémonie à la mairie ils allèrent jusqu'au Chalet du Lac dans le bois de Boulogne, pour déjeuner sur la terrasse avec les témoins. Ceux-ci avaient meilleure allure que la première fois. Au lieu d'un planton et d'une prostituée, ils eurent pour parapher l'acte solennel le concours de deux hommes et de deux femmes qui présentaient tous les signes de la respectabilité.

Edgar, de son côté, avait choisi ses associés. Hugues Laureau avait quitté son emploi de livreur et se prétendait maintenant chef d'entreprise, ce qu'il était sur le papier puisque la société bibliophilique portait son nom. Georges Rabutin affectait, lui, une contenance modeste et continuait à dire qu'il était un simple encadreur, malgré le rôle central qu'il jouait dans l'affaire. Pour Ludmilla, les témoins furent moins proches mais plus prestigieux. La première personne était la veuve d'un grand amateur d'autographes. Elle avait confié à Edgar le soin de tirer le meilleur prix de la collection dont elle avait hérité. L'autre était une des pensionnaires de l'institution, la seule qui n'eût jamais pris parti contre Edgar. Elle se prénommait Mathilde, était native de Clermont-Ferrand, fille d'une famille de notables. D'un tempérament tendre et influençable, elle avait suivi à Paris un homme plus âgé, qu'elle avait rencontré par hasard, en herborisant sur les pentes du puy de Dôme. Elle avait rompu avec sa famille pour finalement découvrir que son compagnon n'était rien de ce qu'il prétendait. Ni héritier, ni génie de la finance, ni familier du boulevard Saint-Germain, l'amant de Mathilde était un séducteur et même presque un proxénète. Il recevait de l'argent de plusieurs femmes soumises à ses chantages. Mathilde s'était enfuie quand il l'avait présentée à des hommes riches, en lui indiquant clairement ce qu'il attendait d'elle. À l'institution, elle avait développé ses dons pour le dessin et la peinture. Elle travaillait désormais dans une galerie tout en poursuivant une œuvre d'aquarelliste.

Ludmilla n'aurait pas eu elle-même l'idée de ces nouvelles noces. Mais quand Edgar les proposa, elle accepta tout naturellement. Elle y voyait une matérialisation du bonheur qu'ils vivaient depuis leurs retrouvailles. C'était aussi une occasion de s'habiller et de faire la fête, toutes choses à quoi elle commençait à prendre goût – sans atteindre encore les excès auxquels elle devait se livrer par la suite.

Elle s'était fait coudre une robe de mariée qui combinait un haut de percale blanc et des volants de mousseline. L'ensemble avait une élégance à la fois vaporeuse et géométrique où l'on retrouvait l'influence de Coco Chanel et le talent d'un jeune créateur qu'elle admirait et qui se nommait Yves Saint Laurent.

La cérémonie fut grave à la mairie, avec l'échange des anneaux qu'Edgar, cette fois, n'avait pas oubliés. Il avait même apporté un soin particulier au choix des alliances. Celle de Ludmilla était en petits brillants, montée à l'or blanc car ce métal pâle se mariait mieux avec ses yeux bleus et sa peau très claire. Ensuite, le cortège et le déjeuner furent marqués par la gaieté. Rabutin porta des toasts très élégants et l'on feignit de ne pas remarquer combien ceux de Laureau étaient grivois. À 5 heures, tout le monde reprit les canots, pour gagner la berge et les voitures. Edgar était extrêmement satisfait. Il fit pendant le chemin du retour des remarques enthousiastes sur le luxe des vêtements, la finesse des vins, l'obligeance du maire qui avait célébré en personne le mariage. Ludmilla ne retenait qu'une chose : il était heureux. L'amour débordait en elle ; il aurait fait chavirer la barque des mots. Elle préférait se taire, regarder Edgar, l'embrasser, se souvenir de tout, les yeux grands ouverts sur ces moments de bonheur.

Cependant, ces grandes délices n'étaient pas gratuites. Edgar avait dû emprunter pour régler les frais de cette journée somptueuse. Il n'en avait pas envisagé le prix en fonction de ce qu'il avait déjà gagné – même si son entreprise était florissante – mais à proportion de ce qu'il attendait de l'avenir.

Assurément, les perspectives étaient encourageantes, exaltantes même. Grâce à trois ventes récentes – une lettre d'Érasme à Luther, une édition originale de *La Divine Comédie* annotée de la main de Dante et un brouillon de *La Marseillaise* daté de six mois avant la Révolution –, l'entreprise Laureau, c'est-à-dire celle d'Edgar et Rabutin, s'était installée au premier plan des grands courtiers sur la place de Paris. Le succès attirant le succès, Edgar était appelé un peu partout en France et jusqu'aux Pays-Bas et en Italie pour des expertises ou des achats de fonds.

Si Rabutin avait choisi (on saura pourquoi par la suite) de vivre et de travailler tapi dans son relais de poste, Edgar, lui, avait emménagé dans de vastes bureaux près de la place des Ternes. Il voyageait beaucoup mais tâchait de rentrer chaque jeudi soir et de ne repartir que le lundi pour partager un long week-end avec Ludmilla. Au gré des ventes où il se rendait en province, il achetait parfois des meubles et des bibelots qu'il faisait expédier boulevard Magenta. C'était encore un moyen d'être près de Ludmilla quand il en était éloigné.

Elle ne voyait d'ailleurs pas passer la semaine car, pendant qu'Edgar travaillait, elle en profitait pour approfondir son apprentissage du chant. C'était une période bizarre, à cet égard. Sa professeure de musique vieillissait vite et il était évident qu'elle n'allait pas pouvoir continuer longtemps à donner des leçons. Ludmilla avait été accueillie avec enthousiasme par les curés de la paroisse Saint-Médard. Edgar, qui avait découvert le don de sa femme, venait l'écouter en se plaçant au fond de l'église. Il avait du mal à cacher son émotion et souvent ses larmes. Pour l'usage qu'elle en avait – chanter dans des églises –, Ludmilla en savait bien assez. Elle n'attendait plus rien de ces cours mais elle ne les aurait manqués sous aucun prétexte. Il y avait l'habitude, certes, son amour pour sa vieille maîtresse de chant aussi. Quelque chose d'autre, pourtant, était à venir. Elle en était certaine sans pouvoir dire quoi. Et, en effet, elle était loin d'imaginer ce qui allait se produire un après-midi d'automne.

La vieille professeure de musique habitait au rez-de-chaussée d'une cour qu'occupaient seulement des garages. Ainsi aucun voisin n'était gêné par les graves de son piano ni par les vocalises de son élève. Pour parvenir jusqu'à son appartement, il fallait cheminer entre de hauts murs couverts de vigne vierge. Elle rougissait déjà en cette fin de saison. Ludmilla aperçut une femme qui s'arrêtait devant ces feuillages ; elle crut qu'elle était en train d'en admirer les tons vineux et elle continua de chanter. C'était une cantate de Bach qu'elle maîtrisait particulièrement bien et qui mettait en valeur sa voix d'alto. La professeure la lui faisait moins chanter pour la corriger que pour le plaisir d'être emportée par le lent balancement de sa mélodie. La fenêtre était ouverte car la vieille dame avait déjà fait démarrer le poêle et il faisait très chaud dans la pièce. Quand Ludmilla eut terminé, la femme approcha et, sans frapper, ouvrit la porte. Elle avait l'air bouleversée.

— Qui êtes-vous ? dit-elle à l'adresse de Ludmilla.

Ce n'était pas une question indiscrète. Il n'y avait rien d'inquisiteur dans cette voix, seulement l'expression d'un saisissement, une envie de voir levé un irritant mystère.

Cependant, la professeure, pour dévisager l'intruse, avait chaussé sa deuxième paire de lunettes. Ce fut elle qui, du coup, répondit.

— Denise ! s'écria-t-elle. Vous êtes venue ! Quel bonheur ! Merci.

La femme se jeta dans les bras de la vieille musicienne.

Après ces effusions, toutes les trois prirent place autour d'une table basse en cuivre rapportée d'un voyage au Maroc avant guerre. Ludmilla s'affaira dans la petite cuisine et revint avec une théière fumante et des tasses. Ce fut enfin le moment de s'expliquer et de faire les présentations.

Denise Leobel était une ancienne élève, une pianiste d'exception sur laquelle sa professeure avait fondé autrefois de grands espoirs. Elle lui avait fait préparer le concours Marguerite Long, où elle avait obtenu la deuxième place. Hélas, vers vingt-cinq ans, Denise avait traversé une grave dépression et arrêté la musique. Sa professeure ne l'avait jamais accepté. Elle lui avait écrit pendant des mois des lettres tantôt suppliantes, tantôt ridiculement menaçantes, auxquelles Denise ne répondait pas. Un jour, elle avait envoyé un faire-part de mariage posté de New York, où elle s'était établie. Puis, plus rien.

C'est par hasard, trois ans avant cette scène, que la vieille musicienne, en feuilletant un magazine qui consacrait ses reportages aux gens à la mode, avait vu la photo de Denise et retrouvé sa trace.

Si elle avait abandonné à jamais le piano, elle n'avait pas quitté le domaine musical. Elle était mariée à un critique d'art très en vue aux États-Unis et elle-même était devenue agent pour des artistes lyriques.

Quand on lui avait confié l'éducation musicale de Ludmilla, sa professeure avait tout de suite eu la certitude que son élève pouvait aller très loin. Elle savait aussi qu'elle-même ne pourrait pas l'y aider au-delà d'un certain point. Il fallait que Ludmilla fasse des démarches, demande des auditions, passe des concours. La jeune Ukrainienne s'y refusait absolument. Elle montrait – le fait peut paraître incroyable aujourd'hui – une absence totale d'ambition. Il faut dire que depuis son arrivée en France elle avait eu bien d'autres préoccupations : d'abord apprendre la langue, soutenir Edgar qu'elle sentait perdre pied. Ensuite, ce fut la mélancolie du divorce. Le chant était pour elle une consolation, un bonheur intime. Si elle acceptait de le perfectionner en suivant des cours, elle refusait de l'envisager comme un métier.

Sa professeure chercha qui, parmi ses collègues ou relations, aurait pu l'aider à convaincre Ludmilla de son talent. Elle ne trouva personne. Toutes ses connaissances étaient à la retraite ou mortes. Alors elle eut l'idée de Denise. Elle lui écrivit sans trop savoir où adresser la lettre, finit par obtenir des coordonnées. Le premier courrier resta sans réponse. Elle en rédigea un autre. Elle expliquait à Denise qu'elle était depuis longtemps pardonnée. Et elle lui parlait de Ludmilla en lui confiant qu'il s'agissait d'une des plus grandes voix qu'elle eût jamais entendues. Denise connaissait son ancienne professeure, sa modestie, la sincérité – et la dureté – de son jugement. Elle sentit aussi que c'était le moment ultime pour la revoir et lui exprimer la dette qu'elle avait envers elle. Elle avait décidé de lui faire une visite impromptue et avait débarqué la veille à Paris. Elle attendit l'heure des leçons pour surprendre la professeure et son élève.

Après tant d'années à New York, Denise avait pris les manières américaines. Son enthousiasme était bruyant. Elle se lança dans un long monologue, en tenant les mains de Ludmilla. Elle lui dit combien elle avait été touchée par ce qu'elle venait d'entendre, détailla ses qualités vocales de Ludmilla, envisagea divers emplois pour elle.

Pour la première fois, Ludmilla entendit à son propos prononcer le mot « opéra ».

Elle en fut étourdie. Elle n'était jamais allée à l'opéra et s'en faisait l'idée d'un lieu très sévère, guindé, inaccessible.

Denise, emportée par son enthousiasme, énumérait les rôles qu'elle voyait Ludmilla tenir. Puis, tout à trac, le visage tordu par une angoisse inattendue, elle lui demanda :

— Au fait, quel âge avez-vous ?

— Vingt-huit ans.

— Aïe ! C'est tard.

— Non, non, coupa la professeure, elle sait tout. Tu peux lui faire apprendre des rôles dès demain…

— Et la scène ? Il faut savoir jouer, se mouvoir.

— Elle sait.

Les deux femmes regardèrent leur vieille professeure. Elle était attendrissante de passion. On sentait qu'elle n'attendait plus de la vie que cet ultime bonheur, elle qui avait connu beaucoup d'épreuves. Denise sourit, hocha la tête et dit :

— D'accord, je la prends sous contrat.

La professeure ne savait pas exactement ce qu'impliquait ce terme. Elle comprenait seulement qu'une carrière s'ouvrait pour le talent de Ludmilla et c'était tout ce qu'elle désirait. Il y eut un moment d'émotion, quelques pleurs mal contenus. L'artiste et son agent convinrent de se revoir le lendemain.

Quand Ludmilla rentra boulevard Magenta, elle trouva Edgar soucieux d'une grosse vente prévue pour le lendemain. Au cours du dîner, elle lâcha négligemment :

— Je vais chanter à l'opéra.

— Ah, bon, dit-il. C'est bien.

Il était admiratif des talents de sa femme mais il faut reconnaître qu'il les considérait avec un peu de condescendance. L'essentiel pour lui était ailleurs, dans ce qu'il faisait lui et qui leur apportait la prospérité. Il aurait dû se méfier. La vie se charge souvent d'administrer des leçons aux présomptueux. Il n'eut pas à attendre longtemps pour s'en apercevoir.

X

Les grands naufrages, paraît-il, s'annoncent par d'imperceptibles craquements tandis que l'on continue de danser sur les ponts. Les ventes les plus importantes de la société d'Edgar n'avaient soulevé aucune contestation. Certes, dans le milieu des marchands, des bruits circulaient. Cette réussite spectaculaire suscitait des interrogations et même des doutes. La profession n'aime cependant pas le scandale. Personne ne prenait l'initiative d'une dénonciation.

C'est un amateur, qui s'était porté acquéreur d'un petit lot dans une enchère publique, qui fit naître les premiers désaccords. Il avait acheté un exemplaire en édition originale du roman de Jean Cocteau *Thomas l'imposteur* sur vélin pur fil numéroté. La deuxième garde était ornée d'un envoi du poète à « Jeanne Duthil, qui aime les chats et déteste les imposteurs ». Sous la signature, Cocteau avait dessiné d'un seul trait une silhouette de chat.

Les envois de Cocteau sont nombreux et ses dessins assez courants. L'ensemble était donc rare mais abordable. Notre collectionneur avait pu emporter le volume pour une forte somme mais encore à sa portée. Ce Paul Sueur, c'était son nom, avait tenu longtemps un cinéma de quartier dans le IXe arrondissement de Paris. Il y avait reçu Jean Cocteau pour la sortie d'*Orphée*. Ce moment était resté un souvenir inoubliable. Le retraité vivait dans la dévotion du maître. Il collectionnait ses dessins et possédait de belles éditions de tous ses livres rares. Mais il avait des ressources modestes et, la plupart du temps, il se contentait de suivre les ventes sans rien acheter. Au fil des ans et sans être reconnu par quiconque, il était devenu l'un des meilleurs bibliophiles spécialistes de Cocteau.

Quand il reçut l'exemplaire de *Thomas l'imposteur* vendu par Edgar, il le nettoya à la gomme mie de pain, le feuilleta religieusement, les mains gantées de blanc. Il releva les numéros d'édition, les dates d'impression, examina chaque page avec soin, relut le texte à la recherche de coquilles ou de variantes par rapport à un exemplaire courant qu'il possédait. Bref, Sueur se comporta avec ce « Cocteau » comme un passionné qu'il était, seul dans la vie et souffrant d'insomnies. Il fallait cela pour que quelqu'un s'avise de remarquer le détail qui rendit toute l'affaire suspecte.

En page trois, au-dessus des premières lignes du roman, on pouvait observer une dizaine de petites taches, de la nature de celles que les bibliophiles appellent des rousseurs, quoique plus pâles. Il n'y en avait aucune autre dans la suite du texte. Ce léger défaut contrariait le collectionneur. Il était trop minime pour justifier une annulation de la vente.

Tout de même, Sueur en voulait au commissaire-priseur de ne pas l'avoir signalé dans la description qui figurait au catalogue. Il y pensa et repensa pendant les longues promenades qu'il faisait chaque après-midi autour du port de l'Arsenal. Au fil de ces réflexions, la contrariété de Paul Sueur changea de nature. Il se sentait floué, certes, mais le préjudice demeurait modeste. Son exemplaire était toujours très beau et ce léger défaut ne retirait rien à sa valeur. Il y avait autre chose. Il ne parvenait pas à comprendre quoi. Ces taches l'obsédaient. Leur forme lui rappelait un souvenir. Lequel ?

C'est en passant près d'une barque nommée *Touraine* qu'il eut le déclic. L'année précédente dans un lot de livres anciens présentés à la salle des ventes de Tours figurait un exemplaire numéroté de *Thomas l'imposteur.* Sueur n'avait pas les moyens de courir d'une vente à l'autre dans toute la France. Il s'était contenté de se faire envoyer une documentation sur le livre. Il reçut une photo de la couverture ainsi que deux de l'intérieur. Sur la première, il avait remarqué quelques rousseurs. Se pouvait-il que… Il trottina jusqu'à chez lui, fouilla dans ses archives qui, par bonheur, étaient bien classées, retrouva le courrier de la vente de Tours. La photo n'était pas excellente mais côte à côte avec l'exemplaire qu'il venait d'acheter, aucun doute n'était permis : les taches étaient rigoureusement les mêmes. Pareille coïncidence est impossible : c'était le même exemplaire. Restait à vérifier l'essentiel. Il retrouva le descriptif du lot. À moins d'une erreur monumentale, mais il ne s'en produit jamais dans ce sens-là, l'affaire était claire : lorsque le livre avait été vendu à Tours, il n'était pas orné d'une dédicace, ce que les bibliophiles appellent un « envoi ». N'y figuraient ni signature ni dessin. Cocteau était mort depuis plus de cinq ans. Il était impossible qu'il eût ressuscité pour venir apposer son paraphe sur ce livre.

Sueur poursuivit son enquête. Il se rendit compte que le numéro d'exemplaire placé sous la liste des premiers tirages avait été légèrement modifié. Un « 1 » était devenu un « 7 ». On pouvait cependant, en examinant les chiffres à la loupe, déceler la modification.

Sitôt convaincu d'avoir été victime d'une escroquerie, le collectionneur prit rendez-vous avec le commissaire-priseur, menaça de porter plainte, rédigea des notes vengeresses qu'il adressa à divers bulletins spécialisés.

Hélas pour lui, il n'était personne. Le commissaire-priseur le toisa de toute sa hauteur, promit une enquête et le jeta dehors. Il informa néanmoins Edgar qu'un pauvre fou s'était mis en tête de le diffamer.

Edgar ne dit rien mais réagit avec une rapidité extraordinaire. Il annula in extremis un voyage qu'il devait faire en Suisse à l'occasion d'une expertise et se transporta l'après-midi même chez Sueur. Que se sont-ils dit ? Mystère. Edgar s'est contenté de me confier « qu'il avait fait le nécessaire ». Le collectionneur ne porta jamais plainte. On ne sait rien de ce que devint l'exemplaire suspect. Fut-il remplacé par un autre, plus authentique ? Une transaction financière vint-elle dédommager l'acheteur de son préjudice et s'assurer de son silence ?

C'est possible. Perversité de la part de Sueur ou négligence d'Edgar, il subsista tout de même une trace de l'incident : une des notices que l'acheteur mécontent avait envoyées aux revues de bibliophilie parut six mois plus tard. Je me suis procuré ce texte à la bibliothèque de l'Institut. C'est un réquisitoire accablant. Dans la parution suivante, Sueur lui-même rédigea un démenti, expliquant qu'il s'était trompé. Hélas, pendant les mois qui séparèrent ces deux publications, la rumeur avait suivi son chemin dans le milieu. À vrai dire, quand le démenti était paru, il ne servait plus à rien. Car l'affaire avait éclaté pour de bon. Plus rien ne pouvait colmater la brèche. Le navire d'Edgar commençait à couler.

Le naufrage fut lent. Edgar s'efforça le plus longtemps possible de ne rien laisser paraître. Il était gai quand il rentrait et s'il dormait mal, c'était, prétendait-il, à cause du chauffage central de l'immeuble qui était mal réglé. Pour faire diversion, il faisait croire qu'il s'intéressait passionnément pour l'heure au grand sujet de Ludmilla : son espoir de devenir chanteuse d'opéra.

Cette ambition prenait du temps. Denise était repartie pour New York et avait proposé à Ludmilla de l'accompagner. Elle avait expliqué qu'elle venait de se marier, que l'homme qu'elle aimait menait une grande carrière et qu'elle n'envisageait pas de s'en éloigner. Denise accepta cette exigence. Après tout, l'art lyrique est une activité internationale et l'Europe y garde une place prépondérante. Sa société d'agent disposait d'ailleurs de bureaux à Rome, Vienne et Paris. Elle confia sa nouvelle recrue à Vaclav, son représentant en France. C'était un Tchèque homosexuel que Ludmilla aima tout de suite beaucoup, à cause de sa permanente bonne humeur et de sa tendance à la prendre comme confidente dans ses histoires d'amour compliquées. Ce Vaclav était d'abord un excellent professionnel pour qui le monde de la danse et du chant n'avait aucun secret. Il supervisa la formation complémentaire que Denise avait recommandée.

Cette formation fut confiée à une certaine madame Florimont. Elle avait été danseuse avant la guerre (et pendant aussi, disaient les mauvaises langues). Personnage démodé, vêtue de capelines noires et de robes à la Sarah Bernhardt, elle était chargée de contrôler tout ce qui concernait l'aspect scénique du métier de cantatrice. Quoi qu'ait pu dire son ancienne professeure, Ludmilla avait besoin d'apprendre à marcher, à se tenir sur une scène, à coordonner sa voix avec un orchestre. Madame Florimont avait sur ces sujets des idées répressives, puisées dans les livres. Elle combattait toute spontanéité, plaidait pour une maîtrise totale des émotions. Ludmilla, qui n'avait aucune expérience de l'opéra, ni comme artiste ni même comme spectatrice, adhéra aux idées disciplinaires de sa nouvelle professeure. Il ne lui déplaisait pas de penser qu'une grande chanteuse dût être une sorte de machine, mise au seul service de sa voix. Elle s'appliquait beaucoup pour acquérir ces nouvelles aptitudes. En rentrant le soir et si Edgar était là, elle mimait pour lui ses leçons de la journée. Elle traversait la pièce d'un pas altier, effectuait des pas de ballet, se glissait derrière un paravent et changeait de tenue en un clin d'œil.

Edgar applaudissait. Comme il avait la tête ailleurs, il lui arrivait de crier « Bravo ! » avant même qu'elle eût fini sa démonstration. Alors elle faisait celle qui se fâchait et recommençait son numéro.

L'hiver passa à ces préparatifs. Enfin, au début de mars, elle fut prête pour son premier rôle. C'était un emploi modeste dans *L'Enlèvement au sérail*. Elle n'apparaissait que dans deux scènes, pour de brefs échanges. Denise avait tout de même fait le voyage depuis New York pour assister à l'événement. Elle se déclara très satisfaite. Après la représentation, les agents de Ludmilla avaient organisé un grand dîner à La Tour d'Argent. Au cours de ce repas joyeux, madame Florimont fit un long discours qui se voulait docte. Elle expliqua pourquoi, selon elle, Ludmilla était faite pour le répertoire classique, Mozart, Beethoven, Purcell. Vaclav la plaisanta gentiment en lui disant qu'elle prêchait un peu pour sa paroisse. Elle avait forcé sur le champagne, aussi lui répondit-elle en poussant des hauts cris. Elle avoua crânement qu'en effet elle détestait ce qu'elle appelait le « relâchement » des opéras romantiques, avec leur étalage indécent de sentiments… Cette tirade faillit faire tomber le chapeau que madame Florimont gardait toujours sur la tête, même en mangeant. Tout le monde rit beaucoup. Edgar accompagna Ludmilla à ce dîner, en s'efforçant de partager la gaieté générale. Mais il fut appelé trois fois au téléphone pendant le dîner. Il revenait chaque fois la mine plus préoccupée.

C'est le lendemain qu'éclata l'affaire dite « de

la Société Laureau ». Alertés à retardement par la notice de Sueur dans un de leurs bulletins confidentiels, les bibliophiles amateurs s'étaient mis en chasse derrière l'entreprise d'Edgar. Afin d'éviter d'être éconduits par la caste solidaire des commissaires-priseurs et des libraires de livres anciens, ils avaient réuni une quantité de preuves suffisante pour se pourvoir en justice. Surtout, ils étaient parvenus à décortiquer le système sur lequel reposaient la prospérité et jusque-là l'impunité de la société Laureau. L'âme de cette équipe de limiers bénévoles – mais intéressés car plusieurs d'entre eux avaient acquis des pièces dans des ventes d'Edgar – était un certain Cuvillier, ancien policier à la retraite. Il était illusoire de vouloir le corrompre ou l'amadouer. Le justicier en lui dépassait le collectionneur et les deux se liaient pour le rendre impitoyable. Il déposa plainte le 8 mars. Le juge d'instruction aussitôt désigné hérita d'un dossier de quatre-vingts pages qui exposait toute l'affaire.

Nous n'entrerons pas ici dans les détails. J'ai consulté les pièces du procès et en particulier ce premier répertoire des bibliophiles. L'escroquerie est caractérisée et Edgar a eu beaucoup de chance de s'en tirer à si bon compte.

Pour résumer les choses, disons que les trois compères (ou plutôt deux, Edgar et Rabutin) avaient élaboré un mécanisme assez simple. Au départ, il y avait des faux et en cela ils n'avaient rien inventé. Ledit Rabutin avait à son actif une longue expérience qui l'avait déjà fait condamner, au début des années soixante, dans une affaire de faux-monnayeurs. Il était à l'époque le graveur de la bande. Sous l'influence d'Edgar – mais il le nia et prit toute la responsabilité des délits –, il s'était mis à imiter des écritures d'hommes et de femmes célèbres. Sa connaissance des encres, des papiers et son coup de main de dessinateur – joints semble-t-il à des dons de graphologue – lui avaient permis de parvenir à des résultats quasiment parfaits – sauf pour un œil aussi exercé et malveillant que celui de Cuvillier !

Là où l'affaire prenait une envergure plus considérable, ces imitations étaient toujours effectuées sur des supports authentiques. L'achat de livres, d'estampes non signées, de courts billets autographes était le préalable au maquillage.

Entre les mains de Rabutin, le livre devenait dédicacé, l'estampe était numérotée et signée, et la ligne manuscrite authentique mais sans intérêt se prolongeait de deux ou trois paragraphes, qui revêtaient, eux, un caractère historique.

La grande habileté des associés fut par ailleurs de ne pas abuser de leurs talents. Ils limitèrent les faux à quelques pièces dont l'origine était indétectable. C'est ainsi qu'ils prétendirent avoir retrouvé dans une succession qu'il leur avait été donné d'expertiser – sans révéler de nom –, l'un des trente exemplaires de *Madame Bovary* sur grand papier dédicacés par Flaubert dont on avait perdu la trace. De telles opérations rapportaient beaucoup et les sommes encaissées étaient aussitôt réinvesties pour acheter de vrais documents. Le talent des faussaires servait de démarreur et faisait tourner un puissant moteur qui utilisait, lui, un carburant de bonne qualité.

Rien de tout cela ne résista au scalpel de Cuvillier. Les trois associés furent inculpés pour faux, usage de faux, escroquerie en bande organisée.

Ils avaient contracté de gros emprunts pour se développer. L'effondrement de leur système les mettait dans l'impossibilité de les rembourser. La société fut placée en liquidation judiciaire. Les biens personnels furent saisis. Ludmilla et Edgar durent quitter le boulevard Magenta. Ils trouvèrent à se loger au Chesnay, près de Versailles, dans un pavillon qu'un des rares collectionneurs resté fidèle à Edgar accepta de mettre à sa disposition. Ce furent des jours dramatiques. Ce qui allait se passer bien plus tard dépasserait de loin en violence et en dimension cette première faillite. Mais le ressenti de ces autres cataclysmes n'égalerait jamais ce premier coup dur. C'est qu'entretemps ils auraient appris à vivre.

Surtout, Ludmilla, à tous les sens du mot, allait entrer en scène.

XI

Pendant ces jours difficiles, Ludmilla prit d'abord un rôle de consolatrice. Elle s'efforça de montrer de la gaieté, quelles que fussent les circonstances. Le premier soir dans leur refuge, au fond de leur jardin qui était encore gris de l'hiver et humide, elle eut un long fou rire qui finit par dérider Edgar. Ils étaient assis sur de méchantes chaises à barreaux devant un morceau de jambon emballé dans un papier gras et posé par terre. Tous leurs meubles du boulevard Magenta étaient dans un dépôt, en attendant d'être vendus aux enchères. Et elle riait.

Ce n'était pas un rire nerveux, pas un rire désespéré comme celui par lequel Edgar lui répondit. C'était un rire de vie et de bonheur, un rire de majesté devant les petites flèches que leur envoyait l'existence. Edgar ne la comprit pas. Il retomba dans sa morosité.

Depuis que l'affaire avait éclaté au grand jour et qu'il était devenu inutile de faire des efforts pour la cacher, il présentait tous les signes de l'abattement et de l'angoisse. Cette transformation était d'autant plus frappante qu'il était d'ordinaire toujours gai et plein de vitalité. Désormais, il ne mangeait plus, parlait à peine, passait ses journées à regarder verdir le jardin quand il n'était pas occupé par les démarches de sa défense. La nuit, allongé sur le lit, il tenait les yeux grands ouverts et Ludmilla, à son côté, l'entendait même quelquefois sangloter.

Pendant ces mois d'instruction judiciaire, elle tint de nouveau un rôle à l'opéra, dans *Fidelio* et dans *Così fan tutte.* Edgar ne vint pas la voir chanter. Elle ne dit rien mais en fut un peu blessée. Sa carrière lyrique, à l'évidence, marquait le pas. Sa voix avait enthousiasmé Denise et bouleversé tous ceux qui l'avaient entendue dans le cadre particulier des églises où elle chantait des cantiques. Le passage à l'opéra était cependant moins simple que ses soutiens ne l'avaient espéré. Elle les sentait toujours encourageants mais un peu déçus. Les rôles qu'on lui confiait étaient modestes et ne lui permettaient pas de percer. Quant aux auditions, elle les passait sans parvenir à faire la différence ni à convaincre les directeurs de théâtre de lui donner sa chance dans de plus grands emplois. On ne lui reprochait rien de précis. Ses qualités lyriques étaient réelles mais pas exceptionnelles ; ses interprétations manquaient d'originalité. Dans ces rôles, elle ne dégageait aucune émotion, laissait les auditeurs indifférents et, par un réflexe injuste mais naturel, ils lui en voulaient de ne pas avoir su les faire vibrer.

Elle aurait eu plus que jamais besoin d'Edgar pour l'aider à supporter ce passage difficile. Hélas, depuis ses ennuis, il ne faisait même plus semblant de s'intéresser à sa carrière. Elle le comprenait et lui pardonnait. Mais dans son for intérieur, elle sentait parfois le goût amer d'un reproche qu'elle s'interdisait d'exprimer.

Arriva le procès, après un interminable été qu'avaient gâté des orages. Il se déroula du mieux qu'Edgar pouvait espérer. Rabutin, qui, à son âge, pensait n'avoir rien à perdre et qui était au fond très généreux, se chargea jusqu'au bout de toute la culpabilité. Malgré le scepticisme du juge d'instruction, le tribunal accepta cette version et le condamna lourdement à une peine de prison avec sursis. Edgar fut seulement sanctionné comme complice et écopa d'une amende raisonnable. Il était de nouveau sans le sou mais libre et presque traité comme une victime.

Ludmilla fêta ce verdict avec des cris de joie. Elle embrassa son mari dès la sortie du tribunal et insista pour qu'ils rentrent à pied jusqu'à Neuilly, en se tenant par la main. Ils étaient ruinés, certes, mais Edgar était libre. La vie continuait. Ludmilla espérait sincèrement que ce serait la fin de cette période noire.

Elle devait vite se rendre compte qu'il n'en était rien. Edgar était plus abattu que jamais. Pire, il était sujet à des crises de désespoir. Il restait toute la journée enfermé, l'œil fixe, sans ressort. Ludmilla ne comprenait pas. Elle l'interrogea, le supplia de lui dire ce qu'il avait sur le cœur. Sortit alors de la bouche d'Edgar une interminable litanie de plaintes et de culpabilité. Il s'accusait de ne pas être digne d'elle, de la rendre malheureuse, de l'avoir précipitée dans la pauvreté, d'avoir pris en l'épousant des engagements qu'il était incapable de tenir, de lui promettre un avenir sans éclat dans le dénuement et l'opprobre public, en lui imposant de vivre au côté d'un condamné.

Ludmilla écouta tout cela silencieusement. À mesure qu'Edgar parlait, le visage de sa jeune femme changeait. Elle avait d'abord montré de l'émotion, de l'inquiétude, de la tristesse. Peu à peu, ces sentiments faisaient place à une seule passion : la colère.

Quand, à un moment, Edgar se tut et retomba avachi sur son fauteuil, elle se leva, se planta devant lui et posa les mains sur ses hanches comme une blanchisseuse qui considère un tas de linge à battre. Puis elle parla.

— Maintenant, dit-elle, tu vas m'écouter.

Et elle se fâcha. C'était la première fois. Edgar allait devoir s'y habituer.

Elle parlait désormais suffisamment bien le français pour exprimer ce qu'elle avait sur le cœur, pour mettre des mots sur ce qu'elle ressentait depuis des mois, pour expliquer la conception qui était la sienne de la vie. Elle le fit sans préméditation et découvrit ses propres pensées à mesure qu'elle les formulait, avec cette clarté soudaine et cette lucidité que donne la colère, quand elle n'aveugle pas.

Elle commença par lui dire qu'elle n'avait jamais rien attendu d'autre de lui que de l'amour. Si elle avait tout risqué pour le suivre, ce n'était ni pour de l'argent, ni pour un statut social, ni pour de quelconques considérations matérielles. Elle l'aimait, c'était tout. Et elle n'espérait qu'une chose de lui : qu'il partage avec la même force cet amour.

Il n'y a pas d'amour durable qui ne soit fondé sur l'égalité. Une égalité au-delà des différences et qui, parfois, peut correspondre à de grands écarts de conditions. Reste qu'il fallait que chacun voie l'autre comme son égal. Or, pour des raisons qui étaient sans doute propres à Edgar, il ne parvenait pas à accepter l'idée de cette égalité.

Au début, il y avait eu ce désir de la protéger, de la sauver, qui était légitime et dont elle lui était reconnaissante. Cette médaille n'était pas sans revers. L'ambition de protéger imposait en effet implicitement un rapport du fort au faible qui n'allait pas dans le sens de l'égalité. C'était devenu encore plus manifeste lors de leurs retrouvailles à l'institution. Ludmilla n'avait pas voulu troubler le bonheur sincère qu'exprimait Edgar dans tous ses actes. Elle avait cependant jugé inutile et peut-être même un peu choquant qu'il eût besoin, en la retrouvant, de faire étalage de sa prospérité et de sa réussite. Elle avait été bien heureuse qu'à la faveur des manifestations dans la rue ils se fussent retrouvés à pied, les vêtements imprégnés de sueur et maculés de boue, pour s'embrasser comme des adolescents dans l'encoignure des portes cochères.

— Dis-toi une chose, martela-t-elle sans le quitter des yeux, je ne suis pas à vendre et tu ne m'as pas achetée. Je n'ai épousé ni un compte en banque, ni un titre sur une carte de visite, ni un train de vie.

Riches ou pauvres, ce qu'ils étaient et ce qu'ils seraient lui était bien égal, pourvu qu'ils le fussent ensemble. L'argent était là ? Tant mieux. Ils le dépenseraient pour leurs plaisirs. Il manquait ? Tant pis. Ils pouvaient toujours chanter, marcher dans les rues, grimper aux arbres. Et s'aimer.

— Au lieu de cela, ajouta-t-elle, tu es là à gémir, à te plaindre de ce que tu n'as plus, sans un regard pour ce que tu possèdes encore.

— Et qu'est-ce qu'il me reste ? osa-t-il, en redressant la tête. J'ai tout perdu.

Mal lui en prit.

— Moi ! hurla-t-elle. Il te reste moi. Mais cela n'a pas valeur à tes yeux car on ne te l'a pas pris. Du jour où tu as eu des ennuis, tu n'as plus eu un mot d'intérêt pour ce que je fais. Si je peux te livrer une confidence, je te dirais que cela me manque plus que tous les beaux meubles qu'on nous a saisis.

— Je suis désolé, lâcha-t-il, en se tassant dans son siège.

Ludmilla, qui s'était rapprochée de la table, donna un coup sur le plateau de chêne, du plat de la main.

— Je ne veux pas que tu sois désolé, comprends-tu cela ? Je veux que tu sois heureux, dans le bonheur comme dans le malheur, que nous traversions tout cela sans faiblir, en nous donnant l'un à l'autre des preuves d'amour. Des preuves gratuites, pas des cadeaux de luxe ni des réceptions mondaines.

— Je veux, poursuivit-elle en s'approchant de lui, que l'échec te donne du courage autant que le bonheur, pourvu que nous le partagions.

Pas de réponse. Elle attendit puis s'impatienta.

— Es-tu décidé, oui ou non, à traverser la vie avec moi en acceptant ce qu'elle nous apporte ?

Les joies et les épreuves, l'inconnu. C'est ce qu'il y a de plus beau à vivre, l'inconnu, tu ne crois pas ?

Edgar opina mais haussa légèrement les épaules en signe d'impuissance. Et, en effet, s'il semblait entendre les mots qu'elle prononçait, il restait accablé par la honte et l'indignité. Elle comprit qu'il lui fallait frapper plus fort et en cherchant à toucher en lui une fibre sensible qui le ferait vraiment réagir.

— Je vais demander le divorce, prononça-t-elle, étonnée elle-même par la netteté de cette réponse.

Il la regarda stupéfait. Elle sentit que son instinct ne l'avait pas égarée et qu'elle avait atteint en lui un point vulnérable.

— Le divorce ? Et pourquoi ?

— Pour que tu comprennes que je ne suis pas avec toi pour un papier. Pour te délivrer des obligations que tu crois avoir à mon égard.

Il y eut un long silence. Edgar, passé le premier moment de sidération, fut gagné par un soupçon et il la regarda en dessous, avec un air de paysan rusé.

— Tu veux m'abandonner, c'est cela ?

Il se redressa, pensant tenir une contre-attaque.

— Tu prétends me contredire avec tes belles paroles mais en réalité tu me donnes raison : je suis ruiné et, du coup, tu préfères me laisser tomber. Va, je le comprends. Je ne t'en veux pas. Sans doute est-ce mieux ainsi.

— Tu ne comprends rien du tout, fit Ludmilla avec un demi-sourire.

Elle était bien persuadée maintenant que cette solution était la bonne et qu'elle devait aller jusqu'au bout.

— Tu verras que c'est exactement le contraire.

Il était inutile d'ajouter quoi que ce soit. Seuls les actes pourraient apporter la preuve de ce qu'elle voulait dire.

— Eh bien, soit ! conclut Edgar avec une sorte de joie mauvaise. Tu veux ta liberté ? Prends-la, je ne m'y opposerai pas. Et tu m'ôteras un poids insupportable.

Tout de même, il doutait. Il y avait en lui une part sincère et désespérée qui souhaitait se délivrer de sa culpabilité. Mais une autre voix, étouffée, recouverte par les conventions sociales et une absurde conception de ses devoirs, lui faisait espérer que Ludmilla n'irait pas jusqu'au bout. Cette voix de l'amour lui criait de le retenir mais son écho lui parvenait assourdi derrière le mur de son entêtement et de sa fierté.

Dès le lendemain, Ludmilla consulta un avocat et engagea une procédure. Comme Edgar l'avait affirmé, il ne s'y opposa pas et c'est d'un commun accord qu'ils aboutirent à la séparation officielle.

Cependant que se tenaient les audiences, ils continuaient à vivre ensemble. C'était Ludmilla, désormais, qui se déplaçait le plus. Elle se produisit à Londres et à Prague, toujours dans des rôles modestes et le plus souvent dans des opéras de Mozart.

Pour gagner sa vie et dans la perspective de la séparation, elle accepta de chanter des chansons tziganes un soir par semaine dans un restaurant russe. C'était assez pénible, à cause du bruit et de la fumée, mais elle était heureuse de retrouver pour un moment des airs de sa terre natale et cet esprit slave dans lequel elle reconnaissait la racine de son propre caractère.

Vaclav, son agent, ne se résolvait pas à la voir réduite à une carrière médiocre. Il espérait toujours obtenir pour elle de plus grands engagements. Il lui fit travailler le rôle-titre de la *Norma* de Bellini et lui arrangea un contrat de remplaçante dans une très prestigieuse représentation de l'œuvre à l'Opéra de Bruxelles. Un mois durant, elle se tint prête en coulisses à chanter à la place de la mezzo-soprano Teresa Berganza, si elle connaissait une défaillance. Elle se mit à scruter le ciel et la température, guettant le mauvais temps et ses conséquences sur la voix de la diva. Malheureusement pour Ludmilla, la prima donna tint bon et ne manqua pas un seul soir.

Edgar, lui, ne sortait guère de leur deux-pièces sombre. Il ruminait toute la journée, lisait le journal du matin puis celui de l'après-midi sans sauter une ligne. Il fit tout de même l'effort d'assister une fois à une représentation dans laquelle Ludmilla était susceptible de se produire, si la Berganza venait à faillir. Il eut à subir sans la voir apparaître un opéra dont les accents pathétiques provoquaient dans son cœur une douleur insupportable.

L'ambiance, quand ils se trouvaient ensemble, n'était ni bonne ni mauvaise. On sentait qu'un décret de la Providence était suspendu au-dessus d'eux et qu'il allait bientôt changer le cours de leurs vies. Ils s'observaient l'un l'autre, se demandant s'ils iraient jusqu'au bout et sinon qui flancherait le premier. Ludmilla tremblait intérieurement mais elle s'en tenait coûte que coûte à l'idée que cette solution était la meilleure. Edgar avait l'effrayante impression que, par sa passivité, il laissait le train de leur couple foncer à grande vitesse vers un précipice. Mais il ne faisait rien pour le retenir.

La conversation entre eux n'évoquait jamais la procédure en cours. Edgar ne parlait plus d'affaires et, de toute manière, il n'aurait rien eu à raconter car aucune occasion favorable ne se présentait. Ludmilla n'évoquait plus l'opéra : elle gardait pour elle ses espoirs et sa déception dans ce domaine.

Il leur arrivait de faire l'amour et le vide de leur existence commune donnait à ces moments physiques une intensité accrue, comme si la passion qui avait déserté leur quotidien se fût réfugiée dans ces gestes d'intimité.

Vint l'audience ultime : le même palais de justice, les mêmes couloirs sinistres, un autre juge mais la même indifférence professionnelle. Edgar s'agitait sur le banc. Il n'avait pas cessé d'espérer sans se l'avouer que Ludmilla calerait. Il avait envie de se lever, de mettre un terme à cette mauvaise plaisanterie, de la retenir. Mais une force plus grande lui disait qu'il ne pouvait plus prétendre honorer les obligations d'un mari et que le mieux, si déchirante que fût cette décision, était qu'ils en finissent.

Ludmilla était impénétrable. Son bluff lui coûtait. Mais elle savait que, pour être efficace, le programme devait se dérouler jusqu'à son terme.

À 18 h 45, le 20 mars 1970, ils étaient divorcés pour la deuxième fois.

Ils se retrouvèrent seuls sur les marches du palais de justice. Les avocats s'étaient enfuis, leur besogne accomplie.

C'était un jour venté. Des giboulées précoces s'abattaient sur Paris, trempaient tout puis laissaient place à un grand ciel frais. Le perron de pierre était verni par l'eau tombée du ciel, mais l'air était sec et sentait encore l'hiver. Edgar, qui n'avait pas de manteau, releva le col de son veston et le tint dans sa main serrée. Ludmilla était enveloppée dans un trench-coat blanc qu'elle n'avait pas quitté pendant toute l'audience.

Ils se regardèrent en silence. Edgar était livide et sa lèvre inférieure tremblait. Ludmilla souriait d'un air énigmatique.

— Tu m'aurais laissée partir comme ça ? souffla-t-elle sans cesser de sourire.

Elle le disait avec tendresse et un peu de pitié. Aussi curieux que cela ait pu paraître à d'autres, elle savait que la passivité d'Edgar était une preuve d'affection. Mais il était temps de briser la carapace, de le délivrer de tout ce qui en lui faisait obstacle à l'amour.

— Allons dîner, annonça-t-elle avec décision.

Il ouvrit de grands yeux.

— J'ai réservé, ajouta-t-elle. Je t'invite.

— Je ne suis pas habillé.

Ce fut tout ce que, dans sa surprise, il trouva à dire.

— Tant pis pour toi. Moi, j'ai pris mes précautions.

Elle entrouvrit son imperméable et laissa apparaître une robe Saint Laurent noire et ivoire qu'elle avait réussi à cacher lors de la saisie de leurs biens. Autour de son cou, un pendentif de diamants qu'il lui avait offert. Il était de plus en plus surpris.

Un taxi passait en contrebas. Elle descendit les marches en courant et le héla.

— Il est tôt mais ce n'est pas grave... On commencera par boire un verre.

Elle demanda au chauffeur de les conduire rue Brea. Ils entrèrent chez Dominique. Le restaurant russe recevait ses premiers clients. Les musiciens boutonnaient leurs vareuses blanches brodées et faisaient couiner leurs instruments pour les accorder.

Le maître d'hôtel les plaça dans une sorte d'alcôve tendue de tapisseries rouge et bleu foncé. Il leur servit de la vodka et des zakouski. Visiblement, ils étaient attendus. Edgar comprit que Ludmilla avait non seulement réservé leur place mais aussi prévu l'agencement de la soirée dans ses moindres détails.

Il était bien qu'ils soient arrivés tôt. Ils eurent ainsi un moment pour se parler avant que le brouhaha du service et le crin-crin des violons tziganes ne recouvrent tout.

— Voilà, dit-elle en portant un premier toast, je t'annonce mon intention de ne jamais te quitter.

Elle but son verre d'un trait et il l'imita avec une grimace. Ils rirent tous les deux.

— Plus rien ne m'oblige à rester avec toi. Nous sommes séparés. Tu n'es plus responsable, plus coupable. Nous sommes libres de tout, y compris de nous aimer.

Avait-elle fait un signe au patron, qui rôdait

près de l'entrée du restaurant ? Ou était-ce combiné à l'avance ? Toujours est-il qu'une sono, à cette heure précoce, remplaçait les violonistes et les joueurs de balalaïka, qui buvaient encore un verre au bar. Elle enchaînait des morceaux russes. Soudain, une chanson du dernier album de Brassens publié quatre ans plus tôt sortit des haut-parleurs. Ludmilla s'était servie de ces paroles quand elle apprenait le français. Car elles étaient riches mais faciles à comprendre : c'était une déclaration d'amour provocante et paradoxale. Elle rejetait la routine et la tristesse du mariage mais exaltait la pure et permanente fraîcheur de fiançailles sans fin.

Quelqu'un avait monté le son. Un des serveurs, derrière le bar, disparut subrepticement mais il sembla à Edgar qu'il les avait regardés avec attention. Il pensa que c'était lui qui avait augmenté le volume de la sono.

La tension retombait d'un coup. Edgar sentait un vertige, presque une nausée. Il dit plus tard qu'une digue, en lui, s'était rompue ce soir-là. Il se poussa sur le coussin du divan, pour être à côté de Ludmilla et passa son bras autour de son épaule. Puis il cacha son visage dans le cou de la jeune femme, comme un enfant qui cherche une protection. Elle entoura sa tête de son bras, caressa ses cheveux en désordre. Edgar a toujours prétendu qu'il n'avait pas pleuré ce soir-là mais, à condition que je promette de ne pas le répéter, Ludmilla n'a pas hésité à me confier qu'elle avait senti des larmes couler dans le décolleté de sa robe.

Les musiciens avaient compris d'eux-mêmes

l'urgence d'intervenir. Ils s'étaient placés en cercle autour du couple et avaient commencé à jouer des mélodies joyeuses. Edgar s'était ressaisi. Il tenait Ludmilla par la taille et de temps en temps l'embrassait sur la bouche.

À un moment, elle se leva, sans quitter Edgar des yeux. Le restaurant était déjà bien rempli. On avait vu passer Kessel, avec une grande femme brune. L'acteur Pierre Fresnay l'avait rejoint et bien d'autres visages célèbres. Les conversations étaient animées mais soudain se turent. Ludmilla s'était mise à chanter, accompagnée par les violons. Les musiciens l'entraînèrent dans la salle. Edgar la regarda s'éloigner. Il vit les regards brillants tournés vers elle. Sa voix claire, riche, faisait entrer dans les cœurs une joie sombre et une envie sauvage de vivre. Les écailles tombées des yeux d'Edgar lui laissaient voir jusqu'à l'aveuglement combien cette femme rayonnait, quelle force il y avait en elle et avec quelle intensité il l'aimait.

Elle revint vers lui, cessa de chanter et tomba dans ses bras tandis que la salle applaudissait et criait de bonheur.

Puis ils mangèrent, burent, portèrent des toasts et s'embrassèrent jusqu'à si tard dans la nuit qu'ils ne gardèrent aucun souvenir de la fin de cette soirée.

Ludmilla avait gagné son pari : ce divorce les rapprocha plus que tous les mariages passés et à venir.

XII

Le coup de poker de Ludmilla avait réussi au-delà de toutes ses espérances. Dans la nouvelle union que scellait leur deuxième divorce, Edgar était délivré des scrupules mentaux qui l'avaient tant entravé précédemment. Du coup, il avait retrouvé sa gaieté et toute son énergie. Il était redevenu lui-même, drôle, optimiste et enthousiaste.

Il avait fallu cette catharsis pour qu'il comprenne et accepte la manière que Ludmilla avait de voir le monde. Il se rendit compte qu'il la partageait tout à fait et que leur amour, sans qu'il en eût conscience, était né de cette secrète et profonde ressemblance. Il supporta avec mieux que de la résignation, je dirais du plaisir, les moments de gêne financière et même de privation.

Ils en traversèrent un après la soirée qui avait célébré leur séparation officielle. Ludmilla avait tout pris en charge avec les revenus de ses petits cachets. En bonne logique, ils auraient dû épargner ces sommes pour payer les dépenses courantes après la faillite. Au lieu de quoi, elle avait jeté leurs derniers fonds dans le brasier de la fête.

Ils se réveillèrent avec la gueule de bois et sans le sou. Il leur fallut manger des patates pendant plusieurs semaines, se coucher parfois la faim au ventre, mettre au clou les robes que Ludmilla avait sauvées de la saisie et notamment celles de Saint Laurent qu'elle portait chez Dominique. En d'autres temps, Edgar aurait vécu cela avec culpabilité et angoisse. Au contraire, il se sentait prêt à bondir comme un lévrier maigre, ivre d'affronter les privations, remplaçant les nourritures du corps par celles de l'esprit : il lisait, réfléchissait, écoutait Ludmilla pendant ses répétitions. Ils étaient légers, joyeux, toujours gais et surtout confiants. La déesse Fortune aime s'amuser, c'est bien connu ; elle prodigue plus volontiers ses largesses à ceux qui la divertissent qu'aux geignards et aux désespérés. Et, en effet, plus rapidement qu'ils n'auraient pu l'escompter, elle les favorisa.

Vaclav, l'impresario de Ludmilla, avait toujours eu l'intuition, en dépit des avis de madame Florimont, qu'elle était faite pour les opéras romantiques et en particulier pour ceux de Verdi. Denise, de New York, s'était opposée à cette idée. Elle pensait que Ludmilla s'était construit une petite réputation dans le registre mozartien et qu'il fallait l'approfondir, sans brouiller son image. Vaclav fit mine de lui obéir mais il continua d'explorer d'autres possibilités. La chance finit par lui sourire. Ludmilla fut engagée comme remplaçante dans une représentation d'*Aïda* montée à l'Opéra de Paris avec de gros moyens. L'artiste vedette était Leontyne Price. La première se déroulait dans une salle comble. On remarquait dans les loges un grand nombre d'hommes politiques de premier plan dont le ministre des Finances, Valéry Giscard d'Estaing. Tout ce que le monde lyrique comptait de critiques et de directeurs de théâtre avait tenu à être là.

Pour une représentation de cette importance, le rôle principal était doublé par une remplaçante officielle. C'était, pour Leontyne Price, la jeune soprano déjà très appréciée Margaret V*. Ludmilla n'était en somme que la remplaçante de la remplaçante. Vaclav avait obtenu cette position de haute lutte, en offrant cette participation à titre gracieux. Il s'agissait d'une tentative de plus pour briser le mur d'indifférence et de vague mépris qui entourait encore Ludmilla.

Elle était donc dans l'obscurité des coulisses, ce soir-là, sans maquillage ni costume, à attendre une chance qui ne viendrait pas. Edgar avait insisté pour l'accompagner. Elle avait réussi à le faire entrer secrètement. Avec la complicité d'un machiniste d'origine ukrainienne, elle s'était débrouillée pour qu'il puisse suivre la représentation depuis une nacelle d'éclairage. Elle se disait qu'il ne perdrait pas tout à fait son temps, au milieu des poulies et des toiles peintes car, à l'issue du spectacle, un buffet était prévu pour les artistes et elle l'y emmènerait. Ce serait au moins l'occasion de boire un peu et de manger de bonnes choses. À mesure que l'heure du lever de rideau approchait, l'atmosphère dans les coulisses devenait plus électrique. Ludmilla attendait côté jardin, abritée derrière une console pleine de petits voyants rouges et verts. Une troupe de figurants en costume piétinait derrière elle. L'écho de leurs voix assourdies se perdait dans l'immensité obscure des cintres. Quelque part, là-haut, invisible et aimant, Edgar la regardait.

La scène encore sombre exhalait une odeur de parquet, de tissus lourds et de sueur. Les chanteuses du chœur, quand elles se mettaient en place, laissaient sur leur passage d'invisibles nuages de talc parfumé.

À cette agitation habituelle s'ajoutait, pour Ludmilla qui était désormais familière de ces événements, une tension particulière. Quelque chose n'allait pas. Elle le comprenait à des bruits de pas précipités, à des portes qui claquaient dans les étages avec des bruits atténués de carton. À un moment, elle distingua même des éclats de voix dans la direction des loges.

Le public, de l'autre côté du rideau, achevait de se mettre en place. On percevait le grelot des sonnettes, dans les couloirs et le foyer. Soudain, par quelqu'un qui était passé en courant, un des figurants avait capté la nouvelle. Il la répandit parmi les soldats romains à tuniques courtes, les prêtres égyptiens, les guerriers portant javelot et les joueurs d'olifant : l'avion de mademoiselle Price qui devait l'amener de New York n'avait pas atterri à cause du brouillard. Où était-elle partie ? Allait-elle être retardée ou l'avait-on débarquée dans un autre pays, d'où il lui serait impossible d'arriver à temps ?

C'est dans ces circonstances que Ludmilla regrettait de ne pas avoir plus de religion. Elle n'avait personne à implorer et, faute de savoir à qui s'adresser dans le ciel, elle leva les yeux en essayant d'apercevoir Edgar. Mais elle n'y parvint pas. Les minutes lui paraissaient longues, interminables.

Enfin, une autre nouvelle circula parmi les hoplites : mademoiselle V*, la remplaçante officielle, était en train de s'habiller. On l'avait conduite dans la loge de Leontyne Price qui, décidément, n'arriverait plus.

Comme les joueurs de bridge qui comptent les atouts et en déduisent des probabilités, Ludmilla se dit qu'avec la remplaçante dans le rôle-titre ses chances de pouvoir apparaître n'étaient plus nulles, bien que restant extrêmement faibles. Toutefois, elle pouvait espérer. Elle le fit avec fièvre jusqu'au moment où le directeur de l'Opéra apparut sur la scène devant le rideau rouge. Il prit la parole sans bien savoir se servir du micro qu'un technicien avait planté au milieu de la rampe. Le public qui n'entendait rien se mit à hurler.

— Plus fort !

Le directeur était troublé. Il se nommait Villebois et occupait son poste depuis six mois à peine. Il avait succédé à un homme très aimé et très talentueux ; tout le monde l'accusait d'avoir intrigué pour y parvenir car il était le cousin d'un Compagnon de la Libération, membre du cabinet du général de Gaulle. La salle, se doutant qu'il venait pour annoncer une mauvaise nouvelle, ne ménagea pas ses quolibets. Enfin, Villebois parvint à se faire entendre, en crachant dans le gros microphone.

— Monsieur le Ministre, Messieurs les membres du Parlement, mesdames et messieurs, j'ai le regret de vous annoncer que Madame Leontyne Price n'a pu atterrir aujourd'hui en raison de mauvaises…

Les sifflets couvrirent le reste. Il parla de la météo, ce que personne ne semblait accepter comme une excuse crédible. Il est vrai que Villebois, en négociant le contrat avec les agents de la cantatrice, avait réduit au plus juste son séjour dans la capitale pour faire des économies. En bonne logique, la célèbre artiste aurait dû être à Paris depuis deux ou trois jours. Le metteur en scène s'en était plaint et un écho avait paru dans *Le Figaro* la veille.

Lorsque le directeur annonça que mademoiselle V* remplacerait la diva, personne ne l'entendit. Il partit sous les hurlements et la salle était encore en plein tumulte quand le rideau fut levé.

Les lumières crues faisaient briller des toiles peintes représentant les pyramides. L'obscurité qui enveloppa le public dès l'extinction du plafonnier, le mouvement des figurants, l'élégance du décor, tout cela apporta un peu de calme, quoique l'on entendît encore brailler dans les balcons les plus hauts. On pouvait espérer que le tumulte allait s'apaiser. Hélas, dès que parut Margaret V*, la remplaçante de la diva, une onde mauvaise souleva le public. La voix de la malheureuse était couverte par les invectives et les sifflets. Certains criaient « chut », tentaient en vain de ramener le calme. Dès que la jeune cantatrice chantait, des cris hostiles se déchaînaient.

Ludmilla, tout à coup, cessa d'espérer prendre le rôle. Elle n'osait pas imaginer ce qu'elle aurait à affronter si pareille charge devait lui incomber.

Cependant, il régnait tout autour d'elle dans les coulisses une agitation extrême. Compte tenu du bruit que faisait le public, les administrateurs du théâtre ne se gênaient plus pour discuter à haute voix. Fallait-il interrompre la représentation ? Certains jugeaient que ce serait pire car, au fond, le mal était fait et on pouvait espérer une amélioration. Hélas, chaque fois que retentissait la voix de la remplaçante, leurs espoirs s'envolaient. Les plus excités dans le public ne renonceraient jamais au scandale.

Comme la distribution d'ensemble de cet opéra était médiocre, toute la communication, ces dernières semaines, avait porté sur la seule présence de Leontyne Price. C'était le retour de la diva en Europe depuis quinze ans et la première fois qu'elle chanterait à nouveau *Aïda*, après son triomphe mémorable au Met, dix ans auparavant. Son absence gâchait tout.

Sa remplaçante resta en scène jusqu'à la fin du premier tableau. Elle était à bout de nerfs, humiliée par le chahut, bafouée par les cris d'animaux qu'on lui lançait. Pendant qu'elle s'efforçait de résister, elle pensait à la ruine de sa carrière, à la honte de ses proches. Elle était au bord des larmes. Sitôt la dernière mesure chantée, elle courut littéralement vers les coulisses. Elle était à deux mètres de Ludmilla et déjà cachée au regard des spectateurs quand, dans sa précipitation, elle buta sur une latte disjointe du plancher et tomba lourdement. On la transporta dans sa loge sans savoir si ses larmes étaient l'effet de la douleur ou de l'affront qu'elle venait de subir.

Tandis qu'on évacuait la malheureuse, Ludmilla sentit quelqu'un serrer son bras. C'était Vaclav.

Il fit preuve, dans ces minutes décisives, d'une présence d'esprit et d'une autorité dont elle devait toujours se souvenir.

D'abord, ils empruntèrent un escalier étroit qui menait aux loges. La dernière porte dans le couloir où ils débouchèrent était occupée par la cabine des maquilleuses. Vaclav ouvrit d'un geste brusque et, avec un aplomb extraordinaire, dit en regardant son chronomètre :

— Préparez mademoiselle pour le rôle d'Aïda – ordre de la direction. Il faut qu'elle soit habillée à la reprise, vous avez neuf minutes.

Ludmilla s'assit dans un haut fauteuil de cuir pivotant. Les maquilleuses et les coiffeuses, sans discuter, commencèrent à l'enduire de fard et à lui serrer les cheveux en chignon.

Vaclav avait déjà disparu. Comment s'y prit-il pour emporter la décision ? Ludmilla ne le sut jamais vraiment. Il était l'ami du directeur, ce Villebois qui, à ce moment, était assis derrière son bureau, la tête dans les mains. Que lui dit Vaclav ? D'aucuns ont prétendu qu'ils partageaient un secret qui ne fut révélé que bien plus tard. Il avait trait aux orientations sexuelles du dénommé Villebois. Il avait femme et enfants et tenait à préserver la réputation d'un homme exemplaire. Cependant, il lui arrivait de chercher le plaisir de façon plus conforme à sa nature et c'est ainsi que Vaclav l'aurait connu. Peu importe, à vrai dire. L'essentiel est qu'à l'ouverture du deuxième tableau Ludmilla, vêtue d'une lourde robe semée de perles, coiffée à la hâte d'une perruque brune sous laquelle dépassaient quelques mèches blondes, les yeux aveuglés par le khôl dont les maquilleuses n'avaient pas eu le temps d'ôter l'excès, se tenait côté cour entre deux trompe-l'œil qui représentaient des piliers de marbre. Quand elle avança jusqu'au milieu de la scène, une énorme extrasystole arrêta le cœur de la salle. Le public s'apprêtait à l'hostilité et voilà qu'il était saisi de stupeur. L'étonnement arrêtait les cris dans les gorges. Un silence total envahit le théâtre. Tout pouvait en sortir ; le meilleur comme le pire.

La remplaçante officielle de Leontyne Price, la pauvre V* qui, à cette heure-là, massait sa cheville foulée en attendant d'être conduite à l'hôpital, était moins célèbre que la diva mais néanmoins connue. Ludmilla, elle, n'était encore personne. Comme un prédateur renifle une proie avant de la dévorer, le public ouvrait grand les yeux sur la jeune femme qui s'avançait avec peu d'assurance. Cette image vide demandait à s'emplir d'une voix pour que l'on sût quel ramage allait avec ce plumage et qu'on comprît finalement à qui on avait affaire.

Ludmilla, dans le silence abyssal du théâtre, entendait le crissement de ses volants de soie sur le plancher. L'orchestre, sidéré lui aussi, mit un temps avant d'attaquer la partition. L'attente dura un instant de trop.

Un grondement s'éleva de la salle. Les plus timorés s'apprêtaient à se joindre à l'hallali quand, tout à coup, l'inconnue s'avança bien en face du public et chanta.

Les premières mesures furent un combat – Ludmilla calait sa voix : elle avait commencé trop bas, il lui fallait mettre plus de puissance. Les spectateurs rugirent, comme une bête fauve qui résiste à un ordre du dompteur.

En une fraction de seconde, ce cri grossier fit écho dans l'esprit de Ludmilla avec ce qu'elle avait vécu, jadis, dans son village : l'hostilité des paysans, leurs menaces. Elle se revit perchée sur son arbre, dans la lumière bleue d'un après-midi de soleil, tout comme elle était aujourd'hui placée en hauteur sur cette scène, encadrée par le poudroiement d'azur et d'or de la vallée du Nil, peinte sur les décors.

La menace mobilisait en elle la force qui lui avait permis de tout endurer et de tout vaincre. Une énergie mauvaise et pure emplit sa voix.

Elle était face à l'obscurité grouillante et lançait sur la masse hostile le filet céleste de son chant. Vaclav avait raison. La majesté des mélodies de Verdi convenait exactement à cet état d'âme. Ludmilla fit sonner les harmoniques puissantes de sa voix. Le souffle venait du ventre, tendait tous ses muscles, subissait l'insupportable torsion de la gorge, était modelé par ses lèvres. Soudain libéré dans l'immensité obscure, rebondissant sur les corps qui la peuplaient, il devenait le chant d'une âme invincible.

La foule n'aime rien tant qu'être vaincue par une force qui la saisit et lui impose sa volonté. Elle adore acclamer ce qu'elle était prête à conspuer, se coucher aux pieds de ceux qu'elle avait cru pouvoir dévorer.

Ludmilla pensait à Edgar, là-haut, bien au-dessus d'elle, qui assistait à ce combat. Elle en était émue aux larmes et cet épanchement, impossible dans le moment, ajoutait une intensité mélancolique et tendre à sa voix.

L'air se termina dans un salut de cuivres et les timbales résonnèrent. Tous les chanteurs étaient saisis, immobiles. Le chef avait abaissé sa baguette et attendait. Ludmilla sentait, sous sa robe, ses jambes qui tremblaient si fort qu'elle craignait de perdre l'équilibre.

Enfin, de la salle, monta une ovation qui se voulait à la mesure de l'émotion ressentie. On entendait claquer les ressorts des fauteuils de l'orchestre car tous ceux qui les occupaient s'étaient levés pour applaudir. Villebois, entendant le tumulte, crut à une émeute quand son régisseur vint lui dire qu'il s'agissait d'un triomphe. Edgar pleurait dans les cintres et les machinistes eux-mêmes, qui pourtant en avaient vu bien d'autres, essuyaient une larme sur leur manche.

La représentation était sauvée.

XIII

Il est difficile de comprendre pourquoi, à peine un an et demi après un divorce qui les avait rendus si heureux, Ludmilla et Edgar éprouvèrent le besoin de se remarier.

Lorsqu'on tente, comme je le fais, d'explorer la vie d'un couple, on tombe inévitablement sur le mystère de l'intimité. Il y a des barrières que l'on ne peut pas forcer. Les aveux en cette matière ne sont guère sincères. Ce que disent les intéressés reflète plus leur être social que leur vérité privée. Ils ont toujours prétendu l'un comme l'autre que ce troisième mariage n'avait eu qu'un but : régulariser la situation de leur enfant.

En effet, Ludmilla était déjà au sixième mois de sa grossesse quand Edgar la conduisit de nouveau à la mairie. Leur fille, Ingrid, devait naître au début de 1975.

Autant l'avouer tout de suite ; bien plus tard, Ingrid deviendra ma femme et c'est à ce titre que je ferai, dans les années 2000, la connaissance de ses parents.

Comme toujours dans les confidences, cette

affaire de « régularisation » est certainement vraie en partie. À cette époque, les enfants naturels jouissaient de moins de droits. On peut concevoir que Ludmilla et Edgar, meurtris chacun dans leur enfance par des deuils et des abandons, aient tenu à accueillir leur bébé en lui donnant toutes les chances, toute la dignité d'un enfant légitime.

Je crois cependant que ce troisième mariage était aussi le témoignage d'une nouvelle phase de leur vie. Ce fut le mariage de la normalité, le marqueur d'une période, pendant laquelle ils ont connu une vie non pas à vrai dire ordinaire (la leur ne le fut jamais) mais dans une honnête moyenne qu'ils n'avaient jamais connue et qu'ils ne connaîtraient plus par la suite.

Cette vie « ordinaire » n'était ni alourdie par les drames de la misère ni écrasée par les ors de la célébrité. Ce fut une parenthèse si courte dans leur existence qu'elle rend presque incompréhensible ce qui chez tout le monde serait le cours habituel des choses.

Fait remarquable, cette troisième union arriva à un moment où, grâce au coup de force de Ludmilla et à leur deuxième divorce, la question du mariage en tant qu'institution avait cessé pour eux d'être investie par les angoisses et les fantasmes venus du passé. Edgar ne considérait plus cet engagement comme une responsabilité écrasante et Ludmilla ne sentait plus l'obligation pénible de s'y soumettre, comme à une coutume étrange attachée à sa nouvelle patrie. C'était un papier à acquérir, une démarche à accomplir, voilà tout.

Ils se rendirent à pied à la mairie du VIe arrondissement où ils habitaient désormais. Ils avaient donné rendez-vous à quatre amis qui chacun avait pris sur son emploi du temps pour venir les assister dans cette procédure. Ludmilla était vêtue très simplement d'une robe qu'elle avait portée la semaine précédente, bleu marine, en lin, découvrant le genou, avec un décolleté rond qui mettait en valeur son cou fin et long. C'est à peine si son ventre, un peu moins plat qu'à l'ordinaire, laissait deviner sa grossesse. Elle avait les cheveux courts et cela la rajeunissait encore. Edgar portait un complet gris perle et une cravate club jaune et rouge.

Ils n'avaient fait aucune publicité et n'avaient pas lancé d'invitations, par crainte que des journalistes indiscrets ne signalent l'événement. Le soir, ils organisèrent un dîner avec les témoins et quelques amis chez eux, rue Guisarde, dans l'appartement de quatre pièces qu'ils louaient au dernier étage. Là aussi, la normalité était omniprésente : aucun faste, aucune trace non plus des privations que, récemment encore, ils avaient dû subir.

Bien sûr, depuis la fameuse soirée d'*Aïda*, Ludmilla était sortie de l'anonymat. Son triomphe dans le rôle qu'elle avait dû assumer au pied levé avait été complet. Les journaux le lendemain consacraient tous une longue place à l'événement. *Le Quotidien de Paris* en faisait même son titre de une car Philippe Tesson était dans la salle ce soir-là. L'histoire de la petite Ukrainienne tirée de l'ombre pour assurer courageusement le rôle laissé vacant par un monstre sacré de la scène enchantait les journalistes. L'anecdote était belle et Ludmilla très photogénique. Elle se prêta à des interviews du matin au soir, pendant près de deux semaines.

Toutefois, ce succès était, en ce qui concernait sa carrière, plus ambigu qu'il n'y paraissait. En effet, ce qui avait été mis en avant dans les articles, c'était plutôt son parcours, le « miracle » d'une jeune immigrée gagnée par le succès. Son talent était souligné incidemment. Cependant, nul ne semblait vouloir admettre que son triomphe en fût le fruit. D'après plusieurs critiques, le public avait surtout été heureux de faire la nique à la diva qui l'avait boudé. Célébrer cette inconnue, c'était une manière de pousser la star Leontyne vers la retraite et de prendre une revanche sur ses manières capricieuses – même si la pauvre n'était pour rien dans les mésaventures de son avion.

Les mêmes critiques accablaient de leur mépris la malheureuse V* qui avait été incapable de relever le défi (car personne n'avait voulu croire à l'histoire de l'entorse). La tonalité générale était plutôt un double accès de mauvaise humeur, contre la Price et contre sa remplaçante officielle. Ludmilla recueillait finalement des louanges par défaut.

En somme, si cet épisode l'avait fait connaître, s'il donnait à Vaclav toute latitude pour lui trouver des emplois, cela n'avait pas encore fait d'elle une prima donna.

« Le plus beau point de vue est à mi-pente », écrit Nietzsche. Et il est vrai que Ludmilla apprécia beaucoup cette phase de sa vie professionnelle : elle avait franchi les premiers degrés de la célébrité mais n'en était pas encore prisonnière. Elle se mit à travailler avec d'autant plus d'acharnement qu'elle pouvait espérer progresser, en ayant désormais l'occasion de se produire sur de grandes scènes.

Sa grossesse la contraignit pendant quelques semaines à interrompre sa carrière. Des complications survenues peu après l'époque du mariage l'obligèrent à s'allonger et à prendre un traitement qui l'abrutissait. Cette courte absence de la scène ne lui fut pas trop préjudiciable. Cependant, quand elle revint, le souvenir de la fameuse Aïda s'était un peu effacé. Il restait elle, chanteuse prometteuse, au répertoire mieux défini, mais qui avait encore tout à prouver.

Edgar aurait pu souffrir de sa situation ; il traînait sa faillite frauduleuse, ne gagnait rien et vivait grâce aux revenus de sa femme. Pour quelqu'un qui avait eu naguère une si haute idée de ses responsabilités de « chef de famille », c'était l'opposé de toutes ses valeurs.

Or, non seulement il ne fut pas sujet à la mélancolie, mais il traversa cette période avec un bonheur complet.

D'abord, il était fier pour Ludmilla. Quand, descendu des cintres au terme des vingt rappels auxquels elle avait dû sacrifier, elle lui avait sauté au cou devant tout l'orchestre, les chœurs et les figurants, il avait fondu en larmes. Pendant toute la période de gloire qui avait suivi la parution des articles sur cette soirée, il était honoré de se promener avec Ludmilla à son bras. Les passants la reconnaissaient dans la rue. Elle donnait des autographes. Pour Edgar, être le mari d'une telle héroïne procurait une satisfaction qui n'avait rien de machiste. Il était totalement entré dans les vues de Ludmilla : il se sentait embarqué dans la même aventure de vie. Après avoir partagé des moments de privation, il était simplement heureux de voir leur condition se transformer pour le meilleur. Loin de le rendre morose par rapport à sa propre situation, le succès de Ludmilla conforta en lui la certitude qu'il connaîtrait à son tour de belles heures et qu'un avenir d'exception l'attendait aussi.

C'était une idée qu'en vérité il n'avait jamais eue. Il était sorti de l'enfance avec des ambitions limitées et il aurait déjà été reconnaissant à la vie si elle lui avait apporté aisance et sécurité. Avec sa fugace entreprise, il s'était laissé griser par des revenus inespérés. Mais, au fond de lui, étant au courant des bases frauduleuses de toute l'affaire, il ne s'attendait guère à ce qu'elle se prolonge.

Le triomphe de Ludmilla sur la scène de l'opéra lui ouvrait une autre perspective. Celle d'un succès durable, fondé sur le travail et mettant en jeu les talents qu'il avait en lui. Restait à trouver lesquels. Il sentit que cela ne tarderait pas.

Pour l'heure, le succès de Ludmilla leur avait permis de quitter le pavillon de Neuilly où ils s'étaient exilés. Ils avaient loué à bon marché l'appartement de la rue Guisarde à une mélomane enthousiaste qui avait assisté à la représentation d'*Aïda*. Leur choix s'était porté sur le quartier de Saint-Germain-des-Prés à cause de la vie culturelle qui l'animait. Cependant, eux-mêmes n'y participaient pas. Leur quotidien était rythmé par le travail de Ludmilla.

Elle avait bien compris – et Vaclav le lui avait

répété souvent – que rien n'était acquis. Les rares commentaires qui avaient pris intérêt à sa performance vocale dans les articles qui lui avaient été consacrés soulignaient sa puissance, son aplomb, le courage avec lequel elle avait résisté à une salle hostile, au point de la retourner. Mais personne n'avait vanté la qualité de son interprétation d'Aïda. Et pour cause. Elle avait été assez médiocre du strict point de vue lyrique. Ludmilla avait des excuses : c'était un rôle qu'elle n'avait jamais joué et elle n'était pas vraiment préparée à le tenir ce soir-là. Elle avait dû mobiliser toute son attention pour se donner une présence et s'imposer physiquement au public. Elle n'avait guère eu le loisir de mettre des nuances dans son interprétation. Cela n'expliquait pas tout : il lui faudrait encore beaucoup de travail pour être reconnue au plus haut niveau. Chanter lui était naturel et, pour y parvenir dans une église, elle n'avait eu qu'à se laisser porter par son instinct. Passer à l'opéra lui avait demandé d'acquérir d'autres bases et elle y était parvenue jusqu'à pouvoir résister au choc d'*Aïda.* Mais occuper des rôles de premier plan dans des conditions normales, être jugée dans l'absolu, en comparaison avec les meilleures, se forger un style, imposer de nouvelles qualités d'interprétation, c'était autre chose. Elle était sur la bonne voie mais le chemin était encore long.

Denise, à New York, avait donné instruction à Vaclav de reprendre avec énergie le programme de formation de Ludmilla. Cours de chant, de solfège, de langue (car elle chantait les opéras en allemand sans rien comprendre) s'ajoutèrent à la formation scénique que supervisait toujours la redoutable madame Florimont. Celle-ci jugeait le succès d'*Aïda* avec sévérité. Dans le désordre impudique de l'opéra de Verdi, l'émotion de Ludmilla et sa naïve sincérité avaient produit un miracle éphémère. Il aurait été très imprudent de bâtir quoi que ce fût sur une base aussi fragile. Il fallait, selon madame Florimont, revenir à l'essentiel : la maîtrise de soi. Elle organisa pour Ludmilla un emploi du temps impitoyable qui l'occupait du matin au soir.

Edgar faisait en sorte de rendre leur vie confortable, afin que Ludmilla pût supporter ce rythme. Il restait à la maison pour lire et répondre au courrier. Il en profitait pour prendre la responsabilité des courses, de la cuisine et même du ménage, aidé en cela par une forte Bretonne deux après-midi par semaine. Quand le bébé revint à la maison avec Ludmilla, il s'en occupa activement de jour comme de nuit.

En tant que mère, on peut juger sévèrement Ludmilla. Sa fille, ma femme, n'a pas manqué de le faire. D'après Ingrid, sa mère a très souvent et très tôt sacrifié sa fille à sa carrière et même à sa vie personnelle. Elle l'accuse, par exemple, avec une grande injustice il me semble, d'avoir sans état d'âme renoncé à l'allaitement au profit de biberons qu'Edgar préparait bien plus souvent qu'elle, surtout la nuit. Elle couvrait sa fille de baisers et plus tard de cadeaux mais ces manifestations d'amour maternel cachaient mal une réalité bien différente. Entre autres preuves de cette affirmation, Ingrid l'accuse de l'avoir presque toujours confiée, pendant toutes les vacances, à des amis fortunés.

Je m'en suis tenu longtemps à ces récits et j'ai jugé la mère avec la même sévérité que sa fille jusqu'à ce que, pour écrire ce livre, je me sois penché plus attentivement sur ce passé lointain. Mon opinion, aujourd'hui, a changé. Il y a certes chez Ludmilla, et cela depuis son enfance sans doute, un fond de solitude rêveuse qui la prédispose à l'égocentrisme. C'est le revers de la médaille de son talent et de sa force.

Mais, s'agissant de sa fille et, au-delà d'elle, de la famille qu'elle composait avec Edgar, je crois qu'il ne faut pas juger son comportement selon les critères habituels de la cellule nucléaire occidentale, avec ses enfants rois, ses rôles sociaux longtemps figés. Ludmilla est restée une survivante, une femme de combat. Dans la situation où ils se trouvaient après la faillite d'Edgar et ses débuts à l'Opéra, elle a compris que l'essentiel de l'effort allait, dans l'immédiat du moins, porter sur elle. Elle a fait comme ces femmes russes qui, en temps de paix, savent être coquettes et futiles mais qui, si la guerre est là, vont courageusement construire des routes ou faire tourner les hauts-fourneaux. En somme, son premier devoir à l'égard de sa fille était de lui assurer un avenir décent, et pour y parvenir, tant qu'Edgar subissait les conséquences de sa ruine, c'était à elle et à elle seule d'en prendre la responsabilité.

Pour autant, ce rôle maternel plus distant et assuré par procuration à travers Edgar ne signifiait pas froideur et indifférence. Ludmilla avait exposé sa conception de la vie à l'occasion de leur deuxième divorce et cela valait toujours après la naissance d'Ingrid : elle donnait la priorité au bonheur, à la gaieté, à l'art. Elle voyait la famille comme une sorte de radeau qui traverse la vie en suivant le courant, affronte des rapides, navigue au mieux entre des rochers mais toujours chemine au milieu des merveilles du paysage.

Qu'Ingrid ait regretté les absences de sa mère, qu'elle l'eût préférée plus proche et plus à son écoute, c'est bien naturel. Reste qu'elle est obligée d'admettre que son enfance fut heureuse, en particulier dans cette période, trop brève il est vrai, de « normalité ». Sa mère chantait à la maison, était toujours gaie. Son père pourvoyait à l'essentiel dans les choses quotidiennes. Mais Ludmilla apportait toujours le superflu qui rendait la vie plus chaleureuse ; elle rentrait avec du caviar, de riches bouteilles, pensait à faire livrer un énorme sapin à Noël, organisait avec des amis musiciens des soirées où l'on riait beaucoup. Une troupe joyeuse se rassemblait autour d'eux à son initiative – car les connaissances d'Edgar s'étaient prudemment enfuies au moment de son procès.

Ainsi leur vie réglée pour le travail était-elle emplie dans ses marges par de grandes périodes de joie et une perpétuelle bonne humeur.

Avec toute la précaution qu'imposent les récits composés a posteriori, je pense pouvoir affirmer que ce bien-être se traduisait également dans la sexualité. Après des débuts hésitants marqués par l'inexpérience pour l'une et l'inhibition pour l'autre, Ludmilla et Edgar avaient appris à connaître leurs corps. La normalité de leur vie était trop nouvelle pour provoquer la lassitude qu'elle génère chez beaucoup. Au contraire, ils vivaient comme un exotisme inattendu de pouvoir s'embrasser à l'ombre des tours de Saint-Sulpice, de faire de longues promenades en été dans le jardin du Luxembourg jusqu'à s'y laisser enfermer par les gardiens et d'avoir les pelouses désertes pour décor érotique. C'est à cette époque aussi qu'Edgar acheta une voiture. C'était, là encore, une voiture « normale », la voiture de tout le monde (à condition d'en avoir les moyens), une DS Citroën. Elle avait été longtemps auparavant une voiture de luxe et Edgar réalisait un rêve en l'achetant. Mais dans cette seconde moitié des années soixante-dix, elle était déjà démodée et remplacée par des modèles plus performants.

Peu leur importait. Ils prenaient leur DS pour sortir de Paris le week-end car Ludmilla n'avait plus de cours ni de répétitions du samedi midi au lundi matin. Ils adoraient la forêt de Fontainebleau, Edgar grimpait sur les rochers et Ludmilla aux arbres. Ils revenaient tard et, à la tombée de la nuit, dans la nature ou sur les coussins aux ressorts bruyants de la DS, c'était des moments de sensualité et de tendresse comme ils n'en avaient jamais connu.

Il existait pourtant une différence entre cette vie normale et celle de tant de gens : elle portait en elle le germe de sa destruction prochaine. Ils le sentaient sans savoir d'où viendraient les bouleversements, quelle serait leur nature ni à quoi ils aboutiraient. Ils étaient cependant convaincus (ils me l'ont dit mais ne se le sont jamais avoué à l'époque) que le temps de cette vie normale était compté. Ainsi, ils la vivaient avec l'intensité que d'autres réservent à un moment exceptionnel. Et, de fait, c'en était un. Souvent, dit le poète, l'inattendu arrive. Il arriva en effet plus violemment qu'ils n'auraient pu le craindre et les porta plus loin qu'ils ne pouvaient l'imaginer. Ce qui allait bouleverser leur vie était déjà là ; ils ne le voyaient pas.

Comme une planète qui dissimule en elle sa chaleur, c'était le feu de ces violences à venir qui donnait à leur quotidien banal une tiédeur douce et qu'ils allaient découvrir éphémère.

XIV

Bien des ennuis de Ludmilla et d'Edgar sont venus de leurs fréquentations. On l'a vu avec l'entreprise de bibliophilie : elle n'aurait pas été possible sans la rencontre et l'amitié d'Edgar avec Rabutin.

Cependant, le mari et la femme n'eurent jamais en la matière le même comportement. Lui était attiré surtout par les amitiés superficielles et les personnalités originales, souvent un peu troubles. Quand quelqu'un, pour une raison ou une autre, le fascinait, il s'en entichait. Il était même prêt à le suivre dans des aventures qui pouvaient amener le meilleur comme le pire. Ensuite, il s'en détournait et passait à quelqu'un d'autre.

Ludmilla, au contraire, n'abandonnait jamais personne. Comme un chalutier, elle traînait dans ses filets tout ce qui flottait entre deux eaux dans son voisinage. Sa gaieté, son talent, un certain magnétisme qui avait produit son effet sur scène le soir d'*Aïda* étaient perceptibles, quoique de façon atténuée et involontaire, dans sa vie quotidienne et attiraient les personnes les plus diverses.

Toute son existence, elle fut entourée d'une sorte de cour, constituée de gens aussi différents qu'il était possible, qu'elle amenait à vivre des moments de fraternité, pendant les soirées de fête notamment mais qui, en général, se détestaient entre eux. Ils défendaient jalousement les uns contre les autres la part d'amitié que Ludmilla leur accordait et qu'ils espéraient la plus grande, à défaut d'être exclusive.

Rue Guisarde, le cercle de ces relations restait encore étroit, même s'il était déjà très divers. Les jours où Ludmilla lançait des invitations – parfois du matin pour le soir –, se mêlaient dans le petit appartement des amies de l'institution religieuse – essentiellement Mathilde et deux ou trois autres filles auxquelles elle avait pardonné leurs sarcasmes passés –, des artistes rencontrés à l'Opéra, et même de simples admirateurs qui étaient venus la féliciter dans sa loge. Parmi les artistes, Ludmilla ne choisissait pas en fonction de la notoriété mais en suivant sa seule sympathie. Elle s'attachait aussi bien à de simples figurants qu'à de grands chanteurs. Mais à cette époque, les têtes d'affiche de l'Opéra étaient encore rares à lui accorder leur amitié. Son succès avait suscité des jalousies et un peu de méfiance : elle n'était pas vraiment admise par le milieu. Beaucoup espéraient encore qu'elle retomberait lourdement après son bref envol. On voyait donc se presser plutôt chez elle des personnes occupant à l'Opéra des emplois moyens, voire subalternes : choristes, couturières, instrumentistes du deuxième rang de l'orchestre. Les chanteurs professionnels qui l'ont suivie tout de suite étaient pour la plupart des personnages blessés auxquels manquait une qualité, un détail parfois, pour devenir tout à fait grands. Ainsi Viktor, un baryton hongrois qui souffrait d'avoir un physique si peu en accord avec sa voix qu'il en devenait comique et même ridicule chaque fois qu'il jouait un rôle de tragédie. Sa voix était profonde, caverneuse, superbe dans les graves, mais il mesurait à peine un mètre cinquante, avait des membres graciles et des jambes trop courtes… Il vouait à Ludmilla une passion douloureuse. Sans doute représentait-elle pour lui cette harmonie du corps et de la voix qui lui faisait défaut. En tout cas, dès la première fois qu'il la rencontra sur une scène, il devint une sorte de chevalier servant, touchant de prévenances et d'attentions. Il se mourait pour elle d'un amour si platonique que la présence d'Edgar ne le gênait en rien. Il avait d'ailleurs d'égales attentions pour le mari et pour la femme, comme si l'un et l'autre eussent été les deux faces d'un même astre.

Edgar aimait la compagnie des admirateurs de Ludmilla. Il savait qu'ils ne venaient pas pour lui mais, en somme, ils étaient, eux et lui, les adorateurs de la même divinité. Il créa du reste de véritables amitiés avec ces aficionados de l'opéra. Certains étaient accompagnés de leur conjoint qui n'avait souvent rien à voir avec le monde lyrique. Edgar eut ainsi l'occasion de faire des connaissances inattendues parmi ces inconnus qui entraient rue Guisarde sans aucune idée de ce qu'ils allaient y trouver. C'est l'un d'entre eux qui allait une nouvelle fois et pour longtemps changer le cours de sa vie.

L'homme se nommait Champel. Sa femme était costumière à l'Opéra Garnier. Sa tâche précise était d'entretenir les perruques. Elle aimait beaucoup Ludmilla et ne s'était jamais pardonné de l'avoir si mal coiffée le soir d'*Aïda*. Elle était originaire de Haute-Provence et avait gardé l'accent du Midi. Son mari venait d'un village voisin du sien. Il était déménageur, sans cesse en voyage avec son poids lourd. C'était la première fois qu'il accompagnait sa femme pour un dîner rue Guisarde. Comme il ne connaissait personne, il se tenait un peu à l'écart. Edgar vint lui offrir un verre et ils engagèrent la conversation.

L'homme était assez fruste. Il avait sorti ses plus beaux habits, un costume bon marché et une cravate fripée ; il avait l'air d'un noctambule qui aurait passé la nuit sur un banc. On sentait que pour calmer sa nervosité il avait peigné avant d'entrer ses cheveux noirs pleins de gel.

Edgar était à l'aise avec tout le monde mais de son époque de pauvreté il avait gardé une dilection particulière pour les gens ordinaires. Quand je l'ai rencontré, il avait acquis au fil des années et des expériences un vernis mondain sans accroc. Mais il suffisait qu'il se cogne un orteil dans un meuble, et on l'entendait jurer avec des accents faubouriens et un vocabulaire d'une grande vulgarité. En réalité, Edgar a toujours joué sur ces différents tableaux. Il a fait de cette plasticité une composante de son charme et elle n'a pas été pour rien dans son succès.

Bref, il trouva ce Champel sympathique, but quelques verres avec lui et l'alcool délia la langue du déménageur. Il raconta longuement ses difficultés de petit patron. Il faisait des horaires impossibles, avait plusieurs fois frôlé l'accident mortel. Même avec le salaire modeste de sa femme, ils avaient du mal « à joindre les deux bouts ». La vie en région parisienne, nécessaire pour être proche de l'Opéra, était au-dessus de leurs moyens. Ils s'étaient installés dix ans plus tôt en banlieue, à Alfortville. Ils avaient réalisé leur rêve en achetant un pavillon. La maison n'était pas belle, tout en ciment avec un entourage de briques vernies autour des fenêtres. Mais ils avaient un grand terrain autour, quatre mille mètres carrés exactement, sur lequel ils cultivaient des roses et des simples de chez eux : thym, romarin, lavande…

Malheureusement, les Trente Glorieuses les condamnaient. Le « progrès », on sentait que Champel avait envie de cracher par terre en prononçant ce mot, poussait dans leur direction des tentacules effrayants. Il y eut d'abord les grands ensembles, des barres d'immeubles qui leur ont peu à peu coupé l'horizon. Puis maintenant les autoroutes. Une voie rapide longeait le pavillon, obligeant à doubler les fenêtres de ce côté-là. Et l'année précédente, comme si cela ne suffisait pas, on avait construit un échangeur qui les ceinturait complètement. Ils étaient désormais placés au centre d'un triangle infernal. De chaque côté de leur terrain couraient des bretelles routières en béton sur lesquelles roulaient jour et nuit voitures, autobus et camions. Ils n'avaient pas le choix et devaient déménager. Mais comment vendre une propriété aussi mal placée ? Qui pouvait s'intéresser à un endroit pareil ? Et d'ailleurs, que pouvait-on y mettre ? Une usine ? Elles fermaient partout dans le voisinage car les industries étaient repoussées de plus en plus loin en périphérie. La banlieue devenait presque exclusivement un lieu de résidence. Un immeuble ? Personne n'accepterait de vivre dans un tel environnement. Un supermarché comme il commençait de s'en construire un peu partout ? L'accès entre ces voies rapides était mal commode. Et l'espace était insuffisant pour aménager un vaste parking.

Edgar compatissait aux malheurs de son hôte. Il avait un peu honte d'évoquer ces galères, penché avec lui sur la rambarde de sa terrasse, face aux tours illuminées de l'église Saint-Sulpice. Mais cela n'avait pas l'air de gêner Champel. En fait, l'un et l'autre acceptaient la vie comme elle était avec ses riches et ses pauvres. Edgar, qui avait commencé dans la misère, donnait plutôt de l'espoir à ses interlocuteurs : il montrait que la roue tourne et qu'un jour chacun peut se retrouver en haut.

C'est alors que, sans y penser, en portant son verre à ses lèvres, Champel lui souffla *l'idée.*

— Si j'avais de l'argent, pardi, je saurais bien ce que j'y ferais, moi, sur ce terrain.

— Et quoi donc ?

— Un hôtel.

— Un hôtel ?

Edgar était étonné. Pour lui, il n'y avait que deux sortes d'hôtel : les meublés à bout de souffle qu'on trouvait encore dans Paris, comme celui où ils avaient vécu après leur premier mariage boulevard Vincent-Auriol. Ils étaient voués à disparaître peu à peu et semblaient n'être que des survivances du passé. L'autre catégorie était les hôtels de tourisme, comme ceux qu'ils avaient fréquentés lors des tournées en province de Ludmilla. Ceux-là semblaient peu compatibles avec les nuisances qui polluaient le terrain de Champel.

— Oui. Nous ne sommes pas loin de Paris, surtout avec les autoroutes qui passent devant. C'est commode quand on est pressé…

— Ah, vous voulez dire un hôtel pour les hommes d'affaires ?

Edgar pensait à un article qu'il avait lu sur deux associés qui venaient de créer un embryon de réseau d'hôtels modernes et pratiques, spécialement dédiés aux déplacements professionnels. Cependant, d'après ce qu'il en avait vu, ils avaient plutôt choisi des emplacements de prestige devant les gares ou près des aéroports.

— Oui, ricana Champel. Les affaires… Appelons ça comme ça. Ha ! Ha !

— Qu'est-ce que vous voulez dire ?

Champel le regarda en se demandant s'il était vraiment nigaud ou s'il se moquait de lui. Mais Edgar avait l'air sincèrement intrigué. Alors, le chauffeur routier jeta un coup d'œil autour de lui puis se pencha vers Edgar et lui dit :

— Ce sont des hommes d'affaires mais ils viennent pour… d'autres affaires.

Il sourit et lampa une gorgée de vin rouge.

— Si je vous comprends bien, vous voudriez faire construire une maison de passe.

Le camionneur se récria et prit l'air d'un majordome dont on vient d'offenser le maître.

— Pas du tout ! Ce serait un hôtel tout ce qu'il y a d'honorable, avec des étoiles et compagnie. Bien équipé. Cuisines, salle à manger, pas besoin de grand-chose. Mais dans les chambres, de bons lits bien larges, vous me suivez ? Et une salle de bains confortable.

— Et les clients paieraient… à l'heure ?

— Non. En France, c'est interdit. Et puis, je vous le répète, il faudrait que ce soit un hôtel normal, un peu austère même, très business vu de l'extérieur. Mais surtout, pas trop cher. On paierait à la journée mais ce serait pour le prix d'une heure ou à peu près, vous voyez ce que je veux dire…

— Ça existe déjà ailleurs ou c'est votre idée ?

— J'ai vu ça en Espagne quand j'y suis descendu pour une livraison l'an passé.

Champel se rembrunit, regarda le fond de son verre, se pencha en arrière pour lamper la dernière goutte.

— De toute façon, tout ça c'est histoire de causer. Nous avons à peine de quoi faire rentrer du charbon pour l'hiver.

Ils retournèrent à l'intérieur car le dîner était servi.

Quand les invités furent tous partis, Ludmilla alla se coucher et Edgar resta seul dans le salon. La fenêtre était grande ouverte. Il entendait monter de la rue les éclats de voix des dîneurs qui sortaient des restaurants. Il pensait à la suggestion de Champel : une idée de génie.

Avec les travaux qui se développaient partout en région parisienne et autour des grandes villes, il y avait quantité de ces friches bruyantes, de ces terrains enclavés au milieu des autoroutes, inutilisables. On devait pouvoir les acquérir pour rien. Il calculait l'investissement : construction et équipement, les frais d'entretien (réceptionniste, femme de ménage, une seule personne pour l'ensemble, peut-être). Tout cela serait standardisé, le même modèle partout. Sitôt un établissement en fonctionnement, il en mettrait un autre en chantier.

Il se mit à rêver, au-delà des chiffres, à son empire à naître... Champel avait raison, il fallait que tout cela ait une allure très respectable : une chaîne d'hôtels d'affaires en apparence. Pourtant, le fait que tout cela recouvre une activité légèrement crapuleuse et qu'il s'agissait en somme d'un réseau de garnis pour abriter les amours clandestines lui plaisait beaucoup. Peut-être parce qu'il manquait de confiance en lui, Edgar pensait encore à cette époque qu'il ne pourrait jamais réussir dans une activité noble, transparente, parfaitement balisée. Il lui semblait que ses qualités ne pourraient s'épanouir que dans les marges, dans des activités à la limite de la légalité. Sa condition de failli ne lui interdisait pas de se lancer de nouveau dans les affaires. Mais il se disait que plus elles seraient irrégulières et impures, plus il y serait le bienvenu. S'il frappait à la porte d'une grande banque avec un projet de lotissement ou de clinique, on lui jetterait à la figure ses antécédents judiciaires. Tandis que pour construire un réseau d'hôtels visant à faciliter l'adultère personne ne s'étonnerait qu'il ait déjà eu des démêlés avec la justice.

Fallait-il en parler à Ludmilla ? Il résolut que non. Elle pourrait y voir un risque pour sa propre réputation et lui demander d'y renoncer. Après tout, il pouvait ne lui présenter qu'un aspect du projet, le côté « hôtels d'affaires ». Elle n'irait pas chercher les détails du programme.

En outre, dans ses rêves, il ne voyait ces premières réalisations que comme une étape. Sitôt la machine lancée et ses gains conséquents, il revendrait tout pour investir dans des activités plus avouables. « Tout empire commence par un grand crime », il avait entendu cette phrase dans une conversation sans savoir de qui elle était mais elle lui avait plu. Le crime en question n'en était d'ailleurs pas un. La seule victime serait la confiance de Ludmilla. En assumant ce mensonge par omission, il créait dans leur couple une zone d'ombre d'où pourrait sortir le meilleur comme le pire. En apparence, il resterait fidèle aux principes de Ludmilla : tout partager, s'embarquer ensemble dans la même aventure. Il y avait une nuance : pour elle, ce partage du bon comme du mauvais supposait une complète transparence. Elle ne faisait pas subir à l'autre des risques qu'il n'aurait pas acceptés à l'avance. Edgar, lui, allait franchir cette limite.

Par ce léger accroc au contrat, Edgar faisait entrer leur couple dans une nouvelle phase, qui n'était déjà plus la normalité. Rien ne changea dans l'immédiat. Pourtant, tout, en profondeur, était différent. Cela devait inévitablement avoir des conséquences.

XV

Au début de l'année 1977, Denise, l'agent de Ludmilla, fit de nouveau le voyage de New York jusqu'à Paris. Elle devait tirer les choses au clair, prendre des décisions drastiques. Après le succès d'*Aïda*, Denise avait cru l'affaire gagnée. Mais trois ans plus tard, il fallait se rendre à l'évidence : la carrière de Ludmilla ne décollait pas. On ne lui confiait toujours pas de grands rôles ou alors dans des distributions de deuxième ordre.

La dernière fois que Denise avait vu Ludmilla, c'était pour l'enterrement de leur vieille professeure de musique. Ingrid n'était pas encore née. L'agent trouva sa protégée changée, épanouie, et fut d'autant plus étonnée par ses maigres résultats sur scène. Elle organisa l'après-midi même un conseil de guerre auquel elle convoqua Ludmilla, Vaclav et l'attachée de presse du bureau de Paris. Fait étrange, madame Florimont n'y était pas présente. En revanche, un personnage que Ludmilla n'avait jamais vu les rejoignit avec un peu de retard. Il s'appelait Karsten Langerbein et portait le titre mystérieux de « conseiller spécial sur les arts lyriques pour l'Europe ». D'après la carte de visite qu'il remit à tous en entrant, il était basé à Vienne et travaillait pour l'agence de Denise.

L'homme, âgé d'une cinquantaine d'années, était de taille moyenne, le front très haut et un peu dégarni comme on en imagine aux mathématiciens et aux poètes. Quoiqu'il restât silencieux, sa présence était magnétique dans la pièce et tout le monde lui manifestait un respect presque embarrassé, tant son jugement semblait redouté.

Ludmilla, sans le connaître, était seulement troublée par la domination quasi animale qu'il exerçait sur son environnement. Quand il lui rendit son regard, malgré elle et bien que ce ne fût vraiment pas son habitude, elle baissa les yeux.

Denise ouvrit la réunion en rappelant les succès de Ludmilla, en particulier *Aïda* – en fait, c'était le seul. Elle loua ses qualités de façon assez convenue puis, à l'américaine, passa à l'offensive : le bilan de ces derniers mois était plus que décevant. Elle détailla ses griefs en lisant une note. Vaclav remarqua qu'elle devait désormais porter des lunettes et se demanda quel âge elle pouvait avoir exactement. Enfin, Denise exigea des décisions et jeta, en ôtant ses lunettes, un regard sévère sur l'assistance. Mais ses yeux s'adoucirent quand ils se posèrent sur Langerbein. Celui-ci ne dit rien et fit signe d'un mouvement de sourcils qu'il était d'abord l'heure d'un tour de table. L'attachée de presse devait commencer, étant à la gauche de Denise. Elle bredouilla quelques considérations sans consistance sur les succès d'estime obtenus ces derniers mois, se basant sur quelques articles d'une élogieuse tiédeur. Denise ne releva même pas et passa à Vaclav.

L'impresario, à l'initiative de cette rencontre, n'en avait cependant pas parlé à Ludmilla. Il était en effet très inquiet. L'énergie, l'entregent, la capacité de conviction qu'il avait mis au service de Ludmilla tournaient à vide. Vaclav ne pouvait offrir que ce que la chanteuse lui donnait à vendre. Or, malgré les cours de tous ordres qu'elle suivait, malgré une expérience déjà longue de la scène, elle ne parvenait toujours pas à faire éclater son talent. Elle ne se distinguait en rien de tant d'autres cantatrices moyennes, sinon par le sempiternel rappel de son succès de remplaçante, un soir, trois ans plus tôt. Vaclav exposa cette opinion avec honnêteté. Ludmilla eut l'impression de recevoir une gifle en l'entendant parler d'elle avec une sévérité qu'il ne lui avait jamais témoignée. Elle était sur le point de quitter la pièce quand tout à coup l'homme qui était assis à sa droite, ce Karsten qu'elle n'avait jamais vu, posa la main sur son avant-bras, comme s'il avait deviné sa pensée. Ce contact la figea. Elle se reprit. Au fond, elle devait plutôt savoir gré à Vaclav de cette franchise. S'il n'avait pas foi en elle, il l'aurait simplement laissé tomber. Lui-même conclut d'ailleurs là-dessus, bien qu'en termes plus diplomatiques.

— Si j'ai souhaité que nous en parlions aujourd'hui, dit-il, c'est parce que j'ai la conviction, mieux, la certitude, que Ludmilla est une interprète exceptionnelle. Il faut que son talent se libère. De quoi ? Je l'ignore. Mais la qualité est là, je dirais même le génie. Ne rougis pas, Ludmilla, je le pense. Nous devons t'aider à crever ce plafond de verre qui t'empêche d'être au tout premier plan.

Restait à entendre Karsten Langerbein. Les regards se tournèrent vers lui. Il tenait les deux mains sur la table et semblait hésiter. Enfin, il commença.

— Je suis allé vous entendre avant-hier.

Ludmilla s'était produite dans *Rigoletto*, à Marseille, au milieu d'une distribution assez médiocre. Le rôle-titre était assuré par son ami Viktor. Il n'avait pas été très bon et le public avait sifflé.

Ludmilla se tourna vers Langerbein. Cette fois, elle soutint son regard. Mais c'était sa voix qui l'impressionnait le plus, une voix de ténor, adaptée à l'immense volume d'une scène d'opéra. Dans cet espace restreint, cette voix se faisait basse mais gardait sa puissance, comme ces voitures de sport qui, en roulant au pas, font encore vibrer l'air de leur énergie contenue. Ce Karsten était, à n'en pas douter, un chanteur d'opéra. Mais pourquoi Ludmilla ne l'avait-elle jamais vu sur une scène ?

— J'ai aussi écouté l'enregistrement que l'ORTF a fait de votre *Aïda* et j'ai vu des photos de cette fameuse soirée.

Il avait un accent germanique assez prononcé.

— Et puis je vous vois aujourd'hui.

Un silence épais accueillait ses paroles. Il en jouait, ménageait de longs intervalles entre ses phrases. Tout à coup, il reprit, en regardant Ludmilla plus intensément.

— Le corps, madame, dit-il d'une voix plus forte. Le corps…

Ce mot résonna dans la pièce comme la sentence

d'un dieu inconnu mais tout-puissant. Quand ce décret eut suffisamment pénétré les esprits, Langerbein reprit sur un ton plus léger, presque de joyeuse confidence.

— Vous n'avez aucune qualité lyrique, madame. Non, non, aucune.

Il riait presque et son accent était si prononcé que tout le monde autour de lui, y compris Ludmilla, se mit à sourire.

— Je vous ai bien écoutée. Le soir d'*Aïda*, ce que vous avez fait était plat. Et à Marseille j'ai vu que vous ne vous étiez pas du tout améliorée.

La violence de ces paroles était en train de parvenir à la conscience des auditeurs, par-delà l'apparente légèreté du ton. Ludmilla devenait livide. Mais Karsten ne lui laissa pas le temps d'exprimer son trouble.

— Et pourtant, claironna-t-il en faisant sursauter tout le monde, je suis d'accord avec Vaclav, vous *pouvez* devenir une interprète d'exception.

— Comment ? s'écria Denise avec l'impatience d'un enfant qui veut connaître le secret d'un tour de magie.

— Par le corps, répéta le chanteur d'un air lugubre.

Et tout de suite, il s'anima, parla plus vite.

— Le soir d'*Aïda*, comment avez-vous triomphé ? Par votre présence. J'ai bien regardé les photos ; c'est évident. Vous affrontez le public, vous vous battez non pas *pour* lui comme vous le faites maintenant sans succès mais *contre* lui. Vous ne quêtez pas son approbation. Vous lui volez son portefeuille.

L'assistance sourit à ce mot mais le regard soudain sévère de Langerbein indiqua qu'il fallait prendre ces paroles avec gravité.

— Depuis ce succès, vous cherchez à chanter mieux, à chanter bien. Vous êtes comme une mauvaise élève qui aurait, par hasard, reçu une bonne note en rédaction parce qu'elle a suivi son instinct et qui s'applique ensuite à paraître studieuse, en perdant sa spontanéité et son génie.

Ludmilla ressentait un trouble inconnu. Pour la première fois, quelqu'un la dominait. On l'avait déjà contrainte, blessée, écrasée mais on ne l'avait jamais dominée. Il y a dans la domination une part volontaire très ambiguë et très étrange : on est dominé parce que quelqu'un nous impose quelque chose *que l'on accepte*. Ludmilla sentait malgré elle que cet inconnu avait acquis en quelques mots un pouvoir sur elle auquel non seulement elle n'entendait pas résister mais qu'elle accueillait avec reconnaissance.

— Le corps, répéta-t-il. C'est par cela que vous vous êtes imposée ce fameux soir. Et c'est à cause de lui que vous restez en marge du milieu depuis lors. Regardez-vous.

Tous les assistants se tournèrent vers Ludmilla qui se sentit rougir. Karsten continua, impitoyable.

— Vous êtes mince quand la plupart des cantatrices sont lourdes, dans la tradition classique. Au naturel, vous vous maquillez à peine tandis que sur scène on vous peinturlure comme… comment dit-on en français ? Bref, vous voyez. Vous marchez naturellement avec légèreté et, je vous observe depuis votre entrée dans cette pièce, vous avez le comportement d'un félin ; quelque chose de sauvage transparaît en vous. Pourtant, tout cela reste en coulisse quand vous chantez. Vous faites – on vous fait faire – des efforts considérables pour avoir des mouvements de pachyderme domestique.

Avec l'accent germanique, ces derniers mots évoquaient de façon drolatique une énorme bête venue de la préhistoire. Langerbein s'arrêta et sourit. L'atmosphère se détendit.

— Le naturel est là, en vous : les gens du milieu le sentent et vous jalousent à cause de cela. Mais au lieu de le cultiver et de l'imposer, comme vous l'avez fait le soir d'*Aïda,* vous le contrariez et vous le dissimulez. Je sais que ce n'est pas votre choix.

Il avait prononcé cette phrase en regardant Denise. C'était évidemment une pierre dans le jardin de madame Florimont. Son cas, de toute manière, était réglé dans l'esprit de Denise. Ce dernier clou venait définitivement fermer le cercueil de la vieille maîtresse de ballet.

— « Ce qu'on te reproche, cultive-le : c'est toi. » C'est un de vos poètes qui a écrit cela. Jean Cocteau, je crois. Eh bien, voilà un programme pour vous, madame. Et, à mon avis, c'est le seul qui puisse vous donner la première place que vous méritez.

En s'éteignant, la voix de Langerbein laissa l'assistance en plein désarroi, comme si un génie sorti de sa lampe était venu délivrer un oracle, avant de se volatiliser.

Vaclav toussa. Denise tapotait la table avec un porte-mine. Ludmilla ne quittait pas Langerbein des yeux, comme s'il aimantait son regard. Lui conservait un sourire énigmatique et s'était reculé sur sa chaise, bien calé sur son dossier.

— Merci, Karsten, reprit Denise. Ainsi, vous pensez… que la solution n'est pas du côté du chant, de la technique lyrique… dans l'aspect musical de son travail.

Elle cherchait ses mots.

— Le physique est une chose importante, certes… mais tout serait là, selon vous ?…

Langerbein laissa s'établir un silence.

— Tout, répondit-il.

Il regarda Denise.

— Il y a deux raisons à cela. D'abord, c'est le naturel de Ludmilla. Elle doit le retrouver pour être elle-même. Elle doit même exagérer ses défauts car le théâtre l'exige. Mais surtout…

Il avança de nouveau le buste vers la table et appuya ses coudes sur le dessus, comme un sphinx.

— … surtout, le monde de l'opéra est en train de changer. Le cinéma, la télévision pénètrent dans nos salles. La dimension de spectacle va s'en trouver transformée. On va demander de plus en plus aux chanteurs de jouer, d'incarner leur rôle. Des femmes comme la Callas l'avaient compris avant l'heure. Cela a fait leur gloire.

— C'était une cantatrice exceptionnelle, osa Denise. Sa voix…

— Bien sûr ! Mais que retient-on d'elle : sa beauté, ses caprices, sa vie, Onassis, sa maladie. Elle était un personnage avec ses excès, ses faiblesses. À son époque, l'instrument de son triomphe était encore la scène et la photographie. Aujourd'hui, demain, c'est le cinéma, les médias audiovisuels.

Ils chercheront plus que jamais le caractère, la personnalité, le tempérament.

Pointant tout à coup un doigt accusateur vers Ludmilla et regardant Denise dans les yeux :

— Vous en avez un ici. Mais *tout*, entendez-moi bien, tout jusqu'ici a été fait pour que Ludmilla rentre dans le rang. Vous aviez un cheval de course. Vous l'avez transformé en cheval de labour !

Les paroles de Langerbein avaient fait leur chemin en Ludmilla. Il n'y avait plus nulle trace de peur ni de malaise en elle ; seulement l'impression d'une délivrance. Ce que disait cet homme était ce qu'elle pensait secrètement, sans se l'avouer. Elle avait fini par croire, comme madame Florimont le lui avait enseigné, que le naturel est une paresse et que le succès suppose que l'on noue une camisole autour de ses folies. Et soudain, voilà quelqu'un qui, avec une assurance égale, osait affirmer le contraire.

Denise aussi avait l'air convaincue. Elle abandonna les dernières résistances qu'elle avait mises en avant pour la forme.

— Vous sentez-vous capable, cher Karsten, de mettre ces préceptes en action pour Ludmilla ? De lui concocter un programme ? De l'accompagner, au moins au début ?

— S'il le faut, répondit-il en inclinant la tête.

Ludmilla ressentit une légère déception en entendant cette réponse sans enthousiasme. Elle aurait aimé qu'il se montrât aussi heureux qu'elle à la perspective de cette collaboration. Elle s'étonna de cette pensée : après tout, c'était un professionnel. Elle chercha son regard et ne le trouva plus. Elle attendrait pour savoir ce qu'il pensait.

Denise conclut la réunion en résumant les décisions qui en découlaient : Karsten retournerait à Vienne pour une semaine et reviendrait ensuite s'établir à Paris pour deux mois. Il communiquerait à Ludmilla un nouveau programme de travail et le superviserait lui-même en la voyant quotidiennement.

Vaclav ne prendrait plus aucun engagement pour l'artiste à l'Opéra, pendant une durée de trois mois. L'attachée de presse serait informée en temps voulu de son retour sur scène et donnerait la plus grande publicité possible à l'événement que constituerait la naissance de la « nouvelle » Ludmilla.

Madame Florimont était définitivement remerciée.

Tout le monde se sépara avec l'impression d'avoir vécu un moment fondateur.

Ludmilla, les jours suivants, fut surprise de sentir tant d'impatience à l'idée d'entreprendre sa nouvelle formation. Elle fit à Edgar un récit succinct de la réunion et de ses conclusions. Elle ne lui parla pas de Langerbein.

XVI

Le projet d'Edgar mobilisait toute son énergie. Il avait commencé par chercher un terrain. Celui de Champel aurait pu convenir mais Edgar craignait des complications s'il faisait affaire avec la personne qui lui avait donné l'idée de ce business. Par surcroît, l'homme parlait beaucoup et sa femme travaillait avec Ludmilla.

De toute façon, comme le lui avait dit le déménageur, des friches mal situées comme celle-là, il y en avait beaucoup en région parisienne et il y en aurait de plus en plus. Il chercha plutôt vers le Sud-Ouest, dans la zone de Sceaux, Antony, Malakoff... La proximité des quartiers chics de la rive gauche donnait l'assurance d'intéresser une clientèle aisée. L'adultère se pratique partout mais on y consacre plus ou moins de moyens... Edgar voulait des clients solvables. Cet objectif restait cependant inavouable. Officiellement, ce premier hôtel était consacré au tourisme d'affaires. Il fallait donc qu'il soit commode dans cette perspective aussi. Les dessertes vers l'aéroport d'Orly ainsi que la gare Montparnasse devaient plaider pour une possible utilisation commerciale.

En cherchant dans les mairies, en consultant les cadastres et les déclarations de travaux, ainsi que les agents immobiliers, il dénicha le lieu idéal pour son premier investissement : une bande de terrain située à Chevilly-Larue, entre l'autoroute du Sud d'un côté, un entrepôt de poids lourds de l'autre et, sur un troisième flanc, une usine d'incinération des ordures en construction. Seul le dernier côté présentait encore l'aspect champêtre qu'avait dû avoir toute la zone après guerre. Mais ce qu'apprit Edgar et qui lui permit de négocier le prix au plus bas était que cet ultime espace de nature serait bientôt occupé par un dépôt de matériaux de construction et que des bétonnières et autres camions-bennes viendraient s'y approvisionner toute la journée. Le terrain en question était assez vaste. Le vieux couple qui y vivait caressait encore l'espoir de pouvoir le vendre pour s'installer en Bretagne. Aucun acheteur ne se présentait, et pour cause. Le prix qu'Edgar proposa ne permettait pas d'acheter grand-chose, même au fond de la Bretagne. Mais c'était au moins la fin du cauchemar. Les deux vieillards signèrent les larmes aux yeux.

Pour cette acquisition, Edgar avait dû demander à Ludmilla de lui avancer une part de ses économies. Elle le fit sans même y penser. Il en ressentit une certaine culpabilité. Derrière tout cela en effet il y avait un mensonge et il lui en coûtait de devoir penser sans cesse à inventer de nouvelles histoires pour étayer la précédente.

Pourquoi lui mentait-il ? Il ne faisait rien d'illégal et son affaire d'hôtels n'aurait certainement pas trop choqué Ludmilla qui n'avait aucun a priori moral sur ces sujets. La nécessité du mensonge était venue d'autre chose : une forme de honte à propos de sa première faillite. Plus il y songeait, plus il s'était comporté comme un enfant. Cette part un peu noire en lui qui aimait les activités en marge de la loi, il s'en était fait le reproche après le désastre de l'association avec Rabutin. Force était de constater qu'il n'avait pas vraiment changé. Il était reparti dans une direction moins crapuleuse mais tout aussi bizarre. En vérité, il aurait voulu pouvoir dire à Ludmilla qu'il se lançait dans une activité claire, propre, parfaitement honnête. Il acceptait de vivre aux crochets de sa femme, il n'était plus obsédé par l'idée qu'il devait la soutenir. La seule exigence qui lui restait à son égard, c'était une forme de fierté. Qu'il réussît ou non, qu'il gagnât de l'argent ou en perdît, il voulait pouvoir garder la tête haute.

Mais il n'y parvenait pas.

Alors, il mit au point une sorte de double dossier, qui lui servit aussi bien au-dehors que chez lui. Côté lumière, son projet était inattaquable. Il répondait aux exigences de l'époque : le développement des voyages d'affaires, l'émergence d'une clientèle nouvelle constituée de cadres en mission, etc. Ce qu'il ne disait pas à Ludmilla, c'était que sur ce créneau « noble » d'autres entreprises comme Accor avaient plusieurs longueurs d'avance. Pour rivaliser avec elles, il lui aurait fallu pouvoir mobiliser d'importants capitaux qu'il n'avait pas.

Côté ombre, et les banquiers y furent immédiatement sensibles, il y avait un autre phénomène d'époque : une libération sexuelle qui avait donné de grands espoirs autour de 1968. Elle avait été peu à peu absorbée par la puissante machine de la consommation pour prendre des formes moins exaltantes et plus classiques : la pornographie – qui fleurissait dans les salles spécialisées –, le minitel rose et les sex-shops. Finalement, le bon vieil adultère se portait mieux que jamais et restait – avec la prostitution – l'horizon indépassable de la misère sexuelle. À cette demande le système économique se devait de répondre par une offre adaptée : des lieux discrets, sans autres charmes que ceux qu'on y apportait soi-même, permettant de s'ébattre dans un confort satisfaisant, anonymes, atteignables en voiture sans être obligé pour autant de rouler des heures jusqu'à une introuvable auberge de campagne – hors de prix le plus souvent et où les patrons écoutaient tout.

Edgar avait néanmoins des handicaps : sa faillite passée et son manque total d'expérience de l'hôtellerie. Plusieurs banquiers, quoique intéressés par le projet, refusèrent de le financer. Il finit par en trouver un qui accepta sans réserve. Ils allaient d'ailleurs se lier d'amitié et, ensemble, ils constitueraient pendant des années un des couples les plus redoutables et les plus habiles du paysage économique européen.

À l'époque, Michel Louarn était un jeune diplômé d'HEC qui avait choisi de faire carrière dans la banque. Il avait trente ans, Edgar trente-sept. Louarn était entré à la Nationale de Crédit avec un titre ronflant et d'alléchantes perspectives de promotion. En réalité, il stagnait dans un établissement endormi. Sa vocation était le financement de l'économie mais les dirigeants de la banque préféraient gérer en toute sécurité des placements de père de famille. Louarn avait été nommé à la tête du département « Soutien à l'innovation ». Il était censé financer des entreprises en développement. Malheureusement pour lui, compte tenu de la réputation très frileuse de la banque, peu d'opportunités se présentaient. Soit les projets soumis étaient trop timides et n'offraient aucune perspective de profit financier, soit ils dépassaient ce que la banque l'autorisait à risquer.

La proposition d'Edgar lui plut aussitôt. Les fonds demandés étaient relativement modérés et les profits à venir considérables. C'est ce qu'il comprit tout de suite.

Edgar devait découvrir assez vite qu'un autre aspect de son projet avait séduit le jeune banquier : c'était justement cet aspect trouble qui le mettait si mal à l'aise pour en parler à Ludmilla.

Louarn était un personnage singulier qui cachait plutôt bien son véritable caractère derrière un physique rassurant. Toujours vêtu d'un costume à la mode – à l'époque, très cintré avec un pantalon à pattes d'éléphant –, il accueillait ses visiteurs avec un regard franc, très bleu, des mâchoires carrées qu'il desserrait pour former un sourire à la fois carnassier – « il en veut, celui-là » – et doux – « mieux vaut être de son côté ».

Quand on le connaissait mieux, on se rendait compte qu'il changeait rarement le costume qu'il portait, se mangeait les doigts, y compris du côté de la pulpe, ce qui dénotait une anxiété majeure, et que, sitôt le sourire éteint, son regard prenait un aspect chafouin, plein de soupçons, de méfiance et de mauvaise ironie.

Edgar mit longtemps à savoir que Louarn était d'une origine modeste et qu'il entretenait avec l'argent un rapport violent de désir et de mépris qui le rendait très malheureux.

Il n'eut pas à attendre, en revanche, pour savoir qu'ils s'entendraient bien. Une connivence s'établit d'emblée entre eux et la nature du projet d'Edgar y fut pour beaucoup. Il en avait exposé les deux aspects à Louarn. Celui-ci en vit tout de suite l'intérêt. Il s'en délecta d'autant plus qu'il prit sans hésiter la décision d'entrer lui aussi dans le secret et de ne pas révéler la vraie nature de l'affaire à ses supérieurs. De la sorte, Edgar et lui ne devenaient pas seulement partenaires mais complices et cela, visiblement, réjouissait le jeune financier.

Il justifia sa discrétion par le fait que sa banque était une vieille entreprise régionale – fondée au Mans en 1883 – de tradition catholique. L'aspect moral de l'affaire pouvait être un handicap – même si, à l'évêché, on en avait vu d'autres… – mais le risque de scandale, surtout, allait sans nul doute effaroucher une direction pusillanime.

Il se fit fort de convaincre le comité des prêts et, en moins de quinze jours, apporta à Edgar une réponse favorable. Louarn avait fait valoir qu'au cas, inconcevable selon lui, où l'hôtel ne ferait pas recette, on pourrait transformer les chambres en appartements.

Pour le croire, il fallait n'avoir visité ni le lieu ni les chambres en question. La construction en préfabriqué tenait plus des logements de chantier que des suites de l'hôtel Meurice.

En moins de trois mois, le bâtiment fut livré et reçut ses premiers clients. Edgar avait fait le nécessaire les semaines précédentes pour que paraissent des articles dans des revues masculines. Il fit également passer dès l'ouverture de pseudo-témoignages sur minitel. Le bouche-à-oreille fit le reste. L'hôtel ne désemplit pas. La brigade des mœurs vérifia que tout était conforme, en particulier l'interdiction de louer la même chambre plusieurs fois par jour. Au départ, Edgar avait recommandé au personnel de respecter scrupuleusement cette consigne. Ensuite, il avait compris quelles pattes graisser pour assouplir la règle. Il se mit avec délices à fréquenter toute une troupe de flics plus ou moins véreux, d'indics, et même de maquereaux, qui dirigeaient vers l'établissement d'Edgar les plus présentables de leurs protégées et de leurs clients.

L'argent rentrait plus vite que prévu. En moins de six mois, Edgar avait accumulé assez de fonds propres pour lancer un nouvel établissement. Ce fut le début d'une activité frénétique qui le mena à travers toute la France. Il engagea une équipe, loua des bureaux, changea de voiture.

Les soirs où il rentrait à la maison et où sa femme s'y trouvait, il donnait des nouvelles de son affaire. Il ne pouvait pas cacher qu'elle était florissante. Ludmilla s'en réjouissait sincèrement. Il aurait pu être parfaitement heureux s'il n'avait pas toujours été, hélas, obligé de filer ce maudit mensonge. Il s'en voulait, sans savoir que cette petite trahison n'était rien comparée à celle qu'il allait devoir subir lui-même.

*

Le nouveau programme de préparation de Ludmilla sous la direction de Karsten Langerbein devait se dérouler en Belgique, à la chapelle royale Reine-Élisabeth. L'établissement, situé à Waterloo, près de Bruxelles, est un bâtiment blanc tout en longueur construit dans les années trente au cœur d'un parc à la française. C'est un des meilleurs centres de perfectionnement musical au monde pour instrumentistes ou chanteurs. L'ensemble a des allures de sanatorium avec des jeunes gens pâles confinés dans des salles de répétition pour y recevoir un traitement douloureux, sous la direction de maîtres bienveillants mais cruels dans leurs soins.

Ludmilla s'y rendit en train puis en taxi. Quand la voiture entra dans le parc, elle eut un bref instant envie, sans savoir pourquoi, d'ordonner au chauffeur de faire demi-tour. Elle y résista. La directrice des lieux, une femme austère dont les cheveux gris étaient coiffés en chignon, lui fit visiter les espaces communs, la petite salle de concert tapissée de chêne, la salle à manger, la bibliothèque, et lui montra la mezzanine d'où la vieille reine aimait venir entendre les répétitions. Puis elle la conduisit à sa chambre, minuscule, spartiate, avec une grande fenêtre donnant sur le jardin. Les parterres éclataient de couleurs en ce début de printemps. Après dix jours de pluie continue, un pâle soleil brillait entre les arbres.

Pour les cours que Ludmilla suivrait « sous la direction du *maître* Langerbein », selon les termes utilisés par la directrice, la salle de répétition prévue serait la numéro 2, située au même étage que la chambre, tous les après-midi.

— Vous commencerez aujourd'hui, annonça la directrice en regardant sa montre. Il n'est que 11 heures. Vous avez le temps de vous installer. Maître Langerbein vous retrouvera directement dans la salle de travail à 13 h 30.

Elle ne précisa pas s'il était déjà arrivé. Ludmilla demeura seule. L'oppression qui l'avait saisie en entrant dans le parc s'était encore aggravée. Mais elle n'avait plus l'idée de s'enfuir. Elle sentait que le piège s'était refermé et qu'elle n'avait d'autre issue que d'accepter la décision de Denise.

Elle rangea ses affaires, prit une douche, s'habilla de vêtements amples qui la laissaient libre de ses mouvements : un chemisier dont elle releva les manches jusqu'au coude et laissa le col ouvert, un pantalon de coton qui ressemblait à un survêtement de sport dont elle se servait pour traîner chez elle, et des chaussures basses en toile blanche. Comme la femme n'avait rien dit à propos du déjeuner, elle s'en passa et resta allongée sur le lit étroit en attendant l'heure.

À 13 h 25, elle sortit dans le couloir et chercha la salle de répétition. Elle frappa à la porte numéro 2. Personne ne répondit. Elle entra. La salle était vide. C'était un vaste espace nu, éclairé par deux grandes fenêtres qui donnaient sur le parking. Un piano quart-de-queue noir était poussé dans un coin, entouré de divers accessoires : supports d'instruments, lutrins à partitions, et même, étrangement, quelques haltères à main posés sur le sol. Un revêtement spécial sur les murs étouffait les sons, comme dans un studio d'enregistrement. La pièce confinée sentait le sisal et la craie, sans doute à cause du grand tableau noir accroché à l'un des murs et qui avait été effacé.

Elle en était là de ses observations quand elle entendit dehors crisser le gravier sous les roues d'une voiture. Elle regarda par la fenêtre. Une Alfa Romeo bleu sombre se garait. Elle vit un homme s'en extraire avec difficulté, c'était Langerbein.

Ludmilla s'était un peu renseignée sur lui mais n'avait pas trouvé grand-chose. Les principaux articles qui lui étaient consacrés parlaient de son accident. Il avait miraculeusement survécu à une grave collision sur une autoroute près de Gênes cinq ans plus tôt. Les séquelles qu'il en gardait – on ne disait pas lesquelles – l'avaient obligé à abandonner une carrière de ténor qui s'annonçait brillante.

Elle avait appris que, contrairement aux apparences, il était italien. Il venait de cette région tout au nord de l'Italie que l'Autriche lui dispute et qui est peuplée de populations germaniques. Son village de naissance s'appelait Valgardena en italien, mais le mot se traduisait assez inexplicablement par « Volkestein » pour ceux qui l'habitaient.

Soudain, elle entendit son pas dans le couloir et la porte s'ouvrit. Il était seul. À son assurance, on pouvait comprendre qu'il connaissait bien l'endroit. Il jeta sur le piano l'imperméable léger qu'il tenait à la main. Il était vêtu d'une veste autrichienne à col rond et d'un pantalon en velours. Un foulard de soie amarante était noué autour de son cou. Ce détail frappa Ludmilla car il portait un foulard similaire lors de la réunion à Paris. Elle se demanda si c'était une coquetterie ou s'il cachait quelque chose. Elle imagina une cicatrice et fut troublée.

Il lui tendit la main et serra la sienne comme un joueur de tennis qui salue un adversaire avant un tournoi. Toujours en silence, il prit une des chaises alignées contre le mur du tableau noir, la plaça au milieu du panneau, presque au centre de la pièce, et s'assit. Ludmilla était toujours debout. Ils n'avaient pas encore échangé une seule parole.

Il la toisa longuement. Comme un acheteur, pensa-t-elle. Elle se sentait outragée comme jamais. Et cependant, elle restait là, à le laisser la regarder. On entendait au-dehors les accents lointains d'un basson qui répétait en boucle la même phrase musicale. Ludmilla essayait d'analyser ses sentiments avec détachement. Elle parvenait seulement à percevoir en elle un tumulte contradictoire de rage, de désir de fuite, d'humiliation, mais il s'y mêlait aussi une note de volupté. Un peu comme jadis, dans son village, quand les paysans la tourmentaient et qu'elle leur tenait tête.

Elle n'aurait su évaluer combien de temps dura ce face-à-face muet. Au bout d'un moment qui lui parut extrêmement long, Langerbein toussa dans son poing fermé et lui dit, la voix encore enrouée :

— Sortez dans le couloir, je vous prie. Rentrez quand je vous en donnerai le signal. Vous marcherez lentement jusqu'au milieu de la pièce.

Le ton était neutre, sans violence. Rien n'obligeait Ludmilla à obéir. Pourtant elle le fit. Et en sentant le regard de l'homme dans son dos tandis qu'elle gagnait la porte, elle fut parcourue d'un frisson qui ne devait rien au froid ni à la peur et qui ressemblait étrangement au plaisir.

XVII

La méthode de Langerbein était le mépris. Qu'il s'agisse de juger la manière que Ludmilla avait de chanter, de jouer, de se déplacer, il réagissait par des remarques froides, désobligeantes, trouvant toujours les mots pour la blesser profondément. Il les prononçait sans bouger, d'une voix calme, en regardant par la fenêtre ou en considérant ses ongles. Et il la faisait recommencer. Il l'insultait sans jamais élever la voix, avec dans le ton une sorte de découragement glacé. Elle crut d'abord pouvoir faire comme si elle n'en était pas affectée. Le résultat se révélait désastreux. Plus elle s'appliquait comme elle l'aurait fait avec madame Florimont, plus elle cherchait la perfection formelle, la maîtrise d'elle-même, plus elle encourait les sarcasmes de l'Italien.

Le plus curieux dans ces séances était qu'à aucun moment il ne lui avait expliqué ce qu'il attendait d'elle. Si elle avait reçu des consignes claires, quelles qu'elles eussent été, il lui aurait suffi de les appliquer. C'était ainsi que fonctionnait son ancienne professeure.

Langerbein voulait obtenir d'elle autre chose, mais quoi ? Peu à peu, Ludmilla comprit que la finalité de ces exercices ne consistait pas à obéir aux ordres mais à les deviner. Elle varia les réponses, chantant par exemple tantôt de manière expressive, tantôt avec détachement, tantôt en exagérant l'attaque des syllabes, tantôt en mettant le moins d'accent tonique possible dans ses phrases. Rien ne convenait. Le maître ne se contentait d'aucune manière. Alors, après la soumission naquit une forme de découragement. Ludmilla sentait des larmes lui venir. C'était pire. Non seulement elle n'attendrissait pas le censeur mais elle le rendait encore plus cinglant, plus ironique, comme si l'expression de la souffrance lui eût procuré une satisfaction mauvaise.

Au moment où elle allait s'effondrer, il changeait d'exercice. Après l'avoir poussée à bout dans le chant, il lui demandait tout à coup d'exécuter des pas de danse selon une chorégraphie simple qu'il lui décrivait en bâillant. Le même cycle reprenait dans cette discipline : application, variations, découragement. Vers la fin de la matinée, ce jour-là, il lui commanda d'arrêter et ils descendirent déjeuner. Avant de rejoindre Karsten en bas dans la salle à manger, Ludmilla repassa par sa chambre et prit une longue douche. Elle la termina en fermant l'eau chaude. Le fouet du courant glacé la faisait presque crier. Elle libérait sa rage contenue. La seule chose qui la rendait heureuse était qu'elle avait réussi à la dissimuler. Elle avait gardé son calme pendant ces épreuves. Elle croyait qu'elle serait jugée là-dessus.

Au déjeuner, ils parlèrent de sujets sans importance. Alors qu'ils étaient sur le point de remonter en salle de répétition, elle osa lui poser la question.

— Vous cherchez à me faire sortir de mes gonds ?

— « De mes gonds » ?

— C'est une expression, en français.

Ils parlaient l'un et l'autre avec un fort accent mais Ludmilla avait plus de vocabulaire.

— Me mettre en colère, si vous préférez.

— Oui, répondit-il froidement.

Et cela augmenta la détermination de Ludmilla à garder la maîtrise d'elle-même. L'après-midi cependant, elle montra moins de résistance que le matin. Était-ce la fatigue ? Ou l'impasse dans laquelle elle se sentait acculée ? Elle avait tout essayé pour contenter son examinateur, sans recueillir autre chose que son mépris. Une vague de lassitude la submergea qui provoqua, par réaction, un réflexe d'indignation. C'était pendant un exercice de chant. Sa voix, soudain, s'emplit d'une profonde révolte. Elle tenta de la contenir mais la mélodie, déformée par un souffle de haine contre Karsten, tourna au cri, prit des tonalités animales, broyant les syllabes comme si elle les eût crachées à la face de celui qui la regardait silencieusement.

Et là, pour la première fois, il eut un sourire de contentement. Il pointa vivement l'index dans sa direction.

— Bien ! s'écria-t-il.

Elle crut qu'il jouissait d'une manière de victoire et elle se reprocha d'avoir craqué. Elle se trompait : ce n'était pas son anéantissement qu'il voulait mais sa colère.

— Reprenez, ordonna-t-il.

Elle chanta l'air de nouveau, en se contenant. Il frappa du pied sur le sol.

— Non, cria-t-il.

C'était une lutte sans merci. Il était livide de méchanceté, glacial, impérieux. Et elle, en sueur, au bord des larmes, résistait. De nouveau, elle se laissa déborder par la colère. Alors, il exprima sa surprise et sa satisfaction.

Elle comprit enfin ce qu'il désirait. Dans toutes les disciplines, le jeu, le chant, la danse, il cherchait à provoquer chez elle la perte de contrôle, l'abandon de la perfection, la transgression des règles. Il voulait qu'elle oublie son art, son long apprentissage, sa discipline et qu'elle se laisse envahir par quelque chose de désordonné, de sauvage, venu du plus profond d'elle-même.

Quand elle l'eut compris, elle crut pouvoir s'en tirer aisément. Elle se mit à jouer la colère comme elle avait joué la soumission. Mais, à ce moment-là, il reprit son air sévère et désapprobateur. Ce qu'il attendait, c'était qu'elle *éprouve* la colère, la vraie, celle qui vient de l'envie intense de résister, de survivre, de tuer. En la contrariant, il faisait revenir en elle cette force destructrice. Et elle comprenait ce qu'elle pouvait en tirer. Ce qui lui était d'abord apparu comme une faiblesse, un accroc à la sérénité nécessaire de l'art, lui apparaissait peu à peu au contraire comme son révélateur. Ses mouvements, sa voix, sa démarche, son attitude, sous l'effet de cette rage incontrôlée, prenaient une puissance inégalée. Elle découvrait une énergie enfouie, une vérité intime dont elle s'était éloignée et qui, en resurgissant, venues du fond de son enfance et de sa première jeunesse, fécondées par sa maturité de femme, sa solidité d'adulte, devenaient proprement irrésistibles.

Karsten mit fin à l'exercice peu après qu'elle s'était emplie de cette découverte. Ludmilla prétexta à juste titre une grande fatigue, et alla se coucher sans dîner. Elle dormit plus de douze heures d'affilée. Le lendemain matin, elle trouva son professeur dans la salle à manger. Il regardait le parc. Sa tasse à café était vide et des miettes sur la table indiquaient qu'il avait pris son petit déjeuner.

Ils ne parlèrent pas de la séance de la veille. Ludmilla commenta le temps, fit des remarques sur les autres pensionnaires. Elle l'interrogea sur son accident.

— J'avais vingt-neuf ans, dit-il.

— Que s'est-il passé ?

— L'hiver, en voiture, sur la route du col du Brenner. Entre l'Autriche et l'Italie. Une malédiction pour moi, cette frontière, décidément.

— Vous conduisiez ?

— Non, j'étais, comme on dit, « à la place du mort ». Ce qui signifie que j'ai eu de la chance… Ma tête a heurté le pare-brise. Un gros choc. Six semaines de coma.

— Cela vous a empêché de chanter ?

— Pas directement. Quelques séquelles de trachéotomie. Je tousse souvent, vous avez entendu, mais ce n'est pas cela.

— Quoi alors ?

Il moissonnait les miettes entre la pulpe de l'index et le pouce comme aurait fait un petit oiseau.

— J'allais recommencer à chanter. J'avais repris les répétitions. Mais les crises sont venues. L'épilepsie.

Il ricana comme s'il avait parlé d'une maîtresse cruelle dans la sujétion de laquelle il aurait la faiblesse de vivre.

— Plus personne ne vous confie un rôle quand vous pouvez vous effondrer à tout instant au milieu d'une scène et convulser comme un damné.

Alors Ludmilla comprit ce qu'il avait compris : la rage qui vous dévore vous donne une force inégalée, il avait dû l'éprouver plus que quiconque. Mais elle ne pouvait lui servir à rien puisqu'il n'était plus capable de chanter sur une scène. C'était cette force qu'il essayait de révéler en elle.

— Reprenons, coupa-t-il.

Ils remontèrent dans la salle de répétition. Les exercices durèrent encore deux journées pleines. Ludmilla se laissait conduire jusqu'au seuil de l'explosion. Dans ces régions dangereuses, elle apprivoisait les pulsions les plus inconnues et les plus destructrices. Pendant qu'elle chantait, sa voix prenait parfois une tonalité puissante et si sauvage que la directrice, appelée par les autres concertistes, vint entrouvrir la porte pour voir si rien d'abominable n'était commis.

Ces exercices aux limites produisirent cependant des effets extraordinaires. Ludmilla sentait que jamais plus elle ne chanterait comme elle s'était laissée aller à le faire sous l'impulsion, entre autres, de la triste madame Florimont. Elle avait retrouvé une force intacte, la même qui l'avait conduite naguère à son unique succès dans *Aïda.*

Mais pour l'aiguillonner, à la place de la foule invisible et hostile de l'Opéra, dont elle n'avait jamais pu capter le regard ni entendre la voix, il y avait désormais les yeux intenses de Karsten, ses mots durs comme des fouets. Il suffisait à Ludmilla de sentir la morsure de ses coups, la froideur de son expression pour que se bande en elle le ressort d'une haine féconde et invincible.

Elle quitta la Chapelle royale Reine-Élisabeth seule, en taxi. Épuisée, elle s'endormit sur la banquette et le chauffeur dut la secouer pour la réveiller à la gare de Bruxelles-Midi.

Langerbein était reparti un peu avant au volant de son Alfa Romeo. En tant qu'épileptique, il n'avait pas le droit de conduire. Mais il s'était fait faire de faux papiers et tenait à miser son désespoir dans ce jeu mortel.

À Paris, Ludmilla rejoignit sa fille. Ingrid avait deux ans. Une gouvernante s'en occupait en permanence. L'enfant regardait sa mère avec une sorte de sévérité qui était encore de l'amour. Ludmilla ne le comprit pas. Quand elle vit que sa fille la boudait et refusait de l'embrasser, elle la tendit à la gouvernante et partit dans sa chambre.

Elle pleura pendant deux heures. Toute l'énergie dépensée ces derniers jours l'avait vidée. Elle se sentait désarticulée, malheureuse comme elle ne l'avait jamais été.

Edgar avait laissé un mot. Il était en déplacement pour l'ouverture d'un de ses nouveaux hôtels.

Le ciel était pâle. Des mouettes, remontées avec la Seine, criaient au-dessus de Paris. Ludmilla considéra la fenêtre et eut la tentation de s'y jeter.

Heureusement, il y a un degré extrême dans la fatigue qui ôte jusqu'à l'envie de donner au désespoir une forme violente. Elle reposa la tête sur l'oreiller.

Puis, étendant le bras, elle saisit sur la table de chevet l'appareil téléphonique. Lentement, elle fit tourner le bout d'un doigt dans le cadran et composa le numéro qu'elle avait appris par cœur dès l'instant où il le lui avait donné. Au bout de trois sonneries, elle reconnut la voix, l'accent.

— Karsten ?

— Déjà ? répondit-il.

*

Edgar, pendant ce temps-là, creusait sa galerie en silence. En moins d'un an, il avait déjà créé deux établissements qui tournaient à plein. Un troisième était en construction. Il songea à donner un nom à ce qui devenait un embryon de chaîne. Le groupe « Détente » devint assez vite une référence et presque un nom commun. On allait chez « Détente » comme on ouvre un frigidaire. Et tout le monde savait ce que cela voulait dire.

Edgar ne craignait plus que Ludmilla apprenne la vérité sur la nature exacte de ses hôtels. Autant, dans les premières phases de développement, le projet aurait pu apparaître pour ce qu'il était encore, minable et glauque, autant, avec le succès, l'entreprise acquérait une respectabilité liée à sa taille. Le capitalisme offre cette chance à qui sait la saisir : il blanchit tout, dès lors qu'un degré suffisant de réussite fait oublier l'objet initial et le remplace par ce qu'il génère, c'est-à-dire l'argent. Dans les immenses tuyaux de l'économie circulent le meilleur et le pire mêlés. Le crime, le vice, l'injustice sont fondus dans une masse circulante de capitaux, un peu à la manière de ces composants toxiques qu'on mêle à la préparation de plats industriels.

Plus personne n'interrogeait Edgar sur ce qui se déroulait dans ses hôtels. Ses exposés devant les investisseurs et les fournisseurs se présentaient désormais sous la forme de tableaux de chiffres, de courbes ascendantes, de pourcentages éloquents, surtout lorsqu'il s'agissait de bénéfices.

Par un reste de superstition, il n'avait pas voulu que ce succès influence leur mode de vie à ce stade. Il réinvestissait presque tout l'argent qu'il gagnait et ne gardait pour l'usage du couple qu'une part modeste, quoique plus importante qu'auparavant.

C'est ainsi qu'il n'avait pas encore proposé à Ludmilla de déménager. L'appartement de la rue Guisarde était devenu un peu petit : la gouvernante y occupait une pièce, l'enfant une autre. Si l'on ôtait la chambre des parents, il restait un petit espace pour remplir tout à la fois les fonctions de salon et de salle à manger. Ils s'en contentaient. De toute manière, Ludmilla était toujours dehors pour ses cours et Edgar travaillait dans les locaux de sa société.

Il était, bon an mal an, beaucoup plus présent qu'elle à la maison. Il avait noué avec sa fille un rapport passionnel qui ne devait jamais cesser. J'en ai été le témoin jusqu'à sa mort. L'enfant l'adorait. Elle guettait son entrée, lui sautait au cou et cela contrastait beaucoup avec la distance qu'elle mettait entre sa mère et elle. Ludmilla pourtant se voulait très démonstrative avec sa fille. On aurait dit qu'elle compensait ses absences par une gaieté forcée et bruyante quand elle la voyait, par des cadeaux souvent exagérés. Par exemple, les ours en peluche qu'elle lui offrait étaient pour la plupart trop gros. Ils l'écrasaient, lui faisaient peur. Ingrid les rejetait et la scène se terminait en pleurs de part et d'autre.

Au moment où Ludmilla faisait le point sur sa carrière stagnante et partait pour son stage à la Chapelle royale, Edgar sentit venir de son côté un grand changement. La première phase de développement de son affaire était sur le point de se terminer. Il allait pouvoir sortir du bois. Il disposait d'une garantie suffisante pour solliciter des prêts conséquents et monter une affaire plus honorable. Louarn, son compère banquier, était prêt à suivre. Edgar avait observé les divers prestataires pendant la construction de ses hôtels. Il s'était convaincu qu'il devait – et que maintenant il pouvait – racheter l'un d'entre eux : il cibla finalement le groupe de BTP spécialisé dans le préfabriqué qui avait réalisé le gros œuvre.

C'était une entreprise familiale créée par un honnête maçon, doté du bon sens d'un paysan italien. Il était mort deux ans auparavant. Depuis, l'entreprise se trouvait dans une situation paradoxale. Un des enfants du fondateur avait fait de brillantes études d'ingénieur. Il était parti aux États-Unis et en avait rapporté un savoir-faire unique en matière d'ingénierie du bâtiment. Il avait l'ambition de faire entrer dans la vieille boîte de maçonnerie les méthodes des bureaux d'études et de l'aligner sur de nouveaux marchés comme celui des préfabriqués. Hélas, son frère, qui était chargé de la direction, était un cancre, un flambeur, sans rigueur ni autorité, quoiqu'il passât son temps à invectiver les employés. Les méthodes de gestion étaient obsolètes, les prix inadaptés, le recouvrement des créances très lent, les investissements constamment freinés. L'entreprise était au bord du dépôt de bilan. Edgar proposa de la renflouer et en prit le contrôle. Il écarta le frère incompétent en lui rachetant ses parts, confia la direction technique à l'autre et assura lui-même la présidence exécutive. Le marché, en cette fin des années soixante-dix, était extrêmement porteur, pour peu que l'on sût proposer les bons services et les vendre au juste prix.

Là encore, il y eut une phase ingrate de restructuration et de reprise en main qu'Edgar affronta sans en parler. Mais à la fin de l'épreuve, plusieurs gros contrats étaient arrivés, sanctionnant le fait que la boîte avait changé de taille et de capacité. Une conférence de presse était prévue à bref délai pour ouvrir le capital à de nouveaux investisseurs et présenter les performances de l'entreprise.

Edgar avait le sentiment d'être à la dernière étape de sa traversée du désert. Il allait pouvoir proposer un changement de train de vie et d'abord d'appartement. Il raconterait – ou pas – à Ludmilla comment tout cela avait commencé mais surtout il pouvait enfin être reconnu comme un vrai capitaine d'industrie.

Il devait encore retourner à Toulouse pour une échéance importante concernant l'un de ses hôtels. Dès son retour, il emmènerait Ludmilla dîner dans un grand restaurant et lui annoncerait tout cela. Il était fier et heureux.

XVIII

Il est très difficile de reconstituer avec certitude l'affaire Karsten. Cet épisode est resté jusqu'au bout une sorte de point aveugle dans les relations entre Edgar et Ludmilla.

J'ai cependant eu la chance de pouvoir recueillir quelques indices à ce propos de la part de Ludmilla elle-même à la fin de sa vie. C'était une fin d'après-midi d'automne dans leur maison du Berry. Nous étions allés nous promener au bord d'un canal et la vieille femme qu'était devenue Ludmilla avançait avec peine sur le chemin de halage. Quand le nom de Langerbein est venu dans notre conversation (c'est moi qui l'ai prononcé le premier), son bras, qu'elle tenait appuyé au mien, tremblait. Elle m'a demandé à s'asseoir. Nous avons trouvé un banc près d'une écluse. Si elle a gardé longtemps le silence, ce n'était pas seulement pour reprendre son souffle. Elle était envahie par l'émotion et je sentais que derrière ses paupières presque closes défilaient des images qui la bouleversaient.

J'avais déjà conçu à cette époque le projet d'écrire cette histoire. Incidemment, en consultant divers témoignages rapportés au cours d'un des divorces, j'étais tombé sur le nom de ce Langerbein. Son rôle n'était pas clair. Il était décrit avec beaucoup de respect par la directrice de la Chapelle royale Reine-Élisabeth. Elle avait été produite comme témoin par Ludmilla, peut-être pour montrer la nature exclusivement professionnelle des relations qu'elle avait entretenues avec l'Italien. Au moment de notre promenade le long du canal, le temps avait passé et elle en était arrivée au point où les mensonges n'ont plus d'utilité. La vie avait coupé les griffes de ses fantômes. Il n'y avait plus de raison d'être injuste avec eux.

— Je n'ai jamais connu personne qui ait exercé un tel empire sur moi, dit-elle enfin d'une voix étrange, presque somnambulique, et je me demandais même si elle était consciente de ma présence.

Le temps était beau. C'était le printemps du Berry, avec ses hirondelles et le mariage très doux, dans les tons pastel, du ciel et des bourgeons de marronniers. Tout était silencieux autour de nous. Elle pouvait laisser libre cours à ses songes.

— Au retour de la Chapelle royale, je n'ai pas pu rester sans le voir. Il était à Milan. J'ai pris le train de nuit.

Elle me regarda et parut un peu surprise de ma présence. J'aurais aimé qu'elle continue à évoquer librement ses souvenirs. Mais, désormais, elle s'adressait à moi et sans doute contrôlait-elle davantage ses propos.

— Vous connaissez Milan ? me dit-elle. Le centre de la ville est plein d'anciens cloîtres lombards en briques que l'on ne voit pas de la rue et qui pour la plupart servent d'habitation. Karsten vivait dans l'un d'entre eux, même si ses fonctions le retenaient à Prague et le faisaient voyager dans toute l'Europe. Sa base véritable, son domicile privé, c'était Milan, via Capuccio.

— C'est là que vous l'avez retrouvé ?

Je ne voulais pas parler mais l'élan de ses confidences retombait. J'avais peur qu'elle n'en dît pas plus.

— Oui.

La force des émotions l'avait de nouveau saisie. Elle se tut. Puis une brise fraîche la fit frissonner. Elle rajusta son châle et rouvrit les yeux.

— C'était un appartement extraordinaire. Le dernier étage du cloître. Des murs blancs dans les couloirs, au sol des tomettes vernies, des coffres lourds le long des corridors. Et chez lui, rien de plus : un dépouillement complet, une page blanche, un décor de théâtre, une scène d'opéra. Il y a dans le monde, vous le savez bien, des lieux, des objets qui n'ont d'autre forme que celle qu'on leur donnera. Ce sont des limbes, des magmas primitifs qui attendent le souffle de l'esprit pour s'animer. La pierre brute… Vous connaissez cette phrase de Michel-Ange : « Toutes les statues sont dans le marbre, il suffit de les en faire sortir. »

Elle avait repris son ton de conversation mondaine, celui des heures de gloire, des interviews, de la télévision.

— Comment vous a-t-il accueillie ? demandai-je.

J'avais un seul but : Langerbein, et je ne voulais pas lâcher cette proie, revenir à des généralités. Elle retomba dans le silence.

— Mal.

Elle rajusta son col, le serra dans sa main déformée de rhumatismes et se leva.

— Rentrons, le vent est glacé.

Je n'en sus pas plus ce jour-là. Mais le coffre était ouvert, qui enfermait Karsten dans sa mémoire. Nous pûmes en parler d'autres fois. Je préparai mieux mes questions, complétai peu à peu les scènes, reconstituai une chronologie presque complète. Voici ce que j'ai rapporté de ces laborieuses campagnes de pêche. J'ai dû remplir certains blancs parce que Ludmilla ne m'a évidemment pas tout dit et qu'elle est restée réfractaire jusqu'au bout à l'expression de ses émotions.

Quand Ludmilla a rejoint Karsten à Milan, il semble qu'il l'ait en effet accueillie assez froidement. Elle s'était précipitée, en proie à une sorte de manque comme en connaissent les toxicomanes. Mais arrivée devant lui, elle avait perdu ses moyens ou, plutôt, elle avait été incapable d'imposer son désir. Elle se conforma à ce qu'il exigeait d'elle. Ce n'était pas ce qu'elle souhaitait mais peut-être était-ce aussi ce qu'elle cherchait...

Le jour même, il l'emmena à la Scala. Il avait passé quelques coups de téléphone. Quand ils pénétrèrent dans le théâtre au début de l'après-midi, il était désert. Quatre personnes, cependant, dont le directeur lui-même, étaient assises aux premiers rangs, face à la scène. Ludmilla comprit que Langerbein avait organisé une audition pour elle. Il lui fit chanter l'*Ave Maria* d'*Otello* et un air de *Rigoletto*. Il était persuadé, lui aussi, que Ludmilla était faite pour exprimer la violence des sentiments et que les opéras de Verdi convenaient à son talent. Elle n'était pas venue pour cela. Elle en voulait à Karsten de l'avoir conduite dans ce piège. Elle était mal coiffée, fatiguée par la nuit de train, essoufflée par la marche jusqu'à l'Opéra. Une rage montait en elle qu'en d'autres temps elle aurait tenté de dominer. Depuis les séances de la Chapelle royale, elle savait qu'elle pouvait s'y livrer et que sans doute Langerbein avait accumulé ces petites agressions à dessein, pour faire sortir d'elle une violence, une force qui nourrirait son art.

Il était assis à côté du directeur et la regardait. Elle s'avança sur la scène comme si elle le cherchait pour le gifler. Et quand elle entama le premier morceau, ce fut toute la violence d'un amour blessé, contrarié, suppliant et vengeur, qu'elle mit dans la voix de Desdémone.

Le directeur de la Scala l'avait déjà entendue dans des rôles secondaires. Il ne la reconnut pas. Les airs suivants furent chantés avec la même intensité extraordinaire. Elle termina saisie par un vertige, titubante, épuisée au point qu'elle ne rejoignit pas les coulisses mais s'assit sur la rampe, les jambes pendantes dans la fosse, appuyée sur un bras et tenant de l'autre sa tête douloureuse.

Les professionnels discutaient entre eux avec animation, faisaient assaut de compliments, formaient des projets pour elle. Le soir même, elle reçut son contrat pour le rôle de Gilda dès la saison suivante dans une représentation de *Rigoletto*, montée à la Scala.

Karsten, un peu plus tard, la ramena chez lui.

C'est ce jour-là, d'après ce que j'ai compris, qu'ils firent l'amour pour la première fois.

*

Edgar n'avait jamais parlé en public. Il redoutait un peu la conférence de presse qu'il avait cependant organisée lui-même et au cours de laquelle il devait annoncer le rachat de l'entreprise de BTP. Il avait donné un nom au nouvel ensemble qui en naîtrait : le groupe LIVE. L'acronyme venait des initiales de la famille : Ludmilla, Ingrid, Edgar. Quant au V, c'était un hommage un peu saugrenu à Verdi mais surtout l'ensemble lui plaisait.

Les journalistes ne se bousculaient pas au siège de LIVE, qui se tenait dans les bureaux de la société de BTP rachetée. Une attachée de presse, engagée à la pige pour l'occasion, avait prévu beaucoup trop de chaises. Il y avait en tout et pour tout quatre échotiers, envoyés pour la plupart par des journaux professionnels. Le coup de théâtre fut l'entrée, juste avant l'exposé d'Edgar, d'une équipe de télévision. Le cameraman s'installa ainsi que le preneur de son, pendant que le journaliste expliquait à l'attachée de presse la raison de leur présence. Ils n'étaient pas vraiment intéressés par le sujet en lui-même et ignoraient tout de LIVE. Le thème de leur reportage était plus général : les nouveaux bâtisseurs, dans le cadre d'une série pour le journal de la deuxième chaîne intitulée « Ceux qui préparent la France de demain ».

Edgar attendit qu'ils soient prêts et commença. Il se passa alors quelque chose d'inattendu. Son appréhension, une forme de timidité peut-être, en tout cas son manque d'expérience, ces handicaps, au lieu de le paralyser, lui inspirèrent un véritable numéro de bateleur. Retrouvant la gouaille de sa banlieue natale, il se mit à décrire la naissance du nouvel ensemble, pourtant bien modeste, comme une sorte d'événement mondial. Il n'hésita pas à comparer cette création à la conquête spatiale, sujet qui, en cette période de débarquement des hommes sur la Lune, représentait l'idéal même du progrès. Il énuméra tout ce qu'il avait en tête pour le groupe LIVE. Ce serait l'outil d'une nouvelle génération de constructeurs. Tous les projets classiques comme les stades, les aéroports, les quartiers d'affaires allaient prendre dans les années suivantes une dimension inédite. Ces géants à venir – il les décrivit avec aplomb, mêlant de vagues lectures de science-fiction avec le contenu de brochures professionnelles qu'il avait feuilletées –, ces monstres d'une taille et d'une complexité inconnues jusque-là ne pourraient naître que d'entreprises telles que LIVE. Le terme de BTP ne s'appliquait pas à de tels ensembles. C'était plutôt des bureaux d'études, des centres de recherche, des opérateurs de données informatiques.

Les journalistes spécialisés étaient interloqués. Ils connaissaient bien l'entreprise qu'Edgar venait de racheter et savait qu'elle était somme toute très modeste. Quant à son réseau d'hôtels, ils n'en ignoraient pas l'usage et en avaient peut-être même utilisé les services.

Le numéro d'Edgar leur parut de la plus haute fantaisie. Ils posèrent leurs crayons et écoutèrent son boniment en ricanant. À la télévision, au contraire, il fit merveille. Le journaliste ajouta quelques questions et insista pour filmer Edgar en plan rapproché, répondant en tête à tête à une interview. Il partit enchanté du résultat.

Le sujet passa le surlendemain. Edgar était seul à la maison avec Ingrid. Il aimait beaucoup s'occuper d'elle quand il le pouvait. Il donnait congé à la gouvernante et se mettait à cuisiner. La gamine avait trois ans. Elle jouait à la petite femme, nouait un tablier autour de sa taille, aidait son père à composer des plats et à dresser la table. Ce fut elle qui vit apparaître son visage sur l'écran de la télévision. Elle cria : « Papa, papa ! » Il arriva en s'essuyant les mains.

Le reportage était très long et Edgar le cannibalisait complètement. On ne voyait que lui. Il était si bon qu'au montage il servait de fil conducteur au propos général. Les autres personnes interviewées, même les patrons de grandes entreprises bien plus compétents sur ces sujets, s'exprimaient mal, avaient l'air dépassées, tristes. Lui en faisait trop mais il était sympathique, drôle, provocateur, visionnaire. En somme, il semblait incarner à lui seul cet avenir dont il se faisait le prophète.

Ingrid était sidérée. Aujourd'hui encore, quand nous en parlons, elle me dit à quel point ce souvenir a revêtu une importance décisive pour elle. Elle qui admirait déjà son père conçut pour lui une véritable vénération. Passer à la télévision était à l'époque plus rare et conférait à ceux qui avaient cet honneur une sorte de dignité particulière. Pour une enfant, le petit écran était carrément un autre monde. Voir son père y prendre place, c'était confirmer qu'il était bel et bien d'une essence différente, qu'il était en quelque sorte un demi-dieu. L'autre fait qu'elle nota, c'était que sa mère n'était pas là pour assister à cette apothéose. Si elle avait connu la raison de cette absence, sa haine aurait été totale. Officiellement, Ludmilla était en voyage pour une répétition.

Mais, pour l'enfant admirative, aucune occupation humaine, si légitime fût-elle, ne pouvait excuser d'avoir déserté la maison en un tel moment. Son ressentiment à l'égard de sa mère augmenta d'autant. Quand elle rentra le surlendemain, Ludmilla trouva Edgar au téléphone et entouré de télégrammes décachetés à la hâte. Le jour qui avait suivi l'émission, le bureau de LIVE avait été pris d'assaut par d'autres journalistes. Des clients en grand nombre se manifestaient, pour proposer des contrats. Edgar augmenta son crédit en refusant superbement la plupart de ces offres et en le faisant savoir. Il avait décidé, en concertation avec son banquier, de n'en choisir qu'une mais d'une grande visibilité et pour une échéance assez éloignée qui lui laisserait le temps de s'organiser. C'est ainsi qu'il décida d'honorer la proposition de construire un grand stade de football à la place de celui qui avait servi pendant des lustres à l'orée du bois de Boulogne.

Toute cette agitation l'empêcha de consacrer beaucoup de temps à Ludmilla. Il prit tout de même la peine de lui raconter la conférence de presse, l'émission et ses suites. Il l'emmena déjeuner sur les quais. Des gens le reconnaissaient dans la rue – il n'y avait à cette époque que trois chaînes de télévision. Il souriait, lançait des répliques joyeuses à ceux qui l'interpellaient. Il était si préoccupé de lui-même et de ses affaires qu'il pensa à peine à demander de ses nouvelles à Ludmilla. Elle lui annonça qu'elle allait bientôt jouer Gilda, le rôle féminin principal dans *Rigoletto*, à la Scala. Il la félicita, posa un petit baiser sur sa bouche pardessus la table puis reprit son bavardage.

Après le déjeuner, il s'engouffra dans un taxi et elle décida de rentrer à pied.

Tout se conjuguait pour nourrir sa tristesse. Elle souffrait de s'être donnée à Karsten mais aussi d'être loin de lui. Elle aurait voulu qu'Edgar soit tendre, l'accueille, torde ses sentiments dans l'autre sens, pour la faire revenir à lui. Au lieu de quoi, il s'était conduit comme un enfant égoïste, préoccupé de sa réussite, à laquelle elle prenait si peu de part. Ingrid l'avait croisée en partant en promenade avec sa gouvernante. Elle l'avait à peine embrassée. Le temps lui-même s'en mêlait, arrosant le sol de giboulées froides ; quand revenait le soleil, les rues déjà parées des couleurs du printemps avaient l'air d'être en larmes sous leur fard.

Un ouvrier, sur un échafaudage, la siffla. Elle lui jeta un regard si chargé de haine qu'il baissa les yeux.

Elle n'avait qu'une hâte, qu'un espoir : qu'arrive vite le jour de *Rigoletto*. Car Langerbein avait mis en branle en elle une étrange mécanique, une machine à concentrer le désespoir et la colère, la haine et l'amour tout ensemble, le désir frustré et le remords cuisant, pour en faire le carburant d'une passion qui ne pouvait s'exprimer que sur une scène.

Le soir de la première, Edgar l'avait tout de même rejointe à Milan. Il était placé dans une loge chargée de velours et d'ors près de la rampe. Ludmilla l'avait à peine vu les derniers jours tant il était occupé par ses affaires. Le résultat le plus tangible de sa réussite était qu'il avait acheté un nouvel appartement. Ils devaient déménager la semaine suivante. C'était un immense espace de neuf pièces, luxueux, près du Ranelagh et du bois de Boulogne. Ludmilla l'avait laissé le choisir, avec Ingrid.

L'orchestre était en place. La salle s'obscurcit. Le rideau se leva sur un décor particulièrement réussi. Edgar souriait en se souvenant d'Aïda et de ses acrobaties dans les cintres. Depuis, il avait souvent vu chanter Ludmilla mais c'était toujours avec une sorte de souffrance. Chacune de ses apparitions confirmait ce qu'ils savaient l'un et l'autre : sa carrière piétinait. Il était anxieux de savoir comment elle s'en sortirait dans ce grand rôle. Il était probable qu'une telle opportunité ne se reproduirait jamais. Il fallait qu'elle réussisse. Il en oubliait, pour la première fois depuis tant de jours, ses soucis et ses propres projets. Il était impatient de la voir paraître. Enfin, elle entra. Il se pencha, plissa les yeux. Il ne la reconnaissait pas : une démarche nouvelle, brusque, hautaine, violente. Puis, face au public, une posture de défi et presque de haine. Sa voix, quand elle jaillit, n'avait plus rien du phrasé élégant qu'il lui avait tant entendu travailler. C'était un cri de gorge, miraculeusement juste, quoiqu'il fût chargé des limons d'une colère torrentielle. Elle était en rage, en furie. Quand le livret exigeait de la douceur, c'était encore avec violence qu'elle l'exprimait – une violence dirigée contre elle-même et qui protégeait les auditeurs contre les fleuves d'émotion qui semblaient l'emporter.

Le public était sous le charme. Les autres chanteurs, mis au défi par l'énergie de Ludmilla, donnaient le meilleur d'eux-mêmes. Ils résistaient comme des marins dans la tempête et tentaient de puiser en eux une violence à l'égal de celle que Ludmilla leur lançait à la tête.

Quand le premier acte se termina, il y eut un long instant de sidération. Puis un tonnerre gronda dans la salle. La Scala n'avait pas connu un tel triomphe depuis longtemps.

Edgar se détendit, ferma les yeux. Un parfait bonheur l'envahit. Le succès de Ludmilla, sa réussite à lui, leur jeunesse encore, leur amour venu de si loin, tout se mêlait pour concourir à une félicité qu'il ne pensait pas possible d'atteindre un jour.

Il rouvrit les yeux. La salle se vidait doucement vers le foyer pour y profiter de l'entracte.

C'est alors que son regard se posa sur un personnage assis au premier rang de fauteuils d'orchestre. Tout le monde s'était levé mais lui restait au fond de son fauteuil, les mains croisées sous le menton, sans cesser de regarder la scène vide. Edgar avait remarqué que, pendant qu'elle chantait, Ludmilla s'approchait de la rampe, se campait au bord et abaissait les yeux comme si elle fixait un point devant elle dans la salle. Il eut un instant l'idée qu'elle regardait cet homme.

C'était absurde, ridicule. Il chassa cette pensée comme on éloigne un insecte importun. Il se leva à son tour. Sa première idée était d'aller embrasser Ludmilla dans sa loge. Mais il se dit que mieux valait ne pas la déconcentrer. Et, en cherchant de la monnaie dans sa poche, il se fraya un chemin jusqu'au buffet, pour boire une coupe de champagne.

Le public était élégant : hommes en smoking et même en frac, femmes couvertes de bijoux, coiffées comme des reines antiques. En Italie, personne ne connaissait Edgar dont la notoriété en France commençait du reste à diminuer depuis que s'éloignait dans le temps le reportage qui l'avait mis en avant.

Il se coula dans la foule, répondit à des sourires, accrocha quelques regards féminins prometteurs. Il aimait prodigieusement sa femme et, sans qu'il s'en rendît compte, ce sentiment lui faisait désirer toutes les autres.

XIX

L'amour physique avec Karsten était un prolongement des autres relations que Ludmilla entretenait avec lui : un combat, un choc, la lutte de deux puissances. À ce jeu, elle avait le sentiment bien à tort de disposer de plus d'armes que dans la vie courante. Il est vrai qu'elle suscitait en lui un désir violent. Cela, déjà, était une victoire. Il en devenait vulnérable et c'était elle, devant son corps tendu, qui pouvait manier la frustration ou la récompense. Elle s'illusionnait un peu sur ce pouvoir. Elle était elle-même trop envahie de désir, elle sentait couler dans son corps de tels débordements d'excitation en sa présence qu'elle ne pouvait imposer longtemps à Langerbein de maintenir une distance. En le punissant, elle se mortifiait elle-même et cédait vite.

Karsten gardait de sa formation de chanteur un ventre extrêmement musclé et un torse large. Mais les séquelles de son accident et des opérations qu'il avait entraînées déformaient ses membres. Il présentait même dans le cou près d'une oreille une brûlure mal cicatrisée qu'il cachait d'ordinaire derrière un foulard. Nu dans un lit, il était très abîmé. Cette apparence navrée renforçait encore, je suppose, l'idée de combat physique lorsque Ludmilla s'approchait de lui. Il avait l'apparence d'un guerrier blessé.

Au plaisir qu'elle éprouvait de se mêler à lui s'ajoutait un autre sentiment, ambivalent et trouble : elle avait envie de le protéger. Elle avait pourtant ce sentiment en horreur car elle en avait souffert de la part d'Edgar et avait tout fait pour s'en déprendre. Mais c'était plus fort qu'elle. Cette sollicitude, mêlée à la crainte que Karsten suscitait toujours en elle, formait un contraste violent qui n'ôtait rien à la jouissance, tout au contraire.

Quand elle n'était pas avec lui, Ludmilla réfléchissait longuement à ces relations tumultueuses. Ce n'était pas de l'amour, pensait-elle. Puis, tout aussitôt, elle se disait qu'elle n'avait sur ce sujet qu'un point de comparaison : ses relations avec Edgar. À celles-là seules elle réservait le nom d'amour. Elle en avait senti la naissance immédiatement, dès leur première rencontre en Ukraine. Il ne s'y mêlait rien de violent. C'était un face-à-face de tendresse, de respect, de désir paisible. Elle devait d'ailleurs reconnaître que l'amour physique y prenait peu de part. Si Edgar et elle étaient peu à peu parvenus à une certaine harmonie en la matière, si leurs corps avaient fini par se comprendre et savoir s'apaiser, jamais cette dimension n'avait été prépondérante dans leur union. Elle aimait Edgar pour bien d'autres raisons. Quoi, au fait ? Son sourire, une forme de pureté, de générosité, d'enthousiasme, sa fragilité d'enfant pauvre qui lui donnait au quotidien beaucoup de charme. Elle aimait ses traits juvéniles, la douceur de sa voix, ses yeux rieurs. Elle aimait son corps lisse, intact, vigoureux. Elle aimait son sommeil apaisé et immédiat dès qu'il reposait sa tête. Elle aimait son énergie infatigable lorsqu'il entreprenait une tâche. Jamais malade, toujours de bonne humeur, ignorant la fatigue, Edgar faisait contrepoids à ses périodes d'épuisement, de doute, d'inexplicable tristesse. Elle aimait sa tendresse pour Ingrid, même si elle souffrait d'en être exclue par l'enfant.

Tout cela, elle s'en rendait compte, était un peu fade. L'habitude, la vie quotidienne avaient encore émoussé les rares aspérités de cette relation. C'était à tout cela qu'elle pensait jusque-là quand elle évoquait le mot amour.

Puis elle avait rencontré Karsten. Rien de semblable avec lui. Tout n'était que violence, volonté, contrariété, blessures reçues et données. L'aspect physique de cette relation était majeur, même s'il avait fallu du temps pour qu'ils se touchent. Dès le stade des répétitions, quand ils se tenaient encore à distance, c'était le mot « corps-à-corps » qui venait à son esprit pour désigner leurs séances. La vue de Karsten dévêtu provoquait en elle une répulsion, presque un dégoût, et cependant elle le désirait malgré ces difformités et peut-être à cause d'elles. Rien n'était paisible dans leur relation. Les moments où ils étaient ensemble étaient nerveusement épuisants. Mais les jours où ils étaient séparés, elle sentait son esprit captif du désir, entravé par le manque, étranger à tout autre quotidien.

Était-ce aussi de l'amour ? Elle était forcée de

reconnaître qu'il n'y avait pas d'autre mot pour désigner une telle passion.

Ainsi, elle découvrait ce qu'elle savait intellectuellement sans l'avoir encore éprouvé : il y a de multiples sortes d'amours. Surtout, on peut succomber à plusieurs d'entre elles. Cette pensée lui ouvrit un espace de consolation. Elle parvint à se convaincre qu'en donnant son amour à Langerbein de cette façon elle ne retirait rien, loin de là, à celui qu'elle continuait de partager avec Edgar.

Si bien que, peu à peu, elle accepta avec une moindre culpabilité d'organiser sa vie entre ces deux hommes. Cet écartèlement était d'autant moins périlleux qu'Edgar, absorbé par son succès, était plus absent que jamais. Elle-même, grâce aux nombreux engagements qu'elle recevait, avait toutes les raisons de ne pas séjourner souvent à Paris.

La balance, supposée être équilibrée entre ces deux vies, pencha vite du côté de Langerbein. Edgar était trop pris par ses affaires pour suivre Ludmilla dans tous ses mouvements. Elle chantait presque chaque soir et la plupart du temps dans des villes, voire des pays différents.

Karsten l'y emmenait. Elle prit l'habitude d'effectuer à son côté de longs trajets sur les sièges en cuir de l'Alfa Romeo. Au début, elle s'inquiétait qu'il pût faire une crise d'épilepsie en conduisant. Mais elle n'avait jamais passé le permis et ne pouvait le remplacer. Il lui fallait accepter le risque si elle voulait rester avec lui. Et elle le voulait plus que tout, plus que la perspective de mourir dans un accident. Le danger, si peu probable qu'il fût (car il suivait un traitement qui semblait efficace), était un ingrédient supplémentaire de l'excitation amoureuse. Rien, décidément, n'était anodin avec cet homme. Au-dessus des moments les plus calmes, et ils étaient rares, planait encore la menace qu'un trouble soudain lui ôtât sa connaissance et lui fît perdre en pleine vitesse le contrôle de sa voiture.

Ce danger était moins virtuel qu'elle ne le pensait. Un soir, à Munich, alors qu'ils rentraient de dîner dans une brasserie après une représentation de *Tosca*, Langerbein s'effondra dans le couloir de l'hôtel. Ludmilla le tira dans la chambre. Il convulsait, les yeux retournés, une bave sanglante aux lèvres. Il lui avait dit auparavant ce qu'elle devrait faire si une telle crise survenait. Elle glissa un pan de serviette entre ses dents, cala sa tête pour éviter qu'il ne la cogne en convulsant et attendit. Elle n'avait pas eu le temps d'allumer dans la chambre. Il lui semblait veiller un mort.

Elle comprenait mieux d'où venait la violence dont il était plein et qu'il lui avait transmise : à tout instant, une puissance impitoyable était susceptible de le terrasser. Sa vie entière était marquée par cette injustice à laquelle il ne pouvait se soustraire. Il vivait dans la terreur d'un dieu méchant auquel il n'avait d'autre choix que de résister, quoiqu'il sût que c'était impossible.

Après la crise, inconscient, il avait l'air tout à la fois anéanti et apaisé. Sa respiration devenait ample, ses traits se détendaient et lui donnaient un visage d'enfant. Elle caressait son front. C'était la première fois qu'ils pouvaient avoir un échange physique marqué par la douceur. Et il fallait pour cela que la conscience lui fût ravie... Dès le lendemain, ils reprenaient le cours ordinaire et tumultueux de leurs relations.

La notoriété de Ludmilla dans le milieu lyrique était redevenue très importante. Ce n'était plus, comme après l'éphémère triomphe d'*Aïda*, pour des raisons adjacentes, liées à sa personnalité et à son parcours. C'est son talent lui-même, l'originalité de son style, l'intensité de son jeu qui étaient reconnus.

Le monde de l'opéra reste cependant un milieu relativement clos. Les gloires, dans cet art, sont rarement universelles. Ludmilla était célèbre sur scène mais elle pouvait circuler sans qu'on la reconnût dans la rue. Cela lui permettait de mener sa liaison avec Karsten sans trop craindre d'être découverte. De fait, pendant plus de deux ans, jusqu'à ce que le succès prenne pour elle un nouveau tour et la prive de tout anonymat, elle put passer de longues périodes avec lui, en particulier lorsqu'ils étaient en déplacement.

Une fois, alors qu'elle avait passé une semaine entière à Paris sans le rencontrer et qu'Ingrid s'était montrée plus affectueuse qu'à l'habitude, Ludmilla eut l'idée de rompre avec Langerbein, de revenir à sa famille. Cette liaison lui apparaissait dans toute son horreur. Elle n'était même pas heureuse avec cet amant tyrannique. Ils se disputaient sans cesse. Elle haïssait ses silences, sa rudesse, jusqu'à ses manières brutales. Sitôt prise la décision de ne plus le voir, elle se sentit apaisée. Mais la nuit suivante, elle dormit mal, habitée par l'envie d'être près de lui. Le lendemain, elle n'y tint plus et, sous un prétexte quelconque, s'enfuit pour le rejoindre à nouveau. Dès qu'elle en était séparée, une souffrance terrible s'emparait d'elle.

On peut s'étonner qu'Edgar pendant si longtemps n'ait pas eu de soupçon. Je lui ai d'ailleurs posé franchement la question. Il m'a répondu que tout était nouveau, à cette période de leur vie, et qu'il avait dû s'habituer à des choses bien plus surprenantes : le pouvoir, la richesse, la célébrité. Sa femme était souvent absente, et alors ? Il pensait que c'était le prix à payer pour une carrière qui avait décollé tard : elle devait en quelque sorte rattraper le temps perdu. Il s'était bien aperçu qu'elle avait au lit un comportement inhabituel. Elle se montrait plus active, presque combative. Il ne pouvait se douter que cette fougue était l'héritage d'un autre. Edgar y vit un prolongement de cette nouvelle personnalité qui s'était révélée à la suite du stage intensif en Belgique que ses agents avaient organisé pour elle. Il était loin de s'en plaindre. Ce revif du désir bousculait les routines qui avaient fini par s'installer dans ce domaine au sein de leur couple et c'était tant mieux. Il était lui-même trop occupé pour observer son entourage et se livrer à la suspicion.

Depuis sa fameuse prestation télévisée, il était de plus en plus souvent invité sur les plateaux. Il donnait son avis sur tout et sur rien. On le consultait comme un expert en futur. Il prenait des airs inspirés pour déclarer ce que tout le monde savait. Il y mettait cependant un talent bien à lui, un humour, une fraîcheur qui incarnaient la modernité. En parallèle, il développait son affaire. La construction du grand stade était lancée. Son groupe avait atteint une dimension considérable. Un beau jour, moins de quatre ans après son lancement tonitruant, il surprit tout le monde en décidant de le vendre.

Son raisonnement était simple. Il avait découvert sa vocation : imaginer, lancer des projets, mobiliser les capitaux et les énergies puis passer à autre chose. En ce début des années quatre-vingt, la France avait plus que jamais besoin d'hommes tels que lui. Il n'allait pas perdre son temps, une fois l'entreprise mise sur des rails, à gérer le quotidien. Il était un voltigeur, pas un cavalier d'intendance.

La vente du groupe LIVE rapporta beaucoup. Mais Edgar avait contracté d'énormes emprunts. Il ne lui restait pas grand-chose sinon la capacité, grâce à cet éclatant succès, de contracter de nouveaux prêts. Louarn, qui avait pris du galon dans sa banque et en était devenu l'un des directeurs, l'appuya plus encore. Grâce à la ligne de crédit qu'il lui ouvrit, Edgar put racheter une entreprise mythique, un « fleuron » comme il est d'usage de le dire de l'économie française, numéro un du luxe et connu par ses différentes marques dans le monde entier. Le groupe Luxel possédait des usines de cosmétiques, des maisons de couture, des chaînes hôtelières de prestige. Dans ce milieu où l'on vend du rêve et des promesses de bonheur, il est de règle de ne jamais montrer ses difficultés. Personne ou presque ne savait que derrière les paillettes et les défilés de mode le groupe Luxel était au bord de la faillite. La gestion familiale du groupe avait montré ses limites, avec deux générations successives de PDG incompétents.

Edgar avait créé la surprise en annonçant le rachat. Désormais, il était une vedette médiatique et le sujet de toutes les conversations.

La seule chose qu'il reprochait à Ludmilla au fond de lui – mais il n'aurait pas osé lui en faire grief directement –, c'était de ne pas participer à ses succès. Elle se disait sincèrement heureuse pour lui mais ne cachait pas que le monde des affaires l'ennuyait. Il lui arrivait d'accompagner Edgar dans de grands dîners avec des businessmen, des soirées mondaines ou des invitations dans des ministères. Mais elle le pressait toujours de rentrer tôt et avouait son manque d'intérêt pour ces milieux. Elle était concentrée sur sa carrière, c'était bien compréhensible.

La catastrophe, comme souvent, est venue d'une omission.

Ludmilla parlait volontiers des hommes qu'elle croisait dans son métier. Elle rapportait parfois à Edgar des scènes cocasses de soupirants lui envoyant des fleurs après les représentations. Mais jamais elle ne dit un mot de Karsten. En rentrant de la Chapelle royale, elle était encore trop bouleversée pour en parler. Par la suite, quand la liaison s'installa, elle eut peur de se trahir en racontant quoi que ce fût à son propos.

Langerbein était un point obscur dans l'existence de Ludmilla. Il n'y avait aucune raison qu'Edgar fît sa connaissance si elle ne le lui présentait pas.

C'est par hasard, en lisant une revue de presse consacrée au rachat du groupe Luxel, qu'Edgar tomba sur Karsten. La plupart des articles qui présentaient Edgar faisaient référence à son épouse, « une grande cantatrice ». Ils ne détaillaient pas et pour cause : Ludmilla refusait de se prêter au jeu du faire-valoir et ne recevait pas les journalistes quand ils écrivaient sur les affaires de son mari. Mais la revue de presse était internationale et, parmi tant d'autres reportages, Edgar s'arrêta sur celui d'un journal autrichien. Il ne comprenait pas l'allemand mais, à travers les titres et les photos, il était facile de comprendre que l'article évoquait la création des *Vêpres siciliennes* à l'Opéra de Vienne. Ludmilla figurait sur la photo en costume de scène, au moment où elle rentrait dans sa loge. À côté d'elle, un homme la tenait par le bras comme s'il voulait la soustraire à la curiosité des photographes. Edgar se rappelait l'avoir déjà vu quelque part.

L'attitude de cet homme, sans qu'Edgar sût pourquoi, éveilla en lui une curiosité anxieuse. Il y avait dans le geste de ce personnage, sa manière de saisir familièrement le bras de Ludmilla, quelque chose de troublant, un mélange bizarre d'autorité et de douceur qui avait une dimension sexuelle.

Edgar découvrit cet article au petit déjeuner. La fenêtre était ouverte sur les jardins du Ranelagh. On entendait des enfants jouer dans un parc aménagé pour eux et le babil des gouvernantes qui les surveillaient, assises sur des bancs alentour.

Edgar sentit une sorte de frisson le parcourir. Il posa le journal et regarda le ciel par la fenêtre. Le mouvement des idées se faisait lentement en lui. S'imposa d'abord le rappel d'une évidence :

une fois de plus, il était seul. Ludmilla était partie pour Vienne la semaine précédente. Comment ? Avec qui ? Elle ne parlait jamais des modalités de ses déplacements et il n'avait pas eu la curiosité de l'interroger sur ce sujet. Maintenant qu'il y réfléchissait, il n'avait jamais eu connaissance de billets de train ni d'avion à prendre. L'agence de voyage qui gérait les trajets de la famille n'avait jamais facturé que des vols transatlantiques. Comment Ludmilla se déplaçait-elle en Europe ? Il s'accrocha à ce détail : quelque chose de douloureux et d'inconnu s'y attachait. Il ne savait pas encore, pour ne l'avoir jamais éprouvé, que cela s'appelle le soupçon.

Ce poison se répandit lentement, fit naître d'autres questions. Toutes tournaient autour d'une énigme centrale : pourquoi n'avait-elle jamais parlé de cet homme ?

Edgar demanda à sa secrétaire de faire traduire l'article autrichien. Il y était écrit que l'Autriche pouvait s'enorgueillir qu'un ressortissant du Sud-Tyrol fût le mentor de la magnifique cantatrice qui avait triomphé dans *Les Vêpres*, après tant d'autres rôles. Ce Karsten Langerbein était décrit comme « ne la quittant pas d'une semelle ».

Karsten Langerbein. Edgar ne se souvenait pas d'avoir jamais entendu Ludmilla prononcer ce nom. Il rappela sa secrétaire pour qu'elle effectue quelques recherches discrètes à son sujet. Elle lui rapporta deux jours plus tard une maigre moisson d'articles assez anciens. La plupart concernaient ses débuts prometteurs de ténor. Puis il était fait mention d'un accident. Un journal avait même reproduit une photo de la voiture détruite. Ensuite, plus rien. Karsten Langerbein semblait être retourné à un complet anonymat.

Edgar cherchait toujours ce que la photo de cet homme lui rappelait. Il était dans une réunion avec les actionnaires minoritaires de Luxel, son nouveau groupe, lorsque tout à coup une image lui revint : c'était le même individu qu'il avait vu assis au premier rang pendant la représentation de *Rigoletto*. Lui que Ludmilla n'avait cessé de regarder pendant toute la représentation comme si son chant, la colère qu'il portait, la passion qui le traversait étaient personnellement destinés à cette seule personne. La morsure de la jalousie fit presque défaillir Edgar. Tout lui revenait : les absences de Ludmilla, son changement d'attitude à son égard, ses incompréhensibles accès de tristesse ou d'exaltation. Une aveuglante clarté inondait désormais ces obscurités. Edgar était convaincu qu'elle le trompait.

Cette conviction ne reposait encore sur rien de tangible, sinon des indices somme toute fragiles. Elle s'était imposée avec tant d'évidence qu'Edgar ne doutait pas qu'elle fût juste. À compter de ce jour, il mit en branle toute une série de mesures pour la vérifier ou la réduire à néant. Il observa Ludmilla plus attentivement, prit note de ses déplacements, traqua les contradictions dans ses propos, vérifia si ses mouvements correspondaient bel et bien à des engagements professionnels. Puis il franchit un degré supplémentaire et engagea un détective. Il lui demanda de prendre contact avec les hôtels où elle séjournait pour savoir si elle était accompagnée. Il donna tous les moyens à l'agence de recherche pour que des enquêteurs puissent suivre les déplacements de la cantatrice.

Le poison du doute infectait la vie d'Edgar. Il est très intéressant de reprendre, comme je l'ai fait pour préparer ce livre, les reportages qui le concernaient à cette époque. Ils sont unanimes pour célébrer son succès. Edgar est décrit comme l'homme à qui tout réussit. On lui promet un grand avenir. Sur les photos, on le voit présider son conseil d'administration, conduire une voiture de sport décapotable, taper dans une balle de golf. Il jouait ce rôle avec beaucoup de conviction et tout le monde y a cru. Mais sachant ce que l'on sait aujourd'hui, quand on regarde attentivement ces clichés, on remarque qu'Edgar a dans les yeux une lueur triste qui contredit la mise en scène de son prétendu bonheur. Il me fait penser au Bonaparte de la campagne d'Italie volant de victoire en victoire mais passant ses nuits à envoyer à Joséphine une de ces lettres d'amour pathétiques que l'éphémère société de faussaires d'Edgar avait naguère prétendu posséder.

Quelques articles mettaient en scène le couple, généralement à l'occasion d'événements mondains. La présence de Ludmilla, habillée comme une reine et chargée de bijoux, contribuait à la gloire d'Edgar. Décrite comme une « immense cantatrice », Ludmilla ajoutait une touche d'art et de sensualité à la réussite professionnelle de son mari. Là encore, pourtant, en observant attentivement leurs poses devant les photographes, on note qu'ils conservent une distance dont ils n'étaient peut-être pas conscients eux-mêmes sur le moment. Mais la passion de l'une pour un amant et le soupçon dévorant de l'autre, pour secrets qu'ils fussent encore, n'en sautent pas moins aux yeux pour quelqu'un qui connaît la fin de l'histoire.

Chez beaucoup d'hommes, et c'était le cas d'Edgar, l'amour se déploie en profondeur mais sans s'imposer à la conscience. En d'autres termes, ils n'y pensent pas. Le sentiment concerne une couche profonde de leur être où il s'enracine solidement. Mais en surface, ils restent libres d'emplir leur quotidien de sujets futiles comme l'ambition, le goût du luxe ou la recherche d'aventures sexuelles.

Que la jalousie survienne, et l'amour enfoui réapparaît, balayant tout, ôtant sa valeur à ce qui avait indûment occupé sa place.

On croit ainsi bien à tort que c'est la jalousie chez de tels hommes qui crée l'amour. Elle ne fait en réalité que le révéler. Edgar en fit la douloureuse expérience à cette époque. Il se rendit compte à quel point il tenait à celle qu'il avait déjà perdue.

Sur la foi des rapports des détectives, il n'eut bientôt plus aucun doute quant à la réalité de la trahison de Ludmilla.

XX

L'alarme était sérieuse, certes, mais je suis tout de même étonné que la crise ait pris une telle ampleur. Si l'on y songe, tout aurait pu s'arranger. Les circonstances étaient propices pour Ludmilla comme pour Edgar à une réconciliation complète.

Avec la découverte de l'infidélité de sa femme, Edgar avait – enfin – pris conscience de l'amour qu'il lui portait. Il avait cessé de reléguer ce sentiment dans les profondeurs de son esprit et de le recouvrir de mille ambitions secondaires. Ludmilla, quant à elle, attendait sans se l'avouer un tel dénouement. Elle était parvenue à cette phase de l'adultère où la routine passe du côté de l'amant. Le temps qu'elle consacrait à Karsten était presque infini au regard des rares moments qu'elle partageait avec son mari et sa fille. La rage qu'elle ressentait envers son amant n'était plus liée au désir et au combat mais, au contraire, à l'idée que, par sa présence, il faisait obstacle à un bonheur qu'elle avait délaissé. Elle n'avait pas la force de le quitter. Cependant, elle sentait que si cette force lui était donnée par quelque circonstance extérieure, elle en éprouverait un inavouable soulagement.

Voilà pourquoi la découverte par Edgar de sa liaison avec le ténor italien pouvait lui apparaître comme une bonne nouvelle. Elle aurait dû l'accueillir avec reconnaissance.

Hélas, les protagonistes de tels déchirements intimes ont rarement conscience des attentes véritables de l'autre. L'amour, si intensément présent dans ce drame, est un carburant qui peut alimenter tous les mouvements, dans un sens comme dans l'autre.

Or la manière dont Edgar présenta sa découverte, loin de susciter l'apaisement, rendit la rupture irréversible.

D'abord, il heurta la sensibilité de Ludmilla en décrivant les moyens qu'il avait utilisés pour s'assurer de sa trahison. Elle imaginait bien qu'il avait dû solliciter de troubles intermédiaires pour la dénoncer et la confondre. Mais le récit par trop détaillé des rapports qu'avaient rédigés ces méprisables personnages fit déteindre leur infamie et leur vénalité sur Edgar. Il perdait toute légitimité à exiger le repentir et les démonstrations d'affection en se plaçant dans cette posture policière et en se repaissant de détails aussi dérisoires que scabreux. Qui se rend coupable d'une trahison, s'il souhaite être pardonné, exige à tout le moins d'être compris. Voir réduire une passion, des heures brûlantes, un autre amour, à une simple énumération de rendez-vous irréguliers et de fornications coupables provoque une révolte intérieure chez celui ou celle qui se sent si peu respecté.

Ludmilla ne nia pas les faits mais ne put s'empêcher de faire des remarques amères sur les méthodes qu'avait employées Edgar pour la surveiller. Le ton monta. Il ne lui laissa pas le temps de s'expliquer et la plaça d'emblée en posture d'accusée. Elle se sentit poussée à justifier sa liaison avec Langerbein alors qu'elle n'avait qu'une envie : rompre avec son influence et reprendre sa vie auprès d'Edgar.

Elle lui en voulait de la placer dans cette situation ridicule, de si mal comprendre ce qu'elle pouvait ressentir. Elle contre-attaqua en lui faisant grief de son égoïsme, de ses absences, de son intérêt pour les sujets qui ne l'intéressaient pas, de son indifférence pour ce qui constituait l'essentiel de sa vie : le chant, l'opéra, la scène…

Elle sentait qu'elle avait tort d'alimenter ainsi la querelle. En se défendant de la sorte, elle interdisait à Edgar tout aveu de son amour et cette frustration le rendait encore plus furieux. C'est dans cette spirale qu'il fut amené à franchir un seuil invisible qu'il s'était toujours interdit d'atteindre. Il se doutait qu'au-delà s'étendait pour Ludmilla un terrain brûlant sur lequel aucun sentiment ne pourrait survivre.

— Quand je pense, lui dit-il, que je t'ai sauvée…

Il regretta immédiatement ses paroles. C'était une phrase méprisable. Elle les ramenait au temps funeste où il se considérait comme le protecteur tout-puissant d'une pauvre émigrée. La vie lui avait pourtant montré combien cette vision était fausse et dangereuse.

— Tu m'as sauvée ? répéta Ludmilla, sidérée par ce propos.

Puis, lancée dans sa colère, elle poursuivit.

— Tu veux dire que tu m'as rachetée, sans doute. Que tu es mon propriétaire…

— Il ne s'agit pas de cela.

— Tu as des droits sur moi, c'est cela ? Et moi, j'ai le devoir de t'obéir, de me soumettre à tes volontés, de te servir de faire-valoir dans tes dîners absurdes ?

La fureur de Ludmilla ne se calma pas. Elle était envahie par un dégoût qui l'assaillait de toutes parts. Le dégoût de Karsten, sentiment avec lequel elle avait commencé cet entretien. Et maintenant le dégoût d'Edgar, l'envie de pleurer, de se réfugier dans la fuite, la folie, la démesure. Un instant, elle fut traversée par l'idée qu'elle était au cœur de ce qui constitue le sentiment dramatique. Elle pensa que si elle avait chanté à cet instant, son chant aurait été d'une intensité qu'elle n'avait encore jamais atteinte. Mais elle n'était pas sur une scène. Elle était dans la vraie vie et la seule issue pour elle était une séparation complète et définitive d'avec celui qui continuait de penser qu'elle devait lui être reconnaissante et soumise.

Le troisième divorce de Ludmilla et d'Edgar fut le plus violent, le plus conflictuel et le plus long de tous.

Ils conviendront l'un et l'autre plus tard qu'ils auraient pu l'éviter, en se montrant moins intransigeants, moins orgueilleux peut-être. Mais dans la force de l'âge, ils n'avaient pas encore acquis la bienveillance et la capacité de pardon que seul enseigne le temps à ceux qui ne les possèdent pas naturellement.

À leur colère personnelle s'ajoutèrent les conseils avisés de tous ceux qui s'emploient dans de telles circonstances à rendre le malheur plus profond et la séparation plus complète. Les amis chers, de part et d'autre, vinrent conforter chaque combattant dans la certitude qu'il avait raison de se battre et ne devait rien céder. Les avocats, s'ils n'étaient pas encore parvenus à faire de toute la société l'enfer judiciaire qu'elle est devenue depuis, s'y employaient déjà activement. Entre leurs mains, l'ambiguïté des sentiments et la complexité des actions disparaissent au profit d'une lecture simple où tout s'exprime en termes de faute, de préjudice et de réparation.

Au cours des précédents divorces, Ludmilla et Edgar étaient seuls en cause et n'avaient pas d'argent. Tout était facile. Pour cette troisième séparation, sentiments et ressentiments trouvaient pour s'exprimer et se durcir le terrain concret des biens matériels et de l'autorité parentale.

À cette époque, le milieu des années quatre-vingt, le divorce était très largement une procédure contentieuse. Rares étaient les cas qui pouvaient se régler par consentement. Il valait mieux formuler des reproches précis, prouver une faute grave.

Ludmilla n'était pas prête à jouer ce jeu, elle dut pourtant s'y résoudre. Après la première altercation, elle n'avait pas supporté de rester sous le même toit qu'Edgar. Elle avait loué une suite à l'hôtel Regina et s'y était installée. Ce n'était pas pour revoir Karsten, tout au contraire. Il lui semblait plus évident que jamais que ces relations, avec son mari et avec Langerbein, n'étaient pas les deux termes d'un choix. Quitter l'un ne signifiait pas qu'elle allait vivre avec l'autre. C'était même l'inverse : l'aventure avec l'Italien et son mariage avec Edgar étaient les deux faces d'une même histoire. L'une servait de contrepoids à l'autre. Si l'un des deux disparaissait, il entraînait l'autre dans sa chute. En quittant Edgar et en se réfugiant sur le terrain neutre d'un hôtel, elle se sentit en sécurité et n'eut aucune envie de rappeler Karsten. Comme ce n'était jamais lui qui la sollicitait, elle ne le vit plus pendant cette période.

Ce retrait aurait pu apaiser les tensions. À vrai dire, sans se l'avouer, Ludmilla l'espérait. C'était sans compter sur les conseils avisés qu'Edgar recevait de son avocat. Celui-ci, un certain Dulaure, avait gagné la confiance d'Edgar en le défendant naguère pendant le procès des contrefaçons. C'était un homme âgé, massif, le teint rouge, qui avait mis au point une expression très efficace pour fasciner ses clients. Lorsqu'il énonçait une conclusion essentielle dont il voulait persuader son interlocuteur, il le regardait bien en face et, soudain, ses yeux vert sombre se levaient et disparaissaient derrière sa paupière supérieure. Le client tout à coup se trouvait dévisagé par un buste de pierre aux yeux blancs comme on en voit dans les musées. La proposition de l'avocat, sacralisée par ce signe surnaturel, suscitait aussitôt une approbation inconditionnelle. Alors, les deux billes réapparaissaient sans que l'on sût si elles étaient redescendues ou si elles avaient fait un tour complet dans les orbites.

Par un tel moyen Dulaure convainquit Edgar que le départ de Ludmilla, en dehors de toute autre trahison (car Edgar à cette époque ne voulait pas encore produire en public le résultat des filatures), était une faute grave. L'avocat obtint l'accord de son client pour envoyer dès le lendemain un huissier constater l'abandon du domicile conjugal.

Cette agression ne resta pas sans réponse. Elle poussa Ludmilla à prendre à son tour un avocat. Elle n'était pas femme à céder aux menaces. Si Edgar avait fait vers elle une démarche d'apaisement et lui avait prodigué des preuves d'amour, elle aurait abandonné toute idée de combat. Mais l'attaquer était le meilleur moyen de déchaîner sa fureur. Dulaure, en vieux routier, le savait. Il fut très satisfait d'apprendre que l'adversaire contre-attaquait. Loin de porter la responsabilité de la guerre qu'il venait de déclarer, il démontra à Edgar qu'il avait bien fait de s'emparer de cette première position puisque à l'évidence Ludmilla était dans des dispositions belliqueuses. L'affaire se déploya désormais entre avocats, c'est-à-dire entre personnages sérieux, furieusement opposés en apparence mais en réalité d'accord pour rendre les choses difficiles, longues et coûteuses. Ils y réussirent pleinement.

La question financière n'était pas la plus délicate. Edgar comme Ludmilla gagnaient bien leur vie et aucun ne demandait rien à l'autre. Elle se montrait peu attachée aux biens matériels et n'avait aucune exigence pour leur partage : elle laissait Edgar tout décider.

Le terrain sur lequel pouvait se concentrer la guerre était celui de l'enfant. Ingrid avait dix ans au moment du divorce de ses parents. Il était d'usage à l'époque que la mère se voie attribuer la garde. Ludmilla savait que sa fille entretenait des relations plus étroites et plus affectueuses avec son père. Cependant, dans la solitude où elle se trouvait, elle s'accrocha à l'idée de vivre avec l'enfant. Elle gardait l'espoir, si elles se connaissaient mieux, de nouer avec elle la relation véritablement maternelle qu'elle n'avait pas réussi à construire jusque-là. Son avocat lui affirmait qu'elle y avait droit, sachant néanmoins que cette exigence était de nature à faire durer très longtemps le procès.

Cette malheureuse procédure connut de nombreux épisodes et rebondissements et je ne vais pas les livrer ici en détail. Disons seulement que les quelques tentatives de placer Ingrid auprès de sa mère se soldèrent par de terribles échecs. Ludmilla occupait toujours sa suite au Regina. Quand Ingrid fut contrainte de l'y rejoindre, l'enfant se montra si désespérée et si violente – ce qui n'est pourtant pas sa nature – qu'Edgar gagna un référé et obtint de nouveau la garde provisoire. Même les droits de visite avaient du mal à être exercés car la petite fille refusait de retourner voir sa mère. Finalement, il fut convenu que Ludmilla viendrait la voir au Ranelagh.

Il y eut pendant ces trois années de bagarre judiciaire des moments où l'un comme l'autre éprouvèrent des doutes et tentèrent un rapprochement. Mais ces moments ne furent jamais en phase et ils n'aboutirent à rien.

Enfin, le 10 juin 1983, ils se retrouvèrent une nouvelle fois sur les bancs du palais de justice. Ils y arrivèrent brisés et mutiques tandis que leurs avocats babillaient. On aurait cru deux prisonniers que les hommes en noir auraient capturés. Le troisième divorce fut prononcé par un juge narquois qui fit des commentaires ridicules sur la récidive et qui conclut en leur disant « à la prochaine ». Edgar obtenait la garde d'Ingrid. Ludmilla eut un droit de visite qu'elle ne chercha même pas à élargir. Elle savait qu'elle ne l'exercerait pas.

XXI

Pendant les années qui ont suivi ce troisième divorce, Edgar et Ludmilla sont entrés dans la lumière. Ils ont accédé l'un et l'autre à la célébrité. Chacun de leurs faits et gestes a été scruté par la presse à sensation. Leurs vies ont été connues de tous. Je ne ferai donc ici que rappeler les principales étapes de leurs carrières.

Edgar était déjà présent dans les médias français à l'époque de cette séparation. Sa notoriété restait toutefois en mode mineur. Il était fréquemment invité dans des talk-shows et on savait par ailleurs qu'il était un chef d'entreprise habile. Quelques gros coups transformèrent bientôt cette notoriété en célébrité et cette célébrité en popularité. Il y eut d'abord son incursion dans le sport. Il acheta une équipe cycliste de moyenne réputation et la transforma. En payant le prix fort, toujours grâce aux emprunts consentis par Michel Louarn, son fidèle banquier, il fit venir des champions dans sa formation. Au bout de deux ans, la « Luxel » décrochait la deuxième place du Tour de France et cinq parmi les dix premières du classement général. La moisson s'étendit aussi au Giro et à la Vuelta. La photo d'Edgar tout sourire sur les Champs-Élysées à côté d'un coureur célèbre aux jambes arquées, vêtu d'un maillot jaune, fit de lui un personnage médiatique de premier plan.

Un peu plus tard, Bernard Tapie se distinguera par les mêmes méthodes, en investissant dans le football. Mais il faut reconnaître à Edgar le mérite d'avoir été le premier de sa génération à tisser des liens étroits entre sport et business, pour le plus grand profit de sa gloire personnelle.

Qu'un chef d'entreprise gagne beaucoup d'argent, cela peut le faire connaître mais ne le rend pas sympathique pour autant. Lorsque ses moyens servent le sport, lorsqu'il se montre capable de gagner sur ce terrain-là et particulièrement dans les sports populaires, il devient aussitôt une icône pour le grand public. Faire la une des *Échos*, c'est la notoriété ; faire la une de *L'Équipe*, c'est la gloire.

Edgar a fait de sa vie pendant ses années de succès une aventure publique. Debout dès l'aube, il passait au bureau directorial de son groupe puis se rendait à un déjeuner avec des personnages éminents. L'après-midi était consacré à des réunions, des interviews, le soir à des déplacements sportifs ou des dîners mondains, des réceptions. Il fréquentait les lieux à la mode, boîtes de nuit, stations de sport d'hiver, villas luxueuses dans des îles de milliardaires.

Tout était mis en scène. Des journalistes l'accompagnaient partout. Journalistes économiques pour les affaires, journalistes sportifs quand il rendait visite à son équipe cycliste, journalistes people le soir et en vacances. Il transformait sa vie en roman-photo et tirait de sa notoriété une puissance qu'il mettait au service de ses affaires. On le voyait poser dans des publicités pour ses produits et, en retour, ses marques s'affichaient sur les maillots de ses champions.

Comme celui de Tapie, son parcours rencontra la politique, mais Edgar sut s'en garder. Il avait compris ce qu'il avait à y perdre. Incapable cependant de résister à la tentation d'intervenir dans les affaires publiques, il choisit un autre moyen pour y parvenir : il acheta un groupe de presse. Il s'associa à deux autres hommes d'affaires pour prendre le contrôle de *La Corbeille*, titre phare de la presse économique. Puis il acheta une radio privée qui n'eut jamais l'audience des grandes chaînes historiques mais qui lui donnait quand même un poids dans le paysage audiovisuel.

À mesure qu'il augmentait son influence institutionnelle et politique, Edgar réduisit presque à néant ses interventions dans le domaine du divertissement. Plus de talk-shows futiles, d'émissions de variétés. Il réserva ses prises de parole à des causes sérieuses. Il acquit la réputation d'un « patron de gauche », en plaidant pendant ces années Mitterrand pour une exigence sociale un peu utopique. Il la défendait avec sa gouaille habituelle ; on le redoutait pour son humour mordant, sa capacité à mettre les rieurs de son côté.

Mais le grand public, qui n'est jamais avare de contradictions, adorait le voir aussi au volant de voitures de sport. Il était rare qu'on le surprenne au sortir d'une soirée sans qu'il fût au bras d'une jolie jeune femme, souvent célèbre ou aspirant à le devenir. Cette activité frénétique, cette présence envahissante dans l'espace médiatique donnaient l'impression que toute l'existence d'Edgar était publique. Il semblait avoir fait une croix définitive sur sa vie privée.

Il m'a toujours juré que c'était faux. J'aurais eu du mal à le croire si Ingrid, ma femme, ne m'avait raconté cette époque à sa manière. Elle ne me laissa aucun doute : sous le parapluie médiatique qu'il avait tendu au-dessus de sa tête, Edgar parvenait à préserver en réalité une vie privée et même assez solitaire. Ses sorties étaient bruyantes mais brèves. Il se montrait dans le monde puis rentrait discrètement chez lui. Il vivait avec sa fille bien-aimée des moments d'intimité et de calme à l'écart de toute présence journalistique. Après le départ de Ludmilla, il avait quitté l'appartement du Ranelagh et acheté un très bel espace sur le quai Voltaire. Le principal avantage de cet immeuble à ses yeux, outre la vue sur la Seine et les plafonds très hauts, était l'existence d'une deuxième entrée. Par un dédale de cours intérieures, on pouvait gagner une petite rue. Cette issue discrète permettait à Edgar de déjouer la surveillance des journalistes. On le croyait sorti quand il était en fait réfugié chez lui. Il pouvait ainsi se consacrer à Ingrid, suivre sa scolarité, lui accorder plus d'attention que beaucoup de pères n'en réservent à leurs enfants. Elle grandissait. Elle passait des soirées à regarder des films sur un magnétoscope. Edgar s'inquiétait de ses fréquentations. Quand elle commença à sortir le soir, il lui arrivait de tomber sur son père en peignoir, traînant dans l'appartement, en attendant son retour.

Ingrid est formelle sur un point : aucune des femmes avec qui Edgar s'affichait dans les journaux ne monta jamais quai Voltaire, du moins quand elle-même s'y trouvait. Elle ne croit pas qu'il soit resté seul pour autant pendant toutes ces années. Sans doute emmenait-il ses compagnes ailleurs. Lui qui avait commencé sa carrière en construisant des hôtels de passe devait savoir comment s'y prendre pour entretenir des relations discrètes. Ingrid pense, pour avoir découvert de vieilles factures dans ses papiers après sa mort, que son père était un habitué de l'hôtel Raphaël, à deux pas de l'Étoile, où il trouvait confort et discrétion. En tout cas, quoi qu'il ait pu faire dans ce domaine, il est certain qu'il n'a pas construit de relation durable à cette époque. Était-ce pour préserver son intimité avec sa fille ? Avait-il été à ce point blessé par la trahison de Ludmilla ? Ou bien était-ce tout simplement le mode de vie qui lui convenait ?

Il semblait de toute façon être parvenu avec le temps à une forme d'équilibre dans cette existence fébrile. Il se réchauffait au feu des médias, assouvissait dans ses affaires ses pulsions de chef et avait le privilège de pouvoir donner vie à ses rêves, de transformer ses intuitions en projets et ses projets en bénéfices financiers.

Quand il évoquait avec moi cette période, Edgar utilisait toujours la même formule : « Je m'étourdissais », me disait-il. Ce terme rend assez bien compte du tourbillon dans lequel il était, à sa manière, enfermé. Un tourbillon ascendant, plein de lumières brillantes et de bruits. Mais tout de même une force qu'il ne contrôlait pas...

Ludmilla, elle, ne parlait pas volontiers de cette épreuve : la solitude qui a fait suite à ce troisième divorce a été extrêmement cruelle. L'impossibilité d'obtenir la garde d'Ingrid lui causa la douleur la plus grande. Elle réagit d'une manière radicale. Au lieu de quémander de petits moments avec l'enfant qui ravivaient chaque fois sa peine, elle choisit l'éloignement et la fuite.

Jusque-là, pour éviter des absences prolongées, Ludmilla avait limité sa carrière à l'Europe. Après cette rupture, elle choisit au contraire les propositions les plus lointaines et les séjours les plus longs, loin du sol français. Elle se produisit au Japon, en Corée, en Australie, et accepta une tournée complète aux États-Unis. Ce rayonnement mondial accrut d'autant son audience. C'est en partie à cela qu'elle dut la proposition qui allait changer sa carrière et même sa vie.

Karsten Langerbein, on s'en souvient, avait une intuition qui sous-tendait sa méthode de formation : l'opéra allait être rejoint tôt ou tard par les technologies de l'image, en particulier le cinéma. La dimension scénique de cet art passait quelque peu au second plan derrière la qualité lyrique depuis l'époque classique ; selon lui, elle allait devenir prépondérante. Les chanteurs devaient se préparer à être des acteurs, expressifs, supportant d'être vus en gros plan, suffisamment naturels dans leur jeu pour que l'opéra devienne un drame, un spectacle total, avec la puissance visuelle du cinéma et l'émotion sonore de la musique et des voix.

Cette convergence eut lieu à l'époque où Ludmilla se faisait connaître aux États-Unis. D'autres cantatrices étaient pressenties pour une superproduction hollywoodienne consacrée à l'opéra de Verdi *Le Trouvère*. Mais la prestation de Ludmilla les surpassa toutes. L'enseignement de Karsten, l'intensité de jeu qu'il lui avait permis d'atteindre, son visage même que les épreuves récentes avaient émacié, tout dans la personne de Ludmilla était propice à un rôle cinématographique. Elle avait assez peu chanté le rôle de Leonora que la Callas avait porté jadis à la perfection. Son interprétation n'était pas très convaincante sur une scène d'opéra, justement parce qu'on la voyait de trop loin, et que son jeu subtil n'était pas assez outré pour séduire les spectateurs d'un théâtre.

Au contraire, quand on la filmait de près, ses qualités ressortaient pleinement. Elle fut appelée pour des essais en Californie et les metteurs en scène furent séduits par la force de son expression, notamment dans les gros plans. Le répertoire de Leonora mêle l'amour, la sensualité sauvage, la trahison, la douleur, la vengeance, la colère, la tendresse. Ludmilla avait vécu tout cela. Ses bonheurs comme ses souffrances n'étaient pas des mimiques d'emprunt, des simagrées d'acteurs : elle y mettait ses souvenirs et ses désirs, laissait deviner les plaies de son âme et faisait retentir dans ses cris l'écho d'une blessure inconsolable. Elle reçut un contrat pour le film.

Il s'en fallut de peu qu'elle ne le refusât. Elle

n'avait pas la clairvoyance de Karsten et jugeait de ce projet avec les critères de l'époque. On lui proposait aux mêmes dates une série de représentations à Covent Garden. Elle considérait un tel engagement comme impossible à refuser. Quelque chose, cependant, la retint. Finalement, elle resta à Hollywood. Le film se fit. Il fut un événement mondial.

Grâce à lui, l'opéra sortit des théâtres et acquit une audience populaire. Ludmilla n'incarna pas seulement Leonora. Elle devint à elle seule l'opéra.

Les aventures de la belle Gitane, ses ruses, son drame émurent des foules si nombreuses que jamais aucune salle d'opéra n'aurait pu les contenir. La célébrité de Ludmilla quitta le cercle large mais limité des amateurs d'art lyrique pour investir celui, mondial et populaire, des spectateurs de cinéma. On la reconnaissait partout dans la rue. Elle était une icône, le symbole de la chanteuse d'opéra, comme l'avait été la Callas, à qui on se mit à la comparer. Sa proximité avec le public était encore plus grande que celle de la célèbre Grecque car si, naguère, nombreux étaient ceux qui avaient entendu la Callas grâce aux disques, rares étaient les privilégiés à l'avoir vue sur scène et surtout de près. Tandis que Ludmilla avait fixé des millions de spectateurs en plan serré sur l'immense écran des salles de cinéma. Chacun avait pu sentir frémir ses lèvres et trembler ses paupières. Sa voix faisait partie intégrante d'un tout de chair et de peau que chaque spectateur pouvait avoir eu l'impression de caresser.

Parmi les innombrables personnes qui furent

émues par Ludmilla dans ce rôle, une fut particulièrement bouleversée, au point qu'elle eut du mal à se relever de son fauteuil et à sortir de la salle : ce fut Ingrid. Elle alla voir le film seule dans un petit cinéma de la rue de Passy. Ne sachant pas quelle serait la réaction de son père, elle ne lui avait pas proposé de l'accompagner. Elle ressentit un véritable choc. Jamais elle n'avait vu Ludmilla d'aussi près : sur la pellicule, on distinguait le grain de sa peau, le duvet blond sur sa lèvre, d'imperceptibles nuances de couleur dans ses iris. Seul un petit enfant dans les bras de sa mère, le nez contre son visage, peut apercevoir de tels détails. Ingrid était ramenée à l'époque lointaine et qu'elle croyait oubliée où sa mère était le monde entier pour elle et où elle trouvait refuge dans la douceur de son cou. Et voilà qu'elle retrouvait cette émotion intime au milieu d'une foule qui ne la connaissait pas. Elle avait envie de pleurer tout à la fois de ces retrouvailles et de cette perte, qui avait livré sa mère à tant d'inconnus.

Le lendemain, elle pensa lui écrire, chercha les mots, composa des brouillons, n'y parvint pas. Elle n'osa pas non plus évoquer cet événement avec Edgar. Elle ne sut que bien plus tard dans quelles circonstances il avait vu le film lui aussi. Se doutant du choc qu'il risquait de subir, il avait évité de se rendre dans une salle. Par un ami qui travaillait dans la distribution, il s'était fait prêter une copie. Il l'avait visionnée seul dans la petite salle qui servait au siège de son groupe pour des projections privées. Ingrid n'en sut rien sur le moment. Elle ignora même ce que son père m'a confié au cours de cette enquête, à savoir que, ce soir-là, il s'était fait projeter le film trois fois de suite et avait renvoyé le projectionniste à l'aube.

Pendant ce temps-là, Ludmilla, évidemment, n'eut aucune idée de ces émotions lointaines. Elle était entraînée dans le mouvement vertigineux du succès. Il lui fit connaître des mondes insoupçonnables.

Elle sut se glisser dans la peau d'une diva telle que le public la conçoit. Elle devint capricieuse, excessive dans l'expression de ses états d'âme. Elle s'autorisait des périodes de fatigue intense pendant lesquelles elle chassait tous les importuns, restait alitée, demandait qu'on lui serve des plats impossibles, auxquels elle ne touchait pas. Aussitôt après, elle connaissait des jours d'exaltation. Elle se livrait alors à une frénésie d'achats de luxe. Ses passages sur scène après le film devinrent de véritables événements. Denise, son agent, avait pris en main personnellement sa carrière depuis qu'elle était aux États-Unis. Elle la faisait désirer. Les places à ses représentations étaient vendues à des prix exorbitants. Les meilleures étaient réservées à des chefs d'État en visite, à des armateurs, à de grands banquiers.

Le cercle de ses admirateurs s'élargit mais ceux qui pouvaient parvenir jusqu'à elle étaient de moins en moins nombreux. Denise lui prédit un avenir à l'image de celui de la Callas. Elle n'avait que l'embarras du choix parmi les hommes puissants qui traînaient à ses pieds.

Telle était l'image publique. De nombreux reportages de l'époque insistaient sur cet incroyable succès, détaillaient ses frasques, ses triomphes, ses indispositions. Mais comment Ludmilla vivait-elle ces moments de gloire ? Avait-elle des amants parmi ces soupirants ? Connut-elle l'amour ? Ou bien toutes ces paillettes furent-elles un écran brillant, un leurre, dissimulant une tragique solitude ? Elle s'est toujours tenue, même à la fin devant moi, à une vision assez flatteuse de sa vie de vedette. Cette période américaine, qui dura près de deux ans, lui fournit une matière inépuisable d'anecdotes. Ces récits pittoresques lui permirent toujours d'éluder la question de fond : avait-elle été vraiment heureuse pendant cet exil outre-Atlantique ? La gloire fut-elle autre chose pour elle qu'une prison dorée ?

Pour des raisons qui ne doivent tenir qu'à moi, je me suis accroché longtemps à l'idée que ce bonheur apparent était faux et qu'elle avait dû, malgré tout, être très malheureuse. Je l'ai tellement tourmentée avec mes questions sur ce sujet qu'elle a fini par se fâcher.

— Mais pourquoi voulez-vous à tout prix que j'aie souffert ? C'est très agréable, le succès, vous savez. Très grisant.

Je me suis rangé à cette opinion. Faute de découvrir le moindre indice contraire, je me suis convaincu qu'elle s'était en effet laissée aller à cette griserie de la gloire. Je persiste à penser, peut-être pour cacher ma défaite, que cette orgie de luxe et de notoriété comblait le trou pourtant profond de sa mélancolie. Elle répandait son baume sur les déchirures intimes que représentaient son divorce et surtout l'éloignement de son enfant.

Mais force est de constater que le traitement vint à bout du mal et qu'elle y prit un plaisir fou.

Le succès lyrique est particulièrement délicieux pour une femme. Il s'y attache tant de choses agréables, les robes somptueuses, les tissus précieux, les coiffures sophistiquées, les maquillages subtils. Les cantatrices sont des reines qui n'ont à se soumettre à aucun roi. Elles ne recueillent que des vivats et du désir. Leur voix est un instrument précieux dont la puissance éphémère n'est faite que d'émotion, comme l'amour.

Les journaux ont prêté beaucoup de liaisons à Ludmilla en Amérique, et des plus prestigieuses. On a dit que Robert Redford avait été fou d'elle et plusieurs reportages les ont montrés ensemble. Un célèbre joueur de football américain serait également tombé sous son charme. À vrai dire, il suffisait qu'un homme puissant soit aperçu dans sa loge pour que la presse lui prête une aventure. Elle s'est toujours gardée de démentir, par discrétion sur le moment, par nostalgie peut-être par la suite. J'avoue ne pas m'être lancé sur ces diverses pistes. Elles sont impossibles à vérifier et, au fond, qu'apporteraient-elles sinon la confirmation d'une gloire féminine, d'une sorte de magistère sensuel et sexuel que cette femme s'était acquis par son talent ?

Le seul dont j'ai cherché à retrouver la trace, c'est Karsten. À son propos aussi, j'ai mis en doute les affirmations de Ludmilla. Elle a toujours prétendu qu'elle ne l'avait pas revu après la découverte par Edgar de leur liaison. Je voulais bien l'admettre tant qu'elle était en France, retenue par la procédure de divorce et tendue vers la reconquête de sa fille. Mais j'étais convaincu qu'il l'avait rejointe aux États-Unis. Je me trompais.

Il m'a fallu plusieurs voyages pour en être sûr. J'ai perdu beaucoup de temps dans cette enquête sur les traces du ténor italien. Le résultat est maigre. Il tient dans ces quelques lignes. Pourtant, je me sentais le devoir de suivre cette piste, de rendre justice à ce personnage. J'ai voulu savoir ce qu'il était devenu, avec le vague espoir de le rencontrer. À Prague, j'ai retrouvé l'agence de Denise où il travaillait. Elle occupe toujours les mêmes bureaux mais ils ont été refaits à neuf. Il n'y a plus aucune trace de Karsten. Les jeunes gens qui travaillent là-bas n'ont jamais entendu son nom.

J'ai fait tout un périple en voiture d'Italie en Autriche, de son village natal jusqu'aux lieux où il avait travaillé. Ingrid m'a rejoint en avion à Bergame. Nous avons consulté les registres d'état civil, les archives locales, les journaux d'époque. Voilà ce que nous en avons tiré. Karsten Langerbein est mort à Vienne le 13 mars 1984. Il a été enterré dans le cimetière où reposent ses parents au Sud-Tyrol. Le plus frappant tient évidemment à la concordance des dates.

Le 1er mars de cette même année eut lieu la sortie mondiale du film *Le Trouvère.*

J'ai appris simultanément, en consultant les archives de la police et les registres hospitaliers en Autriche, qu'il était mort au volant de sa voiture. Nous sommes allés voir l'endroit où s'est produit l'accident. C'est une section rectiligne, la chaussée est parfaite. Il n'y eut aucune autre victime et tout indique qu'il était seul à ce moment-là sur cette route. A-t-il fait une crise au volant ? S'est-il volontairement précipité sur l'arbre contre lequel sa voiture s'est écrasée ?

Nul ne le saura jamais. Cependant, ces informations nous donnent une certitude : il n'avait pas rejoint Ludmilla en Amérique ou, en tout cas, n'y était pas resté. Cela confirmait ce qu'elle avait toujours dit.

Ainsi la violence qui avait toujours marqué leurs relations vint-elle également les conclure. Karsten à travers Ludmilla avait accompli son œuvre. Il savait mieux que quiconque qu'il n'atteindrait jamais avec elle une autre forme d'amour. Je préfère penser qu'il a accueilli la mort comme un soulagement.

XXII

Ingrid est formelle : ses parents, à cette époque, étaient devenus complètement fous.

Elle revit sa mère lorsque celle-ci, en 1986, rentra des États-Unis. Ingrid n'était pas tout à fait étrangère à ce retour. Elle avait fini par lui écrire, à l'occasion de Noël, l'année précédente. Elle lui avait dit son admiration, son émotion en regardant *Le Trouvère*, son amour qu'elle s'excusait de lui avoir si mal manifesté. Ingrid rendit visite à sa mère au Ritz le lendemain de son arrivée. C'était le jour anniversaire de ses seize ans. Un garde du corps muet, grand Noir à la carrure de boxeur, conduisit la jeune fille jusqu'à la suite de la diva. Ludmilla occupait cinq pièces en enfilade. Une camériste et une secrétaire s'affairaient autour d'elle, l'une pour prendre une lettre en sténo, l'autre pour présenter plusieurs tenues de scène tout juste livrées par la maison Saint Laurent.

Ludmilla était méconnaissable. Autant, au cinéma, elle parvenait à rendre le naturel et presque la sauvagerie de Leonora, autant, dans la vraie vie, elle était contrefaite par les artifices du maquillage et l'affectation de ses poses. Ses yeux étaient noircis de khôl, sa peau cartonnée par le fond de teint et les poudres, ses lèvres alourdies de rouge. Tous ses gestes étaient brusques, outrés, théâtraux. Elle riait fort, houspillait son personnel, gazouillait des mots tendres à sa fille.

Sa seule présence, le jour de son anniversaire, était un cadeau merveilleux pour Ingrid. Mais elle y ajouta quantité de présents coûteux qui provoquèrent chez la jeune fille plus de malaise que de satisfaction. Faute de l'avoir vue grandir et de connaître ses goûts, sa mère lui avait rapporté des parures trop recherchées et des bijoux impossibles à porter pour une adolescente.

Ce premier entretien dura deux heures au bout desquelles Ludmilla se tint la tête et se plaignit d'une migraine intense. Ingrid la quitta, perplexe. Elle regagna le hall suivie par le garde du corps toujours muet, qui déposa ses paquets dans le coffre du taxi. Dans le hall, un photographe se tenait en faction. À tout hasard et sans savoir qui elle était, il prit un cliché d'Ingrid.

Edgar avait acheté l'année précédente un hôtel particulier rue Las Cases. Ingrid y arriva avec tous ses cadeaux. Elle monta jusqu'à sa chambre et les étala sur son lit. Des sentiments contrastés se disputaient son cœur. D'un côté, elle était heureuse d'avoir retrouvé sa mère, de l'autre, elle avait eu l'impression de découvrir une inconnue. Fallait-il prendre au tragique ce personnage excessif et qui, à l'évidence, ne s'appartenait plus ? Ou devait-elle rire de ces tics de Castafiore, de ces excès de nerfs, de cette préciosité ? L'impression dominante était le ridicule. Ingrid n'avait jamais imaginé que de tels personnages fussent réels et moins encore que sa mère en fît partie.

Elle avait envie de raconter cet épisode à son père mais elle savait que ce serait difficile. Elle le voyait de moins en moins ces derniers temps. Lui aussi était saisi par une sorte de folie. Elle apparaissait cependant moins inquiétante à Ingrid, peut-être parce qu'elle l'avait vue le gagner jour après jour et qu'elle s'y était accoutumée.

La grande affaire d'Edgar, ces derniers mois, était la constitution d'une collection d'art contemporain. Sa fortune s'était constituée très vite et sans accident. Il avait acquis la réputation d'un acrobate du rachat d'entreprise. Dans ces métiers et pendant ces années, le succès allait au succès. Qui savait flairer la bonne affaire, bénéficiait d'un puissant appui bancaire et avait l'expérience du dépeçage des groupes industriels pouvait être assuré de gagner vite beaucoup d'argent. Edgar n'eut bientôt plus rien à prouver dans ce domaine. Ses activités de patron de presse lui apportaient d'amples satisfactions mais il lui manquait un je-ne-sais-quoi de plus noble, de plus élevé qui aurait donné du sens à cette réussite. Il l'avait trouvé dans l'art contemporain.

Parmi ses liaisons éphémères, il avait compté une jeune peintre qui l'avait initié. Sa culture picturale n'était guère plus étoffée que sa culture générale. Il lui semblait toutefois qu'il pouvait acquérir des bases solides dans le domaine graphique avec moins de difficulté qu'en matière de littérature ou de cinéma. Il se souvenait de sa brève carrière de photographe, peu concluante certes, mais dont il avait gardé le goût de l'image.

Désormais, il courait les ateliers d'artistes, les expositions internationales, les ventes aux enchères. L'hôtel particulier de la rue Las Cases était envahi par les installations les plus avant-gardistes. Edgar y organisait souvent des dîners qui réunissaient des créateurs et des marchands d'art. Ingrid faisait de brèves apparitions mais ne s'y sentait pas très bien. Elle avait remarqué qu'on buvait beaucoup dans ce milieu. Depuis qu'il le fréquentait, son père était sujet à un alcoolisme d'un type nouveau. Pendant toute la période de son ascension professionnelle, il avait bu de manière compulsive, pour vaincre le stress, tenir le coup malgré un rythme de vie épuisant. C'était un alcoolisme du soir surtout. À l'heure où apparaissent les fantômes, le doute, l'angoisse, la solitude, il avait recours à l'alcool pour provoquer la détente et l'oubli. Puis, récemment, ses habitudes avaient changé. Il était sujet à un alcoolisme plus festif. Il buvait pour accueillir ses amis, les mettre à l'aise, peut-être aussi cacher son inculture, en donnant aux conversations un caractère décousu, superficiel, parfois égrillard, qui écartait le sérieux et interdisait tout jugement.

Edgar avait la chance de bénéficier d'une constitution robuste. Il ne grossissait pas, bien qu'il ne pratiquât aucun sport. Il mangeait peu, n'était jamais malade. Cependant, dans ce corps à l'apparente santé vivait un esprit de plus en plus instable, colérique, angoissé. Lui aussi avait pris l'habitude de disposer d'un personnel nombreux. Il était de plus en plus étranger aux aspects financiers de la vie courante. Il continuait à défendre les pauvres et même, à cause de son histoire, à se considérer comme l'un d'entre eux. Mais il y avait bien longtemps qu'il n'avait jamais rencontré un pauvre véritable ni même éprouvé la gêne dont peuvent souffrir, sans être vraiment pauvres, tant de gens simplement ordinaires.

Sa vie quotidienne était marquée par la démesure. Il possédait six voitures, dont plusieurs bolides de sport qu'il utilisait rarement. Une décapotable pour les beaux jours, une Jaguar toute tapissée de cuir et une stricte Mercedes qu'il faisait conduire par un chauffeur. Il prenait l'avion sans y penser, passait des week-ends aux Antilles ou aux Maldives.

Bref, les deux parents d'Ingrid, chacun de son côté, avaient perdu tout contact avec la réalité. Ils vivaient dans un monde que seul l'argent permet d'atteindre. Le paradoxe est que cette déconnexion du monde normal les prédisposait à se rapprocher. L'univers dans lequel ils vivaient était restreint et, surtout maintenant que Ludmilla était rentrée en Europe, ils étaient inévitablement condamnés à s'y rencontrer.

Ils se croisèrent en effet au cours d'un dîner de charité organisé par la Fondation Aga-Khan. Ludmilla était tombée sur Edgar en repartant. Ils avaient attendu un instant leurs vestiaires côte à côte. Un moment de surprise les avait figés. Ils s'étaient dévisagés sans rien dire, bouleversés par la trace du temps sur le visage de l'autre. Edgar portait des lunettes en écailles et ne cachait pas les fils gris qui éclaircissaient ses tempes. Ludmilla jugea que les rides lui allaient bien. Lui fut frappé, comme Ingrid, par le lourd maquillage de son ancienne compagne. Mais comme sa fille lui en avait parlé avec insistance, il jugea que l'effet était moins catastrophique qu'Ingrid ne l'avait jugé. Il trouva même du charme à ce nouveau visage. Sans doute reconnaissait-il sous le fard la beauté originelle de celle qu'il avait connue si sauvage.

Ils se saluèrent aimablement, un peu confus de ne pas s'être préparés à la rencontre. Puis Ludmilla feignit d'être appelée et s'enfuit, en faisant de sa main gantée de noir un geste d'adieu comme elle en lançait à son public, à la fin des représentations. Edgar entra, lui, dans la foule et le souvenir de cette brève rencontre s'y perdit.

Ils se revirent au cours d'un dîner au Quai d'Orsay, organisé pour la visite du ministre des Affaires étrangères de l'URSS. Ils étaient placés assez loin l'un de l'autre mais pouvaient s'observer à la dérobée. Avec les bougies allumées sur les candélabres, le visage peint de Ludmilla brillait d'un éclat particulier. Elle attirait toute l'attention. Son maquillage, dans cette lumière d'artifice, lui donnait paradoxalement une beauté naturelle. Deux ou trois fois, leurs regards se croisèrent et ils se sourirent de loin.

Les choses auraient pu en rester là sans l'intervention d'un personnage inattendu et redoutable.

Vaclav, l'agent de Ludmilla en France, était mort l'année précédente. Il avait été fauché par l'épidémie de sida contre laquelle il n'y avait encore aucun traitement. Elle en avait été très affectée. Elle avait montré sa générosité en prenant en charge tous ses soins, jusqu'à sa fin paisible, en Suisse, dans une clinique luxueuse.

Il avait été remplacé par un homme bien différent. Nul ne savait exactement d'où il sortait. Il entretenait d'ailleurs lui-même ce mystère. On sentait immédiatement qu'il jouait un rôle. Pour le composer, il était parti d'un nom : Aymar Rick de Lacour. Le reste était assorti à ce patronyme qu'il était fier, après l'avoir aboyé, de fixer dans l'esprit de ses interlocuteurs au moyen de cartes de visite gravées sur un bristol d'une épaisseur inusitée. Il était coiffé avec une sorte de raie au milieu. On aurait dit que le peigne qui avait servi pour cet apprêt était accroché au-dessus de sa bouche. Une moustache de la largeur d'un seul poil lui barrait la lèvre supérieure et lui donnait un vague air de Clark Gable dans *Autant en emporte le vent*. Il n'apparaissait jamais autrement que tiré à quatre épingles. Plutôt que des costumes qu'il avait en horreur, il portait des assortiments veste-gilet-pantalon aux couleurs suaves, vert émeraude, rose Véronèse ou jaune de Naples, toujours appariés avec goût. Il se montrait avec Ludmilla d'une prévenance extraordinaire. Aucun de ses caprices ne le rebutait. Il flattait les goûts de luxe de la diva qui ne demandaient pourtant pas d'encouragement. Il savait juger d'un coup d'œil la valeur mondaine de ses interlocuteurs. Il faisait preuve d'une rudesse impitoyable avec ceux qui ne pesaient rien. Sa bassesse n'avait pas de bornes avec les puissants. Il arrivait à faire croire que son milieu naturel était la richesse.

Pour donner cette impression, il n'y a que deux manières d'y parvenir : faire partie des riches ou les avoir servis. La science de Rick de Lacour était de cette seconde origine mais personne ne connaissait la vérité. Ludmilla l'apprit bien plus tard, quand cette révélation ne pouvait plus la prémunir d'aucun danger.

En vérité, le prétendu Aymar s'appelait Erik. Il était un fils de paysan né en Alsace dans un bourg de montagne. Son père était un modeste ouvrier de la vigne, né dans les Sudètes, région germanophone de Tchécoslovaquie. Son nom était Hoffman. À quatorze ans, Erik, le futur Aymar, s'était enfui de chez lui. En mentant sur son âge, il avait réussi à s'engager dans la Légion étrangère où il avait pris le prénom de Rick. Après cinq ans de service, à la fin des années cinquante, il avait été rendu à la vie civile et s'était fait naturaliser. On proposait à l'époque aux nouveaux citoyens de « franciser » leur nom. Les fonctionnaires dispensaient à cet effet des catalogues d'équivalences. Pour Hoffman, en suivant la traduction littérale, ils suggéraient « DELACOUR ». Le jeune homme accepta et, avec un sourire, obtint pour le même prix qu'on l'écrive avec une particule. Ainsi naquit, à vingt ans, Rick de Lacour qui jugea seyant de se prénommer Aymar.

La suite demeure obscure. Il serait d'abord entré comme domestique en Suisse auprès de la famille du compositeur Rachmaninov. C'est là qu'il aurait abordé le monde musical. Sa grande habileté avait été de passer irrésistiblement du statut de serviteur à celui, pas tout à fait noble mais déjà prestigieux, d'agent d'artiste. Pour cela, il avait probablement fait un emploi judicieux de charmes virils certes modestes mais qu'il savait utiliser à bon escient, en séduisant de prometteuses débutantes. Quoi qu'il en soit, depuis une dizaine d'années, il était installé dans le paysage du spectacle et était entré au service de l'agence de Denise pour tenir son bureau de Genève.

Quand Ludmilla rentra en France, Rick de Lacour venait juste d'être nommé à Paris. Il sut lui plaire. Denise, qui n'approuvait pas ce retour, avait recommandé à son bureau de Paris de tout mettre en œuvre pour que la carrière de Ludmilla ne souffrît pas de ce qui apparaissait aux Américains comme un exil.

Le diagnostic de Rick de Lacour, derrière ses simagrées, était plus sévère encore. Avec son extrême sensibilité aux variations de cote des artistes, il avait saisi les menaces qui pesaient sur l'interprète célèbre du *Trouvère* au cinéma. Le temps avait passé depuis la sortie du film. Il n'était plus un événement. Depuis lors, d'autres opéras filmés avaient connu du succès et propulsé de nouvelles actrices sur le devant de la scène. Ludmilla avait commencé sa carrière tard et assez lentement. Elle prenait de l'âge. Pour jouer les Tosca ou même les Carmen, de jeunes et jolies artistes s'en tiraient mieux. La nouveauté avait servi Ludmilla mais on n'était plus désormais à l'âge des pionniers.

Tout en lui disant du soir au matin qu'elle était la plus fraîche et la plus sensuelle, Rick cherchait autre chose pour relancer sa carrière.

Karsten, en son temps, avait révélé à Ludmilla l'importance du corps et de l'expression. C'est qu'il était un chanteur, un homme de scène. Rick de Lacour était en vérité un publicitaire. Les moyens qu'il envisageait pour mettre à nouveau Ludmilla sous le feu des médias n'étaient pas de l'ordre du chant ni du théâtre. C'est sur sa vie privée qu'il comptait pour entretenir, voire sauver la notoriété de la diva.

Derrière ses allures de vibrion, Rick était un homme méthodique. Il éplucha toutes les données disponibles sur la vie de Ludmilla. C'est en les analysant qu'il conçut son grand projet.

Le raisonnement était simple : il fallait, pour être en phase avec ce qu'elle était devenue, c'est-à-dire un monstre de la scène, provoquer des événements à sa mesure, c'est-à-dire à sa démesure. La Callas avait épousé Onassis et le couple mythique avait fait d'elle un phénomène médiatique. Qui pouvait constituer un tel couple avec Ludmilla ? Un homme riche et célèbre, bien sûr. Mais, d'une part, il fallait le trouver et de Lacour n'en connaissait pas qui fussent à la fois disponibles, intéressés par Ludmilla et surtout susceptibles de lui plaire. D'autre part, une seule alliance d'intérêt ne provoquerait pas la curiosité du grand public. À moins que cet homme à venir n'occupât une place très particulière. Edgar était, lui aussi, riche et célèbre. De là naquit l'idée de génie de Rick. Ludmilla et Edgar s'étaient déjà mariés trois fois. L'histoire était bonne. Un quatrième mariage, organisé avec toute la pompe nécessaire, ne manquerait pas de susciter la passion des médias. Rick voyait déjà la une de *Paris-Match* et de *Life,* les reportages télévisés, un film sur le sujet peut-être. Bref, c'était cela qu'il fallait faire.

Restait, et ce n'était pas la moindre difficulté, à obtenir le consentement des divorcés.

XXIII

Au cours de ses années américaines, Ludmilla avait beaucoup changé. Elle était devenue, on l'a vu, capricieuse, gâtée, impérieuse dans ses désirs. Elle ne portait jamais deux fois la même tenue et comme les maisons de couture se battaient pour lui prêter des modèles elle était toujours vêtue somptueusement et à la dernière mode. Elle dépensait énormément. S'il lui prenait l'envie de convoquer un orchestre mexicain au milieu de la nuit, elle envoyait ses gens réveiller une troupe au complet. Elle était extrêmement difficile pour sa nourriture et passait par des phases pendant lesquelles elle ne désirait que des fruits d'Amazonie ou du caviar de la Caspienne. Elle organisait très souvent de grandes réceptions qu'elle quittait au beau milieu sans explication, pour rentrer s'enfermer dans sa chambre. Un vaste groupe de commensaux en tous genres tournait autour d'elle et, comme jadis, elle aimait être entourée par les gens les plus divers. Elle acceptait leurs flatteries pourvu qu'elles fussent habilement déguisées en affection.

Cette transformation radicale n'était cependant

pas sans lien avec la Ludmilla d'avant. On décelait, dans ce désir passionné de jouir des plaisirs les plus extravagants, cette disposition d'esprit ancienne qui l'avait toujours amenée à voir la vie comme un jeu. Deux choses déformaient ce trait de caractère, au point de le rendre monstrueux. D'abord, elle avait désormais beaucoup d'argent et pouvait donner à ses toquades une dimension énorme. Ensuite, et c'était nouveau, un sentiment de vulnérabilité, d'incapacité l'envahissait parfois. Jamais jusque-là elle n'avait été sujette à de tels états d'âme. Était-ce l'exil en Amérique, la perte de sa famille, la rupture avec Karsten ? En tout cas, depuis lors, elle était de temps à autre gagnée par une mélancolie épaisse, insurmontable, qui lui donnait envie de mourir. Pendant ces périodes d'abattement, elle avait recours à des médicaments. Au début, ils lui avaient été prescrits par des médecins. Peu à peu, elle avait pris la mauvaise habitude de se les administrer elle-même. Sans que l'on sût si elle avait voulu attenter à ses jours, il fut bientôt évident pour son entourage qu'elle avait plusieurs fois été capable de dépasser les doses.

Concernant les médicaments, Lacour menait une double politique. Il faisait en sorte que Ludmilla ne dispose jamais de quantités trop importantes risquant de lui être fatales si elle les absorbait d'un coup. Mais, d'autre part, il lui servait de fournisseur afin qu'à doses modérées elle n'en manquât jamais. Il était en quelque sorte son dealer légal et cela lui donnait un pouvoir quasi absolu sur elle.

Peu à peu, il apprit à bien connaître l'effet des différents produits sur l'humeur de Ludmilla.

Selon ce qu'il voulait obtenir, il s'y prenait à un moment particulier et après la consommation d'une qualité spéciale de psychotropes.

Il faut lui rendre cette justice : il ne chercha jamais à abuser d'elle ni à obtenir une rétribution physique de ses services. Ce n'était pas la conséquence d'une délicatesse particulière. Simplement, cela ne l'intéressait pas. Rick préférait sortir une fois par semaine dans un bar et y acheter les services d'une professionnelle à son goût.

Ludmilla, pour lui, représentait autre chose : la fortune, une poule dont il espérait beaucoup d'œufs en or et qu'il ménageait.

Pour faire avancer son projet de mariage, il agit d'abord dans une autre direction. Il prit contact discrètement avec l'équipe de communication qui s'occupait d'Edgar. Il découvrit que l'homme d'affaires avait confié son image aux bons soins d'une agence extérieure. À l'époque, ce type de prise en charge globale d'une personnalité commençait tout juste à sortir du monde politique pour concerner les grands patrons.

La principale agence – on aurait presque pu dire la seule – était dirigée par un homme que Rick de Lacour avait connu bien longtemps auparavant. Ce Camponelli était lui aussi un ancien militaire. Lui aussi tenait à faire oublier ses origines, au point qu'il avait pris le nom de sa mère pour brouiller les pistes. Mais Rick l'avait reconnu sur des photos publiées dans la presse au moment du lancement de son agence. Il lui donna rendez-vous.

Camponelli était un peu méfiant car il connaissait le personnage. Cependant, le plan de Rick le séduisit. Surtout, il tombait bien. Edgar était lancé depuis plusieurs années sans le dire dans une compétition médiatique avec Bernard Tapie. Or, les mois précédents, ce dernier avait marqué des points. Edgar l'avait cru fini après des embrouilles sportives qui l'avaient mis en difficulté mais il s'était repris. Un reportage sur le propriétaire d'Adidas déguisé en capitaine, sur le pont de son voilier d'avant-garde, avait énervé Edgar. Comme il se préparait à damer le pion au patron de l'OM sur une nouvelle acquisition d'entreprise, Edgar ne voulait pas accuser de retard médiatique sur lui.

C'est pourquoi le projet de Rick parut très opportun à Camponelli.

Il avait toujours trouvé dommage de savoir que Ludmilla et Edgar avaient été ensemble pendant les années de vaches maigres et qu'ils étaient séparés au moment où leurs gloires respectives auraient pu se renforcer l'une l'autre.

Malheureusement, Camponelli et Rick étaient bien placés pour savoir que leurs clients n'étaient pas du bois dont on fait les flûtes. Leur dernier divorce avait été sanglant. Les plaies étaient probablement fermées mais toujours vives. Il fallait agir avec doigté. Rick avait son idée.

Aux États-Unis, Ludmilla avait pris goût aux activités de charité. La richesse suppose outre-Atlantique de pratiquer une forme plus ou moins visible de mécénat. Elle y sacrifiait de deux manières : en faisant des dons à partir de sa fortune personnelle et en chantant gracieusement au cours d'événements qui servaient à lever des fonds. Pour les dons, elle avait d'ailleurs créé sa propre organisation nommée Singing for Ukraine. Elle ciblait particulièrement sa région natale et le village où elle avait vécu avec sa mère. En cette fin des années quatre-vingt, l'URSS éclatait, laissant apparaître, comme les eaux d'une crue qui se retirent, le paysage dévasté des pays qu'elle avait engloutis pendant plus de soixante-dix ans. Dans la nouvelle Ukraine postcommuniste, Ludmilla fut élevée au rang de figure de la résistance.

Depuis son retour en France, elle n'avait encore jamais participé à un événement caritatif. Rick de Lacour la persuada qu'elle devait ici aussi sacrifier à ce rituel. Il choisit, en concertation avec Camponelli qui vérifia la disponibilité d'Edgar, un dîner consacré à l'association Tous les Orphelins du Monde. Ludmilla était sensible à la cause des enfants des rues. Elle accepta de chanter pour l'occasion.

La soirée se déroulait au Pré Catelan. Deux douzaines de tables étaient dressées sous une sorte de chapiteau. Rick s'était organisé pour que Ludmilla arrive en retard. Tout le monde était assis. Elle découvrit sa place au dernier moment. Il était impossible d'en changer. Elle se retrouva ainsi entre, d'un côté, un gros banquier rouge brique qui s'épongeait le front avec un mouchoir à carreaux et, de l'autre, Edgar. Celui-ci n'était pas au courant non plus de l'identité de sa future voisine. Leur surprise mutuelle interdit toute dérobade. Rick suivait de loin ce face-à-face. Il était assez confiant. Son calcul était que, privés de la possibilité de fuir, les deux anciens époux n'auraient qu'une issue : se réjouir de cette rencontre ou, à tout le moins, le laisser croire.

Ses espoirs se réalisèrent au-delà de ses espérances. Ludmilla et Edgar, après un instant d'étonnement et d'hésitation, s'embrassèrent et commencèrent à discuter avec animation et bonne humeur.

Le calcul de Rick reposait sur deux convictions, qui se vérifièrent une fois de plus. Tout d'abord, pour des personnes devenues célèbres et riches, les connaissances anciennes gardent une place à part. Les amitiés venues avec la gloire sont toujours ambiguës. Plane au-dessus d'elles le soupçon qu'elles soient intéressées, éphémères, motivées davantage par la vanité que par l'affection véritable. Les proches des mauvais jours, eux, ne sont pas suspects. Leur amitié, leur amour résisteraient d'autant mieux au dénuement qu'ils en ont naguère été nourris. Ludmilla et Edgar étaient l'un pour l'autre ce que personne ne pourrait jamais devenir : les témoins d'un temps où rien n'était encore accompli et où les seules richesses étaient celles des êtres eux-mêmes.

L'autre conviction de Rick était qu'ils s'aimaient toujours. C'était à la fois vrai et faux. Aucun des deux n'avait jamais retrouvé dans sa vie – Rick s'en était assuré auprès de Camponelli – un nouvel amour de la force du premier. Ils étaient même, pour parler franc, restés seuls. Leur amour n'avait pas eu de successeur. Il était là, vivant au fond d'eux. Compte tenu de ce qu'ils étaient devenus, de l'habitude qu'ils avaient prise l'un et l'autre de paraître et de mentir, cet amour profond n'était pas en condition de prendre sa pleine mesure. Tout au plus pouvait-il laisser affleurer sinon de la tendresse, du moins de la sympathie, une complicité affectueuse qui mettait de la bonne humeur dans leur échange. À Rick de modeler cette matière brute pour lui donner la forme qu'il espérait.

La soirée de charité fut très réussie. Ludmilla enchanta l'assistance en se produisant dans deux lieds de Schubert et une cantate de Bach. Ce dernier morceau rappela à Edgar le temps où il venait la chercher à l'institution religieuse, où elle chantait à l'église et n'avait encore jamais mis les pieds à l'Opéra.

Il y eut ensuite une vente assez fastidieuse de clichés photographiques au profit de la cause. Edgar, sans avoir l'air d'y toucher, se démena pour emporter les deux plus grands lots, à un prix exorbitant. Cet étalage de ses moyens financiers se voulait discret et il plaisanta sur ce « coup de tête » avec Ludmilla. Reste qu'il était assez fier de faire la démonstration de sa fortune et qu'elle ne parut pas mécontente de le savoir très riche.

Quand on les a connus dans ce que je considère comme leur ultime vérité, détachés des biens matériels, pleins d'humour et de tendresse pour le genre humain, il paraît presque inconcevable qu'ils aient pu, à cette période impériale de leurs vies, se montrer si bêtes. Par un heureux hasard cependant, ils étaient en phase dans cette évolution. Ils pouvaient communier avec délices dans cette satisfaction d'eux-mêmes qui les rendait pourtant si malheureux.

Un bal concluait le dîner. Rick insista pour que la diva l'ouvrît avec son ex-mari. Il fit l'annonce au micro de cet événement au moyen d'un petit discours plein de sous-entendus, qui qualifiait cette soirée de « Grand Pardon ».

Ludmilla et Edgar s'avancèrent sur la piste, légèrement embrumés par le champagne et les vins. C'était la première fois depuis leur séparation qu'ils se touchaient. Malgré eux, au point qu'ils en furent étonnés, ils retrouvèrent d'anciens gestes. Par exemple, quand Edgar saisit la main de Ludmilla, il passa tous ses doigts entre les siens, jusqu'à la base des phalanges. Cette partie de peau est sensible, son contact intime ; ils ressentirent un même frisson troublant. L'air était une valse, qui les étourdissait. Ils eurent du coup le réflexe de s'agripper l'un à l'autre. Ludmilla sentit la main d'Edgar sur sa taille, là où le tissu de sa robe était si fin qu'il lui laissait percevoir le relief des doigts, leur chaleur, leur insistante pression. Ils revinrent à table un peu songeurs.

— Qu'est-ce que tu en penses, Rick ? demanda Ludmilla en rentrant.

Elle était tassée au fond de la limousine et regardait défiler les arbres du Cours-la-Reine.

— Eh bien, je pense… qu'il veut coucher avec vous.

Cette prétendue audace était bien dans les manières de Rick. Il savait que Ludmilla aimait l'entendre parler un peu crûment. Lui dire qu'Edgar avait sur elle des vues sexuelles n'avait par ailleurs que des avantages : c'était une manière de la rassurer en tant que femme sur le désir qu'elle pouvait susciter. C'était surtout le moyen de réduire la complexité des motivations d'Edgar à la simple et primitive pulsion qu'on prête aux hommes et qui permet de ne pas trop s'interroger sur leurs affections profondes.

— Tais-toi, imbécile, dit Ludmilla en souriant. Le sexe… Toujours le sexe… Moi, c'est l'amour qui m'intéresse.

C'était à la fois vrai et faux. En cet instant, elle sentait un violent désir d'Edgar. Elle aurait mille fois préféré être avec lui dans cette voiture. Pour autant, elle n'aurait pas supporté que l'assouvissement de ce désir fût une fin en soi. C'est pour cela qu'elle ne lui avait pas cédé quand, en la raccompagnant, il avait fait un imperceptible mouvement pour montrer qu'il aurait aimé l'accompagner.

Ils n'avaient jamais pratiqué, dans leurs vies précédentes, ces petites stratégies du désir. Frustrer l'autre pour en obtenir davantage… Retarder l'amour physique pour faire croître le sentiment… C'était là des jeux qu'ils avaient observés chez d'autres en s'en amusant mais qu'ils avaient méprisés pour eux-mêmes. Leurs relations passées étaient toutes de spontanéité. Ils avaient mûri, en somme, se dit-elle. Voilà qu'elle rusait et découvrait dans les petites angoisses de ce jeu un plaisir nouveau.

— Crois-tu qu'il va m'appeler ?

— Dès demain.

Rick avait d'autant moins de doute sur ce point que Camponelli travaillait de son côté à la même fin.

Edgar appela le lendemain. Ludmilla fit répondre qu'elle était en répétition. C'était presque vrai puisqu'elle se préparait à une reprise d'*Aïda*, la première depuis son triomphe de jadis. Après un délai qui lui parut long, convenable et délicieux, elle le rappela en fin d'après-midi. On était au début des téléphones mobiles. Une voix métallique lui indiqua qu'elle allait « être mise en relation ». Le mot était bien choisi. Edgar était dans sa voiture. Elle lui donna rendez-vous au bar du Lutetia pour le lendemain.

Coiffure, robe, parfum, elle eut le temps de tout étudier dans la fièvre, pour paraître le lendemain comme elle voulait qu'il la vît, élégante et négligée, simple et raffinée, désirable sans provocation, énigmatique dans ses intentions.

Ce fut une entrevue sympathique, moins troublante cependant que le dîner de charité, peut-être parce qu'ils l'avaient l'un et l'autre préparée. Ils parlèrent de leurs carrières, de l'Amérique, des études d'Ingrid. Elle était partie à cette époque pour Londres suivre les cours de la London School of Economics.

Le bar était plein de monde. On les avait reconnus ; on les observait. Ils n'osèrent pas faire de gestes équivoques. À la fin seulement, quand Edgar raccompagna Ludmilla jusqu'à la porte à tambour, il lui prit de nouveau la taille et ils firent trois pas ainsi serrés, côte à côte. Sans qu'elle en eût conscience, elle pencha un peu la tête vers lui. Elle avait les cheveux mi-longs à cette époque et, quoiqu'ils fussent apprêtés de laque, ils effleurèrent le cou d'Edgar.

Elle ne prit conscience de cette attitude qu'en voyant les photos dans le journal la semaine suivante. Rick avait fait le nécessaire, on s'en doute, pour que des paparazzis aussi discrets que bien informés fussent présents pendant toute la scène. Un grand magazine publia le reportage en bonne place avec ce titre : « Retour de l'amour chez deux monstres sacrés ». Suivaient des photos d'archives des deuxième et troisième mariages de Ludmilla et d'Edgar (il n'y en avait aucune du premier) ainsi que des clichés pris au moment du dernier divorce. Puis, bien détaillé, sur quatre pages, l'article racontait, illustrations à l'appui, comment « était revenu l'amour dans le cœur de ces deux inséparables ».

— Ils vont vite, commenta sobrement Ludmilla.

Elle se doutait qu'il y avait du Rick là-dessous mais était loin de lui en vouloir. Toute la semaine, au contraire, elle avait été très nerveuse. Elle n'avait pas reçu de nouvelles d'Edgar depuis leur entrevue au Lutetia. Elle avait doublé les doses de tranquillisants, fait tourner ses domestiques en bourrique, annulé une répétition.

L'article du magazine, loin de l'agacer, lui donnait du grain à moudre. Comme elle l'avait pressenti en le lisant, Edgar appela le jour même. Il cherchait de son côté un prétexte pour revenir vers elle. La pudeur dont elle avait fait montre au Lutetia avait trompé Edgar. Peu habitué lui aussi aux jeux de cache-cache avec elle, il se demandait ce qu'elle voulait vraiment. Il avait fini, croyant la connaître, par penser que son amitié lui suffisait.

Elle lui donna rendez-vous dans sa suite – elle vivait alors toujours au Ritz.

Edgar arriva en fin d'après-midi, fut introduit par le même garde du corps qui avait reçu Ingrid. Il s'étonna de voir Ludmilla entourée de si peu de personnel. C'est qu'elle avait donné congé à tout le monde.

Ils se retrouvèrent seuls dans cet ameublement

chargé, ces lustres à pampilles, ces commodes laquées, ce lit tapissé de scènes champêtres sur toile de Jouy. Ils parlèrent peu. Le magazine qui les représentait était étalé sur un guéridon et il disait tout. Restait le moment de l'amour. Ils le firent aussitôt, sans prononcer une parole. Tout était parfait, les tissus délicats, les lumières douces, les parfums subtils. Ils se convainquirent eux-mêmes que c'était bien. Pourtant Edgar s'était agacé de devoir se frayer un chemin à travers les dessous compliqués de Ludmilla et elle avait découvert, une fois ôtés les vêtements de prix qu'il portait, le corps d'un homme alourdi. Ils étaient si loin de leur première nature, si confondus désormais avec leur être social, si occupés à paraître qu'ils vécurent ce moment physique comme un événement dont ils étaient les protagonistes. Ils jouaient des rôles de théâtre, avec les artifices nécessaires, et leur jouissance venait surtout d'en être en même temps les spectateurs.

Ce premier assaut les délivra mais n'en suscita pas d'autres. Ils restèrent au lit côte à côte, nus dans leurs draps de soie, heureux d'avoir retrouvé ce morceau d'eux-mêmes qu'ils avaient perdu en l'autre.

Ludmilla fit monter un souper. Ils se rhabillèrent. Edgar repartit vers minuit. Elle appela Rick. Il fit le modeste, quoiqu'il fût envahi par un sentiment de triomphe.

— Maintenant, dit-il avec un petit sourire, il va falloir choisir la robe pour le mariage.

Elle rit, soupira. Cette perspective la ravissait. Edgar aussi avait envie qu'ils balaient toute l'obscurité du passé en organisant une fête somptueuse. C'était un projet qui convenait à leurs nouvelles vies. En réalité, si l'on y pensait bien, ils n'en avaient pas d'autre.

Le quatrième mariage fut fixé pour le début du mois de juillet.

XXIV

Je n'ai pas le talent d'un chroniqueur mondain. En l'occurrence, c'est inutile. Le quatrième mariage de la diva et de l'homme d'affaires prodige fit l'objet de tant de reportages qu'on peut en retrouver les moindres détails en consultant les journaux d'époque.

Sans qu'ils aient lu le roman *Bel-Ami*, une prudence mondaine leur avait fait célébrer les précédentes unions à la mairie. Pour leur apothéose, restait encore l'église. Comme ils n'y avaient jamais eu recours, ils n'eurent pas à demander de dispense papale : l'archevêque de Paris lui-même les accueillit à Notre-Dame.

Un ballet de voitures noires avait déposé devant les portails les plus hauts dignitaires de la République, à commencer par le président Mitterrand. Edgar lui avait rendu de grands services, en particulier pendant la campagne pour sa réélection l'année précédente. Un grand nombre d'invités prestigieux appartenant aux mondes de la presse, des affaires, du spectacle et de la politique peuplait les travées. Et comme la France ne vivait pas encore à l'heure du terrorisme, un public de curieux, attiré par cet événement mondain, se faufilait devant les chapelles latérales et entre les colonnes des nefs secondaires.

Ludmilla était vêtue d'une robe d'organdi, évidemment coupée par Saint Laurent auquel elle était toujours fidèle et qui était d'ailleurs présent en personne dans les premiers rangs. Faute de parents mais surtout parce que le couple qu'il s'agissait d'unir n'était pas tout à fait composé de jeunes innocents, Ludmilla s'avança vers l'autel au bras d'Edgar. Il était en frac, avec un pantalon à rayures et une cravate rouge et bleu, un gros œillet à la boutonnière. Lors de leur deuxième mariage, ils avaient porté des tenues bien moins coûteuses mais qui, en raison de leur relative pauvreté d'alors, paraissaient somptueuses. Cette fois, au regard de leurs fortunes, ils semblaient au contraire vêtus avec une relative simplicité.

Pierre Cochereau, à l'orgue, déroula le programme musical choisi par Ludmilla elle-même. D'immenses bouquets de lis étaient suspendus aux lustres et parfumaient les voûtes. Les chants furent assurés par des artistes d'opéra, dont le célébrissime ténor Pavarotti, plus suant que jamais, que l'odeur douceâtre des lis faisait suffoquer entre chaque air.

La cérémonie à la mairie le matin avait un peu perdu de son mystère. Ils l'avaient expédiée devant quelques amis. Si bien que l'office religieux pouvait durer autant que l'on voudrait. Le cardinal et les curés de Notre-Dame y prenaient visiblement plaisir. On sentait qu'ils en auraient volontiers rajouté. L'homélie fut interminable.

Le soleil brillait sur le parvis quand la noce sortit. Les cloches sonnaient à toute volée, couvrant le bruit des autobus. Une longue séance de photos suivit devant la cathédrale.

Puis les voitures revinrent chercher les personnalités, à commencer par les mariés. Le cortège se dirigea vers le pavillon d'Armenonville, privatisé pour l'occasion. Les réjouissances durèrent jusqu'à la tombée de la nuit. Ludmilla était épuisée et Edgar avait beaucoup bu pour tenir le coup. Ni l'un ni l'autre ne prenait l'initiative de quitter la fête. Ils avaient ouvert le bal et honoré à peu près toutes les personnes importantes. La file des invités qui voulaient les complimenter était en train de rétrécir. Ils pouvaient s'en aller. Pourtant, puisant dans leurs dernières forces, ils restaient. D'aucuns y virent le signe que cette cérémonie les avait rendus parfaitement heureux. C'est en tout cas ce qu'écrivirent les journalistes les jours suivants.

La réalité était bien différente. Un homme la connaissait mieux que quiconque, c'était Rick de Lacour. Il avait dénoué son nœud papillon en soie mauve et déambulait le smoking ouvert, les cheveux en bataille, l'œil allumé par le whisky et les décolletés. Ce jour était une grande réussite pour lui. Mais il savait que ce n'était qu'une première étape. Le deuxième acte allait commencer. Et il n'y aurait pas d'état de grâce.

Quand, enfin, Ludmilla et Edgar se décidèrent à quitter le pavillon d'Armenonville, au petit matin, ils durent affronter ce que, tout en prétendant le désirer, ils redoutaient le plus : ils se retrouvèrent seul à seule.

Rien ne provoque la détresse comme le bonheur quand il est obligatoire. En ce jour de noces, ils étaient contraints de se montrer heureux d'être ensemble. Mais leurs vies de solitaires ces dernières années avaient produit en eux des changements profonds qui se faisaient cruellement sentir après ces longues et bruyantes réjouissances. Ludmilla avait envie d'absorber des tranquillisants. Elle répugnait à se démaquiller devant quelqu'un, fût-il désormais son mari. Elle n'avait qu'un désir, se réfugier dans un sommeil chimique, seule dans son lit, sans qu'on la touche. Edgar, un peu abruti par tous les verres qu'il avait bus pendant la soirée, avait la vague impression qu'il devait se montrer entreprenant. Il n'en avait pas la force. Avec le reflux des sollicitations extérieures, depuis qu'ils avaient quitté la fête, il se remettait à penser à mille sujets professionnels : lettres en retard, négociations en cours, affaires à suivre. Il aurait volontiers fait comme il en avait pris l'habitude : s'enfermer dans son bureau avec un bon cigare et un cognac, les pieds sur une table, à rêver. Au lieu de cela, il tenait assez stupidement la main de Ludmilla pendant que le chauffeur les ramenait chez lui à travers un Paris désert. Il avait encore changé d'adresse et habitait en bas de l'avenue Montaigne. Son appartement occupait les trois derniers étages d'un immeuble qui faisait l'angle avec le quai. Il dominait le pont de l'Alma, voyait la tour Eiffel s'illuminer. Ludmilla était déjà venue plusieurs fois pendant leurs brèves fiançailles. Ils avaient décidé ensemble qu'une vaste chambre, au deuxième niveau, serait pour elle. Edgar l'avait meublée d'un piano afin qu'elle pût y travailler.

Arrivés dans le hall, ils sentirent un flottement. Il fallait que l'un des deux se décide. Elle prit les devants. En saisissant les mains d'Edgar et en le regardant les yeux dans les yeux, elle lui dit :

— Mon chéri, je suis épuisée. Ce fut une soirée merveilleuse. J'ai besoin de récupérer, de me calmer après tant de belles émotions.

Il attira ses mains et les baisa.

— Ne m'en veux pas si je vais dormir dans ma chambre, poursuivit-elle. Tu me retrouveras bien en forme demain.

Rien ne pouvait mieux répondre aux désirs secrets d'Edgar en cet instant.

— Je comprends, dit-il en faisant en sorte de ne pas paraître trop réjoui par cette proposition. Va, ma chérie ! À demain.

Il déposa un baiser sur la bouche de Ludmilla, sans insister car il avait conscience de sentir l'alcool. Elle monta jusqu'à sa chambre et s'y enferma.

Ainsi commencèrent les jours comptés de ce quatrième mariage. Quand Ingrid en parle, elle ne peut cacher que cette union lui avait d'emblée paru artificielle et intenable. Elle était présente à la cérémonie et à la fête qui l'avait suivie. Nous ne nous connaissions pas encore à ce moment-là. Elle avait à l'époque un copain nommé Jérôme ; elle l'avait connu en école de commerce. C'était un jeune homme de province, fils de militaire, élevé sans grands moyens. Il était béat d'admiration devant le faste de ces noces de stars. Ingrid, elle, voyait ses parents sous les ors et les soieries.

Ou, plutôt, elle les cherchait et ne les reconnaissait pas dans ce couple en technicolor, donné en pâture à la presse et au grand monde, au préjudice de toute intimité. Elle m'a raconté qu'en quelques jours Ludmilla et Edgar avaient repris des vies séparées, quand bien même elles se déroulaient sous le même toit.

Ludmilla était accaparée plus que jamais par ses répétitions, appelée à l'étranger à l'occasion de plusieurs créations à la Scala et à Prague notamment.

Lui s'était lancé dans une nouvelle acquisition : les studios d'une « major » de cinéma américaine. Cette négociation le conduisait à New York et Los Angeles régulièrement. Pris dans le tourbillon narcissique de leurs succès respectifs, ils n'avaient plus guère d'énergie pour se tourner l'un vers l'autre.

Ils se croisaient peu avenue Montaigne. C'était à se demander s'ils ne faisaient pas exprès de n'y être presque jamais ensemble. Ingrid affirme qu'ils ne se supportaient pas dans la vie quotidienne. Les caprices de Ludmilla agaçaient Edgar mais elle n'avait aucune intention d'y renoncer. Et si elle pouvait le désirer ou tout au moins accepter sans déplaisir l'amour physique, elle ne supportait pas l'idée de passer une nuit entière au côté d'un homme. De surcroît, avec ses habitudes de boisson, Edgar dormait d'un sommeil lourd et bruyant qui la dégoûtait.

On peut donc dire qu'ils cohabitaient plus qu'ils ne vivaient ensemble. Toute une troupe de commensaux qui se prétendaient amis de Ludmilla gravitait autour d'elle. Edgar devait supporter leur présence avenue Montaigne, non sans agacement.

Il n'avait aucun plaisir à rester chez lui dans ces conditions, aussi acceptait-il beaucoup d'invitations à l'extérieur. Ils s'y rendaient volontiers en couple, alimentant la chronique mondaine, pour le plus grand bonheur de Rick de Lacour.

Il avait d'ailleurs été félicité par Denise pour son action : grâce à ce mariage, Ludmilla avait pris une place de premier plan parmi les cantatrices, auréolée d'une légende qui fascinait même ceux à qui l'opéra était étranger.

Cette notoriété ne résolvait pas tous les problèmes. Elle masquait provisoirement une réalité qui s'imposait de façon insidieuse mais régulière : la cote artistique de Ludmilla s'érodait. Quelques incidents donnèrent à ce désaveu du public un caractère plus alarmant. Il y eut ainsi cette représentation à Londres au cours de laquelle Ludmilla, qui n'était pas en voix ce soir-là, fut sifflée. Au lieu de réagir comme elle l'aurait fait auparavant en redoublant de force et en faisant face, elle avait quitté le théâtre au deuxième acte, provoquant la fureur du directeur et une émeute parmi les spectateurs.

On sut plus tard, mais il est probable que Rick et Camponelli l'apprirent tout de suite, que les affaires d'Edgar traversaient, elles aussi, une passe délicate. Les comptes du groupe Luxel n'étaient pas bons. Trop occupé par ses nouvelles acquisitions, Edgar négligeait la direction de son affaire. Après des mesures énergiques prises au lendemain du rachat et qui avaient eu des effets positifs, il avait laissé se creuser de nouveaux déficits. Des signaux d'alerte lui parvenaient. Deux choix s'offraient à lui : soit il renonçait au rachat qu'il envisageait en Amérique et rentrait se consacrer aux entreprises qu'il possédait, soit il optait pour la fuite en avant. Il prit ce dernier parti. Son calcul était simple mais risqué : tant que les ennuis de Luxel n'étaient pas publics, il pouvait se servir de la garantie que représentait cette entreprise pour financer le rachat de la major américaine. S'il l'obtenait, il vendrait Luxel et mettrait le paquet sur le cinéma.

Ce choix reposait sur la conviction, ancrée depuis longtemps en lui, qu'il était meilleur négociateur que gestionnaire. Il se sentait moins que jamais l'âme d'un dirigeant d'entreprise, opérant jour après jour le redressement de ses comptes. Son talent, c'était de jongler, d'acheter et de vendre. Cela supposait le risque. Avec le temps, ce risque devenait de plus en plus grand, et l'issue incertaine. Il vivait avec ce stress et l'aimait. En funambule, il savait qu'il ne devait pas regarder le vide sous ses pieds. L'alcool l'aidait à oublier ce vertige.

Compte tenu de ces difficultés et avec d'autant moins de scrupules qu'il savait qu'un tel mariage n'était pas très heureux, Rick de Lacour jugea de son devoir de venir en aide à ce couple en danger. Il était le seul à pouvoir donner l'impulsion dont Ludmilla et Edgar avaient besoin à ce moment-là pour sortir de l'impasse où ils se trouvaient.

Il lança la phase II de son plan de bataille. Par prudence, il ne mit pas cette fois Camponelli dans la confidence.

Depuis longtemps, Rick de Lacour ne se satisfaisait pas du salaire que lui versait l'agence de

Denise. Son activité le mettait en contact avec les patrons des grands journaux. En choisissant de confier des exclusivités à tel ou tel, il les favorisait. Un service de cette importance devait être rémunéré. On savait dans la profession que Rick ne faisait rien sans rien. Certains magazines refusaient de céder à ses chantages. Avec d'autres, au contraire, il avait noué de fructueux rapports de collaboration et de confiance. C'est à un de ces partenaires, le groupe de Lewis Morgensell, propriétaire de nombreux titres à grands tirages en Europe, que Rick de Lacour présenta le plan d'action qu'il avait concocté. L'affaire fut conclue au plus haut niveau, pour un prix légèrement inférieur à ce qu'il demandait mais confortable tout de même. L'argent était versé en Suisse sur un compte numéroté. Je tiens ces informations de Rick lui-même.

Car, pour réaliser cette enquête, je suis allé lui rendre visite dans sa résidence de Marrakech, celle en tout cas où il passe la moitié de l'année. C'est un riad assez simple à l'origine, avec son patio couvert de mosaïque et sa grande salle obscure encadrée de banquettes. Il l'a meublé avec un goût un peu excessif, forçant la dose sur les dorures et les tapis. L'ensemble, dès l'entrée, évoque une caverne d'Ali Baba. C'est un peu la réalité, si l'on y songe. Rick a déposé là tout ce qu'il a dérobé sa vie durant aux gens riches et célèbres qu'il a servis. Après Ludmilla et Edgar, il a poursuivi une brillante carrière auprès d'un acteur américain puis d'une famille de banquiers argentins.

C'est aujourd'hui un homme de près de quatre-vingt-dix ans. Le temps ne semble pas avoir calmé ses appétits et il vit entouré de bayadères alanguies et peu vêtues. Il m'a reçu avec plaisir car il ne doit plus être sollicité par grand monde désormais. Personne ne lui a jamais demandé de raconter sa vie et il le regrette. Il n'éprouve aucune gêne à dévoiler les machinations dont il s'est rendu coupable. Certes, elles l'ont enrichi et il ne s'est guère embarrassé de morale pour les imaginer. Reste qu'il prétend avoir toujours agi « dans l'intérêt de ses clients ». Dans l'affaire qui nous occupe, le client, c'était Ludmilla.

Il avait fait tout son possible pour entretenir sa notoriété. Il avait en particulier organisé le voyage triomphal qu'elle avait effectué en Ukraine. Il l'avait accompagnée dans son village natal et mis en scène les bienfaits qu'elle avait eus pour cet endroit de sinistre mémoire pour elle. Cependant, les journaux ne s'étaient pas montrés très intéressés.

Rick sentait bien que, pour faire revenir Ludmilla à la une, il n'y avait plus qu'un seul coup à jouer. Il faudrait casser pas mal d'œufs pour cette omelette-là mais elle en valait la peine.

Beaucoup de détails de l'opération sont restés inconnus jusqu'à ce qu'il me les livre avec ingénuité pour qu'ils servent à l'élaboration de ce récit. Grâce à ses confidences, je suis en mesure de reconstituer à peu près fidèlement et dans son intégralité ce qui s'est déroulé en ce mois de mai, un peu moins d'un an après le mariage fastueux de Ludmilla et d'Edgar.

XXV

Carmelita Rodriguez-Pacheco était née le 13 juillet 1978. Elle avait donc dix-huit ans depuis un mois en mai 1996. C'était son seul défaut et il put être corrigé sur ses papiers mexicains. De toute façon, elle était entrée illégalement aux États-Unis en traversant le Rio Grande deux ans plus tôt et ne disposait pas d'une autorisation de séjour légal. Celle qui se faisait appeler Sally dans les bars de Los Angeles pouvait donc assez facilement, le jour venu, être présentée comme mineure. Cela décida Rick de Lacour à retenir sa candidature parmi celle de trois autres filles que proposait l'agence chargée du casting. Le grand avantage de Sally était qu'avec sa poitrine généreuse et ses yeux barbouillés de noir elle ne pouvait pas, toute mineure qu'elle était presque, éveiller les soupçons de son futur client. Elle avait l'air adulte et même d'une adulte particulièrement au fait des choses de la vie.

Dans cette affaire à tiroirs où tout le monde trompait tout le monde, Rick de Lacour fut lui aussi victime d'une légère arnaque. La prétendue « agence de casting », aux services grassement rémunérés, n'existait pas. C'est le photographe lui-même qui, payant généreusement de sa personne, avait écumé les clubs à hôtesses de Los Angeles pour sélectionner les jeunes femmes.

Jean-Pierre Sandjac était photographe de presse depuis près de trente ans. Après avoir couvert toutes les guerres de la planète, il s'était reconverti en paparazzi, ce qui lui paraissait plus compatible avec l'arthrose de hanche qui l'empêchait désormais de courir. C'était un spécialiste des longues planques. Il n'avait pas son pareil pour trouver la fenêtre, l'arbre, la terrasse de café d'où il pourrait tout voir. Né dans les Landes d'une famille de chasseurs, il avait hérité ce goût de la traque.

Entre ces moments de travail, il tuait le temps dans les bars et passait ses nuits dans les lieux les plus louches. Il n'avait pas eu à forcer sa nature pour sillonner les bas quartiers à la recherche de jeunes figurantes.

Sa mission était payée par le journal avec lequel Rick avait passé contrat pour monter l'opération.

Puisqu'il n'avait pas demandé l'aide de Camponelli, Rick avait dû se débrouiller seul pour connaître en détail le programme d'Edgar pendant ce séjour à L. A.

Après deux journées de réunion dans les studios de cinéma pour en négocier le rachat, il était prévu qu'Edgar séjourne quarante-huit heures dans un hôtel confortable de Santa Monica. La recommandation venait de son médecin, ami personnel de Rick, qui lui avait fortement suggéré cette idée. Après un hiver fatigant, Edgar devait prendre un peu de repos au soleil, etc.

L'hôtel était un problème aussi. Il fallait trouver un établissement suffisamment luxueux pour correspondre aux standards d'Edgar. En même temps, les réceptionnistes et agents de sécurité devaient laisser aller et venir un personnage comme Sally qu'ils veillaient d'ordinaire à ne pas laisser entrer. Là encore, Sandjac fut à la manœuvre. Il dut graisser quelques pattes et surtout, douce violence, séjourner lui-même quelque temps à l'hôtel la semaine précédant l'opération, y faire venir Sally et habituer le personnel à la croiser. Il en profita pour repérer les différents espaces extérieurs et choisit celui où la scène devait se dérouler. Il étudia les planques correspondantes.

Tout fut prêt à l'heure. Edgar, fatigué par le décalage horaire et les négociations qu'il menait avec le bataillon d'avocats de la major, arriva le mardi en début d'après-midi. Il s'enferma dans sa chambre pour la sieste. Son secrétariat, sur l'intervention discrète de Rick, lui avait réservé une vaste suite avec un balcon qui donnait sur le rivage. De là, il découvrait la ligne des palmiers, les allées sur lesquelles évoluaient joggeurs et cyclistes puis la plage et les rouleaux du Pacifique.

Il descendit dans les salons vers 18 heures. Les ombres commençaient à s'allonger dans le jardin, les jasmins en pot embaumaient ; au loin la ligne de l'horizon, sur la mer, se colorait de mauve. Il s'assit sur la vaste terrasse qui ouvrait vers la piscine. Des bungalows donnaient de plain-pied sur cet espace. Il n'y avait personne autour des tables à l'exception d'une jeune femme. Elle était habillée très élégamment d'une robe imprimée assez peu décolletée mais qui moulait ses formes. Rick était intervenu lui-même dans le choix du modèle. S'il avait laissé faire Sally et son maquereau de photographe, elle se serait présentée presque nue et toute l'affaire serait tombée à l'eau. Son calcul était juste. La retenue vestimentaire de la jeune femme empêcha Edgar de s'interroger sur ses véritables intentions quand elle lui sourit. Il ne douta pas que l'heure romantique, les effluves de ce jardin et peut-être, pourquoi pas, son charme naturel avaient conduit cette délicate personne à lui marquer son intérêt. Il venait de franchir une étape cruciale dans la négociation avec la major et se montrait confiant : il allait bientôt en prendre le contrôle. Il était plein d'un sentiment de puissance qui, après tout, était peut-être perceptible pour ces êtres intuitifs que sont les femmes. Tel est, du moins, ce qu'il pensait. Il tira sur son tee-shirt pour en effacer les plis, se redressa sur sa chaise et rentra le ventre. Puis, pris d'une inspiration soudaine, il souleva son verre et trinqua de loin.

La jeune personne lui répondit par le même geste. Ses yeux le fixèrent par-dessus le rebord du verre, éclairés par un sourire qu'il crut complice.

Sauf à avoir l'air d'un imbécile, il devait faire quelque chose. Il se leva et alla s'asseoir à la table de Sally.

La conversation qui s'engagea ne vaut certainement pas d'être transcrite. De toute façon, on en ignore les termes car Rick n'avait pas jugé utile de sonoriser la scène.

Seule certitude, la farouche Sally se laissa convaincre malgré une résistance assez molle qui lui était imposée par son contrat. Elle retrouva Edgar pour le dîner.

Il s'était changé dans sa chambre. Ça n'avait pas été sans mal : il n'avait emporté que des costumes pour ses rendez-vous professionnels. Il demanda à la réception qu'on lui montât le polo blanc qu'il avait vu dans le hall à la devanture d'une boutique de luxe. Il prit le moins triste de ses complets dans les tons bleus. L'ensemble faisait un peu yachtman. Il jugea que ça pourrait aller. Il se rasa de près, se coiffa soigneusement. À vrai dire, il n'avait aucune intention précise à ce stade. Il lui était très rarement arrivé de connaître des aventures en voyage mais, fait étrange, il y avait souvent pensé et c'était même un de ses fantasmes les plus récurrents. Pas un instant cependant, c'est ce qu'il a toujours prétendu par la suite, il n'a eu le sentiment de « tromper » Ludmilla. Sans doute la faiblesse des liens que ce dernier mariage avait tendus entre eux lui donnait-elle l'impression d'être toujours libre. Peut-être aussi gardait-il une petite rancune à Ludmilla de la vieille affaire Langerbein.

Le fait est qu'en rejoignant Sally à la réception de l'hôtel il se sentait comme un adolescent qui se rend à son premier rendez-vous. Il avait envie de séduire, d'être admiré, de conquérir, mais dans un sens très classique, presque suranné, comme dans les films français de son enfance.

Il y réussit parfaitement. Sally le regardait avec un air de pâmoison. Edgar avait bien remarqué qu'elle n'avait guère de conversation. C'était un point qui avait inquiété Rick quand il avait entendu la description de Sally par Sandjac. Il ne s'attendait pas à un bas-bleu mais tout de même. Il craignait qu'Edgar ne la trouve complètement idiote. Rick avait pris le risque, pensant à juste titre que ces entraîneuses savaient se rendre intéressantes par d'autres moyens. Il avait raison. Edgar mit le mutisme de Sally sur le compte de la timidité : à l'évidence, il l'impressionnait. Il ne se fit pas prier et parla courageusement pour deux. À la fin du dîner, elle l'avait si religieusement écouté qu'il la trouvait intelligente. Ils avaient l'un et l'autre pas mal bu. Ils sortirent dans le jardin. Des lampes dissimulées dans le sol éclairaient le tronc des palmiers. Les massifs de fleurs, en noir et blanc, prenaient des allures de plantes mythologiques.

Sans les consignes qu'on lui avait fait répéter, Sally serait bien passée tout de suite à l'action. Au lieu de cela, elle dut attendre, en frôlant Edgar de son mieux sans enfreindre les règles de la bienséance, qu'il se décide à lui prendre la main. Le jardin était plus profond qu'il n'y paraissait et, au-delà de la piscine, il montait en pente douce vers une pinède. Les chaussures neuves de Sally – fournies par Sandjac car elle-même n'aurait jamais acheté un modèle d'un si effrayant classicisme – lui faisaient des ampoules au talon. Et ce balourd ne se décidait pas. Elle eut soudain une inspiration pour en finir : elle fit mine de se tordre la cheville. Edgar était si attaqué par la boisson qu'au moment où elle bascula sur le côté en se rattrapant à son bras, elle crut qu'il allait lui tomber dessus. Ils manquèrent d'atterrir dans un plant d'agave hérissé de piquants. Heureusement, Edgar tint debout et, de reconnaissance, Sally, tout émue, se blottit contre lui. Pour la forme, elle se massait la cheville. Il avait toujours l'air aussi embarrassé. Mais enfin, le pas était franchi : elle le touchait, s'agrippait à son bras, frottait son corps contre le sien. Elle se dit alors que les consignes n'avaient été que trop suivies et que, dorénavant, il lui revenait de prendre la direction des opérations. Elle avait là-dessus une expérience que nul ne pouvait contester.

Avec un naturel éprouvé, elle passa en quelques instants de l'émotion à la reconnaissance, de la reconnaissance à la tendresse, de la tendresse au désir. Et pas plus que tant d'autres avant lui, Edgar ne protesta. Embrasser une jolie femme dans un jardin exotique à Santa Monica est une épreuve à laquelle, je pense, la plupart des hommes sont préparés, même s'ils savent, à regret, qu'ils n'auront jamais à la subir.

Après le premier moment de surprise, Edgar se laissa aller au plaisir de tenir contre lui ce corps délicieux, souple, et qui semblait peu entravé par la pudeur. Sally fit si bien que le désir d'Edgar devint impérieux. Il commença à regarder autour de lui si une surface tendre se prêterait à leurs ébats. Faute d'en trouver dans cet environnement de pierres sèches et de plantes grasses, il la conduisit doucement vers l'hôtel.

Sally se laissa faire mais elle savait garder, comme un soldat, la conscience des ordres dans le feu de la bataille. Or ces ordres étaient formels : rien ce soir-là. Elle raccompagna Edgar et dut se défendre de ses sollicitations. Lui qui avait démarré si lentement ne semblait plus capable de se gouverner. Il la pria, la supplia presque. Elle se montra inflexible mais promit tout pour le lendemain. Il la quitta comme un enfant puni.

— Retrouvez-moi demain à 11 heures près de la piscine, lâcha-t-elle.

Il partit en serrant ces mots comme un paysan qui emporte sa fortune après un incendie.

Le lendemain matin, il la rejoignit mais ne la vit pas tout de suite. Elle était allongée sur une chaise longue à l'extrémité la plus éloignée de la piscine. Un curieux dispositif d'arbustes et de parasols la cachait presque complètement. Mais un transat était vide, à côté du sien. Elle le désigna à Edgar et lui fit un grand sourire. Dieu, qu'elle lui parut désirable ! Pour seul vêtement, elle portait un bas de maillot de bain rose qui faisait ressortir sa peau mate. Edgar vit dans cette pratique « topless » la raison pour laquelle Sally avait choisi cet endroit reculé et caché aux regards. Il ne s'inquiétait pas de l'absence de serveurs. Dans l'hôtel, dès qu'un client prenait place sur la terrasse ou autour de la piscine, des employés en veste noire s'empressaient. Les pourboires nécessaires avaient été versés pour que personne n'interrompe la scène qui allait se dérouler.

Tout était prêt. Si le lieu où Sally et Edgar se trouvaient restait invisible depuis l'hôtel, il donnait en revanche sur la plage. À hauteur d'homme, personne ne pouvait rien voir car l'hôtel était en surélévation. Sandjac, en revanche, installé dans un des postes de surveillance dont disposaient de loin en loin les maîtres-nageurs, braquait ses puissants téléobjectifs sur le couple.

Restait à attendre le spectacle.

Sally était à la manœuvre. Elle devait se sentir plus à l'aise sur ce terrain que dans les exercices de conversation comme celui auquel elle avait dû se prêter la veille au soir.

Sitôt Edgar étendu à côté d'elle, elle changea de place. Une fesse posée sur le transat de son partenaire, elle se pencha sur lui et l'embrassa à pleine bouche. Edgar fut surpris par cet assaut direct. Il y répondit en enlaçant la jeune femme. Elle le poussa sur le côté et s'allongea près de lui. S'ensuivirent de longues caresses qui ne pouvaient malheureusement pas livrer grand-chose dans les boîtiers de Sandjac. Les deux corps allongés et enlacés n'étaient pas reconnaissables. Le photographe avait fait longuement répéter son rôle à Sally et il avait bien insisté sur ce qu'il voulait. Elle fit des efforts pour se relever et se plaça à genoux près du ventre d'Edgar.

Celui-ci portait un bermuda à rayures de bonne marque (un label du groupe Luxel). Sally posa sur l'étoffe tendue sa main soigneusement manucurée.

Sandjac parlait tout seul dans sa planque.

— Vas-y ! murmurait-il. C'est le moment.

Il tenait le couple plein cadre. Edgar relevait la tête, on le reconnaissait parfaitement. Sally apparaissait de profil. Encore un instant et le cliché du scandale serait dans la boîte.

Tout se déroula très vite et Sandjac ne comprit pas tout de suite : les protagonistes avaient disparu de sa mire. Le transat était vide. Qu'est-ce qu'ils faisaient, bon Dieu ? Il saisit des jumelles qui lui donnaient une vision plus large.

Edgar était debout et Sally, toujours à genoux,

le regardait de bas en haut. Il lui tendait la main. Elle se leva à son tour.

L'explication était simple. À jeun, plus lucide que la veille, Edgar, malgré son désir violent, avait été envahi par un scrupule. Il était en Amérique, une affaire importante était sur le point de se conclure les jours à venir ; mieux valait éviter de commettre un attentat à la pudeur dans ce pays si sensible sur ces sujets.

— Allons dans ma suite, dit-il à Sally.

Il mit l'expression épouvantée de la jeune femme sur le compte de la frustration, incapable de concevoir un doute quant à la séduction qu'il avait exercée sur elle. En vérité, Sally était catastrophée : elle connaissait tout le dispositif, Sandjac le lui avait expliqué. Ce qui se déroulerait dans les murs de l'hôtel ne pouvait servir à rien.

Elle comprit pourtant qu'il était impossible de résister. Elle noua un paréo autour de sa poitrine, enfila des sandales de corde à talon plein, prit son sac et suivit Edgar.

Restait à mettre en place le plan B. Sandjac l'avait évoqué succinctement mais elle en avait retenu les grandes lignes. Arrivés dans le hall, ils prirent l'ascenseur. Elle se coula contre Edgar.

— J'ai peur, susurra-t-elle.

— De quoi ?

— Claustrophobe, murmura-t-elle en baissant la tête.

L'ascenseur était arrivé à l'étage.

— Voilà, la rassura Edgar. C'est fini.

— Ce n'est pas seulement l'ascenseur.

Elle regardait le couloir avec méfiance.

— Qu'est-ce que tu crains ?

Ils étaient devant la porte de la suite. Edgar l'ouvrit.

— Les murs.

— Les murs ? Tu as peur des murs ?

Elle fondit en larmes ; il la prit dans ses bras.

— Ne ris pas. Tu sais, ici, il y a des tremblements de terre terribles. Quand j'étais petite, toute ma famille est morte écrasée par les plafonds de la maison.

— Et toi…

— Moi, j'étais dehors. J'avais fait une fugue pour rejoindre un petit copain.

— Depuis, tu n'entres plus dans les maisons ?

— Si, mais j'ai peur. Ça m'empêche d'être bien.

Tandis qu'elle parlait, elle avait repéré la porte-fenêtre qui donnait sur la terrasse et s'en était approchée.

— Je n'ai jamais pu faire l'amour dans une maison.

Il sourit.

— Tu te moques de moi !

Elle boudait. Il la prit dans ses bras. Elle l'entraîna sur la terrasse. Elle était meublée de chaises longues. La balustrade en métal laissait voir la plage au loin. Elle se demanda si Sandjac avait eu le temps de rejoindre l'autre point d'observation qu'il avait étudié les jours précédents en vue de ce plan B. Elle fit durer l'affaire, demanda un café qu'Edgar alla préparer dans la chambre. Quand il revint, ils reprirent leurs ébats là où ils les avaient laissés quand Edgar s'était relevé. Il se sentait en confiance, cette fois, à l'abri dans cet espace qu'il croyait privé. Il ne fit aucune difficulté pour ôter son bermuda.

La suite, en détail, avec un peu moins de netteté que s'ils étaient restés dans le jardin, put être captée par les objectifs de Sandjac. Le reportage était si détaillé qu'il n'eut qu'une crainte : que les clichés fussent trop crus pour un magazine grand public. Heureusement, Sally faisait varier les pauses et plusieurs plans furent explicites, sans tomber pour autant dans la pornographie.

L'une de ces photos servit à illustrer la couverture du journal avec lequel Rick avait conclu l'affaire. Un reportage complet suivait en pages intérieures. En cas de procédure judiciaire, des pièces plus compromettantes permettraient à la direction du journal d'exercer un discret chantage.

L'affaire eut un retentissement énorme. Edgar était rentré depuis une semaine quand parut le magazine. Ludmilla, à qui Rick, l'air navré, avait mis les photos sous le nez, entra comme une furie dans la chambre d'Edgar et lui jeta le journal à la figure.

C'était moins la jalousie que l'humiliation qui la faisait souffrir. Les mots s'étranglaient dans sa gorge. Elle quitta la pièce, appela le chauffeur et se fit conduire à l'hôtel.

La première personne qu'elle appela fut son avocat. Elle demanda le divorce dans les délais les plus brefs, quelles que fussent les conditions.

Ainsi prit fin la quatrième union d'Edgar et de Ludmilla, après quelques mois seulement d'une cohabitation sans passion. Si cette séparation n'avait pas eu de si graves conséquences, ils en auraient presque été, l'un et l'autre, soulagés.

XXVI

Rick de Lacour s'ennuyait pendant sa retraite dans son riad de Marrakech. C'était évident pour toute personne qui, comme moi, passait quelques jours en sa compagnie. En fin d'après-midi, il allait boire l'apéritif chez des amis de son âge. De temps en temps, l'un d'eux disparaissait. On a beau être riche et au soleil, on n'en reste pas moins mortel. Rick, sans descendance ni attache dans ce monde, se livrait à une rumination attendrie des meilleurs épisodes de sa carrière.

Sans l'ombre d'un doute, le traquenard qu'il avait tendu à Edgar était le plus extraordinaire. Rick était fier d'avoir pu monter sans accroc une opération aussi délicate. Il me la raconta dans ses moindres détails, précisément parce que, jusque-là, le secret avait été bien gardé. Rick était content, au moment de quitter cette vie – mais Dieu sait qu'il n'était pas pressé de le faire – de délivrer sa conscience et surtout de voir son talent reconnu par quelqu'un. Car ce qui faisait de cette affaire un coup de maître, c'était justement que jamais Rick ne lui avait été associé.

Pour le monde entier, il s'agissait d'un fait divers sordide dont la révélation était le fruit du hasard. Edgar avait sollicité les services d'une prostituée et un paparazzi, par hasard, les avait surpris en pleine action. Cela rendait le crime d'Edgar d'autant plus odieux : on comprenait qu'il avait l'habitude de se livrer à de telles pratiques.

— Personne, absolument personne, ne devait découvrir qu'il y avait eu provocation et qu'Edgar était tombé dans un piège, me confia Rick le deuxième soir devant un plat de tajine fumant.

Il avait fait dresser une table dans le patio et nous dînions à la bougie, face à face, sous l'obscurité fraîche du ciel marocain.

— Qui dit provocation dit circonstances atténuantes. Or il ne fallait pas que l'on plaigne Edgar, pour quelque raison que ce fût.

Le moins que l'on puisse dire est que l'objectif a été atteint au-delà de toutes ses espérances : après la publication de ces images, Edgar est devenu un objet de dégoût et de scandale. D'autres révélations, pendant plusieurs semaines, ont suivi le premier reportage et aggravé les charges. Elles ont même pris un tour judiciaire aux États-Unis lorsque l'opinion publique apprit que Sally était mineure. Une photocopie de sa carte de résident américaine, obligeamment livrée à la presse par un Rick toujours incognito, déclencha une procédure pénale en Californie. D'autres confessions d'anciennes maîtresses d'Edgar en Europe alourdirent le tableau. Les dégâts étaient considérables.

Il avait traversé d'autres crises. On peut penser qu'il aurait surmonté celle-là, attaqué ses accusateurs, fait rire des puritains qui lui reprochaient ses frasques. Cette fois, il n'y parvint pas.

Qu'est-ce qui l'empêcha de se défendre ? La cascade de catastrophes qui frappa ses affaires et démonta son empire à la vitesse d'un château de sable gagné par la mer ? Il est vrai que ses responsabilités entravaient ses mouvements, exigeaient de rétablir la confiance, de donner une image de sérieux, et qu'elles étaient peu compatibles avec la liberté du bateleur qu'il avait été naguère.

Mais je sais qu'il y a autre chose et je l'ai dit à Rick, du reste. Edgar s'en voulait du mal que cette affaire pouvait infliger à Ludmilla. Il avait beau être insatisfait de ce dernier mariage, l'outrage mondial qu'il faisait subir à une femme avec laquelle il avait tout partagé lui apparaissait comme une ignominie. Il était incapable de nier sa faute, de tourner l'affaire en ridicule, de justifier peu ou prou ses actes.

Rick ne croyait pas à cette hypothèse. Il n'avait jamais aimé Edgar, agacé de se trouver de facto l'employé de ce fils de pauvre, comme lui-même. De toute manière, Rick n'avait qu'une seule loyauté dans sa noirceur, et c'était à l'égard de Ludmilla ou plus exactement de Denise, dont il servait les intérêts.

Dans cette logique, l'opération Sally était une pleine réussite. Dans les reportages que les journaux du monde entier consacrèrent à l'incident – avec d'abondantes illustrations –, Ludmilla jouait le rôle de sainte, ignoblement trahie par un mari qu'elle avait aimé au point de lui donner quatre fois sa chance.

Ce battage, pour désagréable qu'il fût, servait

les intérêts de Ludmilla, et donc de Denise. La cantatrice en était à ce stade de sa carrière où c'était le phénomène médiatique que l'on cherchait en elle. Les directeurs d'opéra l'engageaient plus comme un monstre sacré que comme une artiste de talent. Le monde lyrique avait commencé à s'en détourner depuis longtemps. La réussite, le confort, la notoriété avaient peu à peu tamponné en elle tout l'acide que Karsten avait autrefois versé dans son caractère. Ses interprétations étaient assez fades, ses colères convenues, sa voix manquait de rigueur par défaut d'entraînement et à cause d'une hygiène de vie déplorable.

Cependant, omniprésente dans l'actualité, même pour de mauvaises raisons, Ludmilla continuait pour le public le plus large d'incarner la diva, avec sa démesure, ses blessures et sa grâce.

— Mission accomplie, conclut Rick en levant à ma santé un verre de crémant de l'Atlas.

— Mais avez-vous pensé au mal que cette histoire a pu lui faire ?

Rick eut un mouvement de bouche comme s'il tétait un sein invisible. Sa fine moustache était blanche. On aurait dit une ligne de cils blonds et sa lèvre supérieure une énorme paupière.

— Ces gens-là, voyez-vous…

Je compris qu'il parlait d'Edgar et de Ludmilla.

— … ils encaissent tout. Croyez-moi, ce sont des monstres. D'ailleurs, personne n'atteint de tels niveaux sans être un monstre.

Il avait tort bien sûr. La suite devait prouver à quel point les sentiments de Ludmilla étaient authentiques et la blessure qu'elle venait de recevoir douloureuse et profonde. Pourtant, dans les mois qui suivirent l'affaire, force est de reconnaître qu'Edgar et elle se montrèrent incroyablement solides et courageux.

Face à la tempête médiatique, Edgar, je l'ai dit, a fait le choix de sauver ses entreprises. Pour ce qui était des négociations américaines, elles étaient évidemment rompues. D'autres acheteurs étaient sur les rangs et ils ne manquèrent pas d'exploiter les ennuis d'Edgar pour le disqualifier. Le déclenchement d'une procédure pénale pour agression sexuelle sur mineure mit Edgar définitivement hors jeu outre-Atlantique. Sachant la partie perdue, il est immédiatement rentré en France et s'est consacré au cœur de son activité : le groupe Luxel et sa nébuleuse de marques. Il y a fait preuve d'une belle énergie et démontré une fois de plus ses talents de conviction. À cet égard, le choix de ne pas s'être lancé dans une campagne de justification médiatique s'est avéré judicieux. Les partenaires et subordonnés d'Edgar ont eu en face d'eux un homme grave, déterminé, au fait de ses affaires. Il a tâché, par sa dignité, de susciter auprès d'eux un respect qui lui était plus que jamais nécessaire pour piloter le navire dans la tempête. Il rencontra un par un les associés minoritaires, les membres des comités de direction, les représentants des personnels, plaida sa bonne foi, mit en avant l'intérêt collectif, promit des investissements. Peu à peu, il regagna, sinon la confiance, du moins une forme de reconnaissance en tant que chef d'entreprise.

Il avait d'autant plus de mérite à se battre qu'il était seul. Il est frappant de voir combien Edgar s'était isolé pendant ces années de réussite. Il n'avait jamais eu beaucoup d'amis. S'il suscitait aisément de la sympathie, il ne se livrait pas, restait solitaire et secret. De là venait sans doute que Ludmilla ait toujours pris pour lui une place singulière. Il y avait l'amour, certes, avec les fluctuations qu'on a décrites. Mais une amitié les liait peut-être plus profondément encore. Elle était un confident et jouait dans l'esprit d'Edgar, quelles que fussent leurs relations matrimoniales, le rôle de l'ami qu'il n'avait pas.

Avec le succès s'était ajouté à la méfiance d'Edgar un autre sentiment qui limitait ses relations : il s'était toujours senti mal à son aise avec les riches, les puissants. Au fond de lui, il détestait les clubs mondains, les dîners placés, les lieux de villégiature à la mode. Il n'y allait que pour s'y montrer et entretenir son image mais il les fuyait dès qu'il le pouvait. Son argent lui donnait une place dans ces milieux et lui faisait obligation de les cultiver mais il s'y sentait illégitime et restait sur la réserve.

Le seul avec lequel il ait gardé une amitié véritable était Michel Louarn, son banquier. Leur relation venait de loin : elle datait des toutes premières affaires qu'Edgar avait conçues. Elle était de surcroît mâtinée de trouble complicité. Ensemble, ils avaient bien souvent frôlé les limites de la légalité, concevant des projets audacieux et qui exigeaient le secret. Ils se voyaient dans leurs bureaux respectifs mais se donnaient parfois rendez-vous dans des bars, pour parler plus librement. Leurs vies de famille demeuraient en dehors de tout cela. Edgar n'était allé dîner qu'une seule fois chez Louarn ; il connaissait à peine sa femme et ses enfants. Pourtant, si on lui avait demandé de dire qui étaient ses amis, son nom serait venu en tête de la liste. Et il aurait même eu du mal à en mettre d'autres derrière.

Cette amitié longue et presque exclusive allait jouer un rôle dévastateur. Car c'est de cet ami – ou qu'Edgar croyait tel – qu'est venue la plus grande trahison. C'est lui qui a causé sa perte, au moment où tout semblait aller mieux et où la tempête s'éloignait enfin.

J'ignore les détails de l'opération et mon incompétence en matière économique ne me permet pas d'en saisir toutes les nuances. Seule certitude : le coup a été préparé de très loin. Louarn a refusé de me rencontrer pour répondre à mes questions. Il n'a aucune envie probablement qu'apparaisse le double jeu qu'il a mené pendant toutes ces années. Sans doute faisait-il partie de ces gens chez qui Edgar suscitait une profonde jalousie. C'est un peu la rançon à payer, pour des personnalités comme la sienne, extraverties et généreuses. Elles provoquent très majoritairement la sympathie mais, dans quelques cas, elles heurtent quelque chose de douloureux, réveillent des blessures secrètes et se font haïr avec la même force qu'elles sont aimées d'ordinaire.

Louarn, pour autant que j'aie pu en juger par les rares interviews qu'il a données, était un personnage discret, mal à l'aise en public, très complexé. Opéré dans l'enfance d'une malformation du palais, il cachait sa cicatrice derrière une moustache bancale. C'était par ailleurs un homme de haute taille, sportif, élégant. Rien ne laissait penser qu'il fût si rongé de jalousie. C'est à l'abri de cette apparence franche et rassurante qu'il a préparé sa longue vengeance contre Edgar.

Depuis les débuts de leurs affaires communes, quand il s'était agi de financer la chaîne d'hôtels, Louarn avait gravi tous les échelons dans sa banque. Grâce, en particulier, aux succès d'Edgar, il avait acquis la réputation d'être un financier avisé. Il était parvenu, au moment du scandale de Santa Monica, au poste de président du directoire du premier groupe bancaire privé français, le troisième en Europe. Il intervenait de moins en moins dans les questions opérationnelles sauf sur quelques dossiers sensibles. C'était le cas du groupe Luxel et de son propriétaire.

L'endettement du groupe auprès de la banque de Louarn était très important. Edgar avait toujours basé sa réussite sur ce procédé : sitôt acquéreur d'une entreprise, il y investissait massivement au moyen du crédit. Et ce crédit lui était octroyé à cause de son succès et de sa surface politico-médiatique. Ce cercle vertueux était susceptible de s'inverser à tout instant. Cependant, tant que Louarn lui accordait sa confiance, Edgar pouvait être serein.

La catastrophe se déroula en plusieurs phases. Dès avant le déclenchement du scandale Sally, les affaires du groupe Luxel, on l'a dit, étaient mauvaises. C'était une des raisons pour lesquelles Edgar comptait changer de secteur et de continent, en prenant pied dans une major de cinéma outre-Atlantique.

C'est donc un groupe déjà fragilisé qu'il retrouva en rentrant précipitamment en Europe. Des erreurs stratégiques, auxquelles Edgar n'avait pas pris garde, avaient placé plusieurs marques en grande difficulté. La contrefaçon à grande échelle venue du Sud-Est asiatique mettait plusieurs maisons de couture au bord de la faillite. À cela s'ajoutait un mouvement social très long dans le journal que possédait encore Edgar. Il avait revendu sa branche télévision et multimédia, pensant revenir dans ce secteur via son achat américain.

S'il parvint à reprendre une autorité dans le groupe, il lui fallait, pour surmonter vraiment la crise, trouver un important financement afin de procéder à des investissements massifs et d'accepter des augmentations de salaires.

Edgar, pour trouver des fonds, se tourna avec confiance vers Michel Louarn. Il ne doutait pas que celui-ci, une fois de plus, le soutiendrait.

Malheureusement, le banquier avait choisi ce moment pour tomber le masque. Il fit d'abord sentir à Edgar qu'il portait un jugement très sévère sur sa conduite. Edgar ignorait tout des convictions religieuses de Louarn. Il croyait savoir qu'il était protestant. En tout cas, aucun scrupule de nature spirituelle ne l'avait gêné quand ils s'étaient entendus, trente ans plus tôt, pour construire des hôtels borgnes. Cette fois, sans donner d'explications, Louarn laissa entendre à Edgar que des principes moraux solidement ancrés en lui comme père de famille ne lui permettaient pas d'absoudre les faits dont il s'était rendu coupable sur une jeune fille, mineure de surcroît.

Ce préambule créa une atmosphère nouvelle. Au lieu de la confiance en l'avenir qui avait toujours servi de base à leurs accords, Louarn fit preuve d'une prudence excessive et demanda des garanties exorbitantes avant toute décision sur un éventuel financement. Edgar comprit qu'il ne s'agissait pas seulement d'obtenir de nouveaux fonds mais qu'il devait éviter que le banquier ne fasse usage du pouvoir que lui donnait l'endettement gigantesque que le groupe avait contracté dans son établissement.

Après quelques minutes d'incertitude et de propos généraux, Louarn en vint au fait. Avant tout nouvel investissement et compte tenu d'une dette existante qu'il ne jugeait plus soutenable, il exigeait qu'Edgar cède à la banque la marque de haute couture phare, celle qui constituait le navire amiral du groupe Luxel. Edgar demanda à quel prix Louarn proposait cette reprise. Le chiffre qu'il obtint était ridiculement bas.

Il y eut un long silence pendant lequel les deux hommes se dévisagèrent. Edgar comprenait qu'il venait de tout perdre et d'abord un ami, ou plutôt qu'il s'était trompé pendant des années sur les sentiments de celui qui révélait tout à coup sa vraie nature.

Il demanda deux jours de réflexion. Louarn fit un signe pour dire que l'urgence n'était pas de son côté.

Les jours suivants, Edgar alla voir quantité de financiers, de chefs d'entreprise, de gestionnaires de fonds d'investissement, pour tenter de trouver du secours auprès d'eux.

Il fut en général très mal reçu. Sa réputation récente parlait contre lui. La mauvaise santé de son groupe était désormais connue de tous. Et, probablement, Louarn, qui disposait d'un considérable entregent dans ces milieux, avait-il précédé ses démarches et verrouillé toute solution alternative.

Les deux jours passés, Edgar accepta l'offre à perte du banquier. L'acte était prêt. Il le signa accompagné d'un de ses avocats. Louarn lors de cette signature déclara que cette vente avait pour effet de maintenir l'endettement existant. Quant à accorder d'autres prêts, il ne pouvait en donner l'assurance et devait consulter son comité qui statuerait la semaine suivante.

Edgar y croyait encore. Son avocat, en sortant, le doucha : « Ils ne vous donneront plus rien. »

En effet, la réponse du prétendu comité – c'était la première fois que Louarn évoquait son existence – fut négative.

Edgar ne conservait de son groupe que les branches en difficulté. Avec la vente de l'entreprise principale, il disposait à peine de quoi renflouer les déficits. Il ne lui restait rien pour investir.

La spirale du déclin était enclenchée. Il serait rapide, violent et total. Edgar savait que rien ni personne ne le protégerait.

XXVII

Ludmilla n'a pas bénéficié longtemps du surcroît de publicité que lui avaient valu les frasques de son mari.

Rick de Lacour s'en tenait à une règle simple, tout en sachant qu'elle était dangereuse : « Dites-en du bien, dites-en du mal, mais dites-en quelque chose. » Cette idée selon laquelle tout écho médiatique est préférable au silence peut être juste lorsqu'on l'applique à un débutant. Ludmilla, elle, n'avait pas besoin de notoriété ; la sienne était très haute. En revanche, la qualité de son image publique n'était pas indifférente. Mêlée contre son gré à une histoire sordide, elle finissait par en être éclaboussée. Après être d'abord apparue comme une victime, elle fut peu à peu assimilée dans l'esprit du public à l'immoralité d'Edgar. Tout s'inversa assez vite : ses caprices de diva n'attendrirent plus mais apparurent comme d'insupportables exigences de riche. Ses airs hautains, loin d'être vus comme un signe de noblesse, furent considérés comme prétentieux et ridicules. Surtout, ses annulations de spectacles furent désormais accueillies sans aucune indulgence.

Le milieu lyrique, qui s'était détourné d'elle depuis longtemps, ne cacha plus son hostilité. Elle était régulièrement sifflée ; les articles qui étaient consacrés à ses passages sur scène étaient de plus en plus venimeux. Finalement, les directeurs de théâtre qui l'engageaient encore à cause de son exposition médiatique se mirent à l'éviter pour la même raison.

Sa dernière grande interprétation fut Aïda, comme si la boucle devait être ainsi bouclée. Le choix de l'Opéra de Paris avait été très critiqué mais les succès passés de Ludmilla dans ce rôle lui donnaient malgré tout une légitimité incontestable.

La première se déroula dans un climat tendu. On était en hiver. Ludmilla avait pris froid, ne se sentait pas en voix. Une cabale était organisée dans le public par un groupe d'opposants résolus, sous la conduite d'un critique en vue. Les places s'étaient vendues très cher sans que l'on sût si les spectateurs avaient été attirés par la qualité de la distribution ou s'ils espéraient être témoins d'un naufrage. Pour donner plus de solennité à l'événement, le président de la République polonaise, en visite officielle en France, avait exprimé le souhait d'assister à une représentation de l'Opéra Garnier. Le protocole de l'Élysée avait donc réquisitionné les deux premiers rangs de l'orchestre pour des officiels.

C'est dans cette ambiance lourde de menaces que Ludmilla avait fait son entrée sur scène. Les excès de ces dernières années, l'abus de tranquillisants, les régimes inadaptés, les crises de fringale, l'avaient alourdie. Quiconque – ils étaient rares cependant – l'avait vue dans le premier *Aïda*, celui qui, vingt ans plus tôt, l'avait lancée, pouvait mesurer les effets du temps. Et ceux qui ne l'avaient pas connue jadis jugeaient simplement qu'elle manquait de grâce, que son jeu était démodé, sa silhouette figée.

Dès les premières notes, le public comprit que la magie de la voix ne viendrait pas corriger la mauvaise impression produite par l'attitude et l'aspect de l'artiste. Ludmilla chantait mal et le sentait. Le plaisir qu'elle éprouvait d'ordinaire dès qu'elle commençait à faire entendre sa voix était cette fois contrarié par la douleur de gorge qu'elle ressentait. Elle avait suffisamment de métier pour entendre qu'elle ne chantait pas bien. En quelques instants, les sifflets et les cris vinrent ajouter leur tumulte, recouvrir sa voix.

La morsure de l'humiliation lui parut d'abord salutaire. Elle s'en imprégna. Dans le passé, c'est ce sentiment d'hostilité qui avait eu le pouvoir de la faire sortir d'elle-même, de lui donner une énergie capable de tout vaincre. Mais cette fois, le déclic intime ne se fit pas. La violence du public l'étouffait, lui ôtait ses dernières forces. À un moment, elle se figea. Les siffleurs s'arrêtèrent, curieux de savoir ce qu'elle allait faire. Il y eut un silence car l'orchestre ne pouvait continuer seul. Ludmilla fixa un horizon invisible dans l'obscurité du théâtre, symbole en cet instant d'un monde vide d'amour, et lentement, d'une démarche presque sereine, elle quitta la scène.

Elle n'y remonta jamais plus.

Elle habitait à l'époque un appartement assez

vaste avenue Georges-Mandel, en face du cimetière du Trocadéro. Elle s'y enferma et passa des jours de grande solitude. Rick de Lacour avait compris depuis longtemps que ce filon était épuisé. Il avait monté une agence indépendante et gagné de nouveaux clients plus prometteurs. Il fit encore quelques profits sur le dos de Ludmilla, en vendant à des journaux des images de sa retraite. Un cliché, en particulier, symbolisa la chute de l'ancienne icône. On y distinguait Ludmilla à sa fenêtre, écartant de deux doigts un voilage et regardant au loin. Sans maquillage, coiffée d'un chignon lâche, elle dégageait une impression de détresse poignante. Mais elle avait été trop admirée pour être plainte. Les lecteurs du magazine, orientés par le titre de l'article, y virent plutôt la fin d'une imposture. Tout à coup, le talent, réalité toujours gênante pour ceux qui n'en possèdent pas, révélait qu'il n'était au fond qu'un artifice. Celle qu'on avait placée parmi les demi-dieux retombait lourdement sur le sol des mortels et devenait cette mégère en peignoir de tulle, défigurée par la morsure des ans, muette à jamais.

Les prétendus amis qui virevoltaient autour de Ludmilla disparurent presque tous. Il est vrai qu'il fallait forcer sa porte pour garder le contact avec elle. Peu se donnaient cette peine. Parmi les rares à lui rester fidèles figurait quelqu'un qu'elle n'avait revu que récemment : Mathilde, son ancienne copine du temps lointain où, après son premier divorce d'avec Edgar, elle s'était réfugiée dans l'institution religieuse de la rue de Lourmel.

Elle avait la cinquantaine, désormais. Sa vie

s'était déroulée en province, dans la région de Clermont-Ferrand où elle avait suivi un mari garagiste. Ses trois enfants étaient grands. Elle avait divorcé elle aussi, mais une seule fois, et avait décidé de revenir à Paris. Après une longue interruption, elle avait repris son activité d'aquarelliste. Mathilde avait perdu de vue tous ses anciens amis en quittant la capitale. Elle avait suivi dans les médias la carrière de Ludmilla. En arrivant à Paris, sans se faire guère d'illusions sur ses chances d'obtenir une réponse, elle lui avait écrit. Ludmilla disposait alors d'un secrétaire pour sa correspondance. Quand il lui avait lu la lettre de Mathilde, elle avait été émue et s'était écriée : « Répondez-lui qu'elle vienne me rendre visite un de ces jours. »

Juste avant que n'éclate l'affaire de Santa Monica, elles s'étaient revues. Mathilde avait jugé son ancienne amie très superficielle, livrée au tumulte du succès. Cependant, pour s'être connues bien longtemps avant, les deux femmes étaient capables d'une relation plus authentique. En Mathilde, quelque chose de grave et de bon incitait aux confidences et à la sincérité. Sur elle qui avait vécu une vie simple sans artifice, la fascination de la célébrité et de l'argent agissait peu. Lorsque Ludmilla eut à traverser les épreuves de ces derniers mois, elle avait trouvé en Mathilde l'appui solide dont elle manquait par ailleurs. Elles se virent alors très souvent et, quand Ludmilla eut quitté la scène, Mathilde devint sa confidente quotidienne.

Elle l'aida beaucoup à supporter le changement de vie que provoquait la fin de sa carrière lyrique. Les revenus de Ludmilla s'effondrèrent d'un coup.

À cela s'ajoutèrent plusieurs procès intentés par des théâtres où elle n'avait pas honoré ses engagements. Les contrats négociés par Rick se révélaient extrêmement défavorables à l'artiste : en cas de défection et si elle en était tenue pour responsable, Ludmilla devait verser d'importants dédommagements.

Il lui fallut quitter l'appartement du Trocadéro qu'elle louait très cher. Elle n'avait pas pris garde au placement de son argent. Quand elle s'en préoccupa, elle se rendit compte qu'il lui en restait assez peu. À la fois par économie et pour être plus loin de l'attention malsaine des médias, elle s'installa en Haute-Savoie, près de Saint-Julien-en-Genevois, au pied du mont Salève. Elle avait connu cette région en allant s'y promener quand elle chantait à Genève. Les saisons y étaient bien marquées et cela lui rappelait le climat de l'Ukraine. La neige lui avait manqué ces dernières années. Ce n'était pas pour s'y adonner aux sports d'hiver – elle n'en pratiquait aucun. Mais elle aimait le bruit assourdi des campagnes enneigées, la morsure du froid, le retour dans une maison chaude après une longue promenade. Il lui semblait qu'en ce lieu elle pourrait se dépouiller plus facilement de ses oripeaux artificiels de diva, revenir à la simplicité de la vie. Mathilde l'avait beaucoup encouragée dans ce projet. Elle lui rendait de fréquentes visites. Elles se téléphonaient presque chaque soir.

J'ai bien connu Mathilde, par la suite, cette femme généreuse et discrète. Il y avait en elle une douceur dont on pouvait comprendre qu'elle avait aidé Ludmilla pendant ces moments pénibles.

Je n'ai pas pu, malgré mes questions indiscrètes, obtenir de Mathilde de révélations intéressantes. Elle m'a seulement décrit le quotidien de Ludmilla dans sa petite maison de Saint-Julien. Ce qui étonnait le plus Mathilde, qui n'avait rien connu d'autre, était que son amie pût considérer comme exceptionnelles des choses aussi banales que faire ses courses au marché, cuisiner son dîner ou passer l'aspirateur. En l'accompagnant dans ces tâches, Mathilde se sentait un peu comme ces guides de haute montagne qui emmènent des citadins sur des pentes familières et les voient s'extasier d'un spectacle qu'ils ont chaque jour sous les yeux.

Dans son nouvel environnement, Ludmilla subit une assez rapide transformation physique et mentale. Son corps s'affina, nourri de produits sains qu'elle cuisinait elle-même. Elle put se passer des tranquillisants et retrouva un sommeil paisible et naturel. Elle reprenait goût aux plaisirs simples de la vie. La nature de ce piémont lui offrait d'innombrables itinéraires de promenade.

Elle se tint scrupuleusement à l'engagement qu'elle avait pris pour elle-même de ne plus se produire à l'Opéra. Cependant, le chant lui manquait. Renoncer à la scène ne signifiait pas pour autant se priver à jamais du plaisir de chanter. Un jour (elle était à Saint-Julien depuis six mois environ), elle reçut la visite du curé. C'était un jeune prêtre lumineux qui était admiré pour sa ferveur et son énergie. Il était natif d'un village voisin et semblait avoir trouvé dans son sacerdoce un métier de la montagne comme un autre ; on l'aurait vu tout aussi bien guide, bûcheron ou éleveur de roussettes. Peut-être avait-il attendu, avec une sagesse paysanne, que Ludmilla se fût un peu acclimatée. Telle qu'elle était en arrivant, elle lui aurait sans doute fait trop peur pour qu'il risquât sa démarche. Il vint lui demander très respectueusement, et en se troublant un peu, si elle accepterait de chanter à l'église du village. Cette proposition tombait à point nommé. Le dimanche suivant, elle entonnait des cantiques de Bach qui lui rappelaient sa jeunesse. Mathilde, au premier rang de l'église, pleurait de nostalgie. Les voûtes baroques s'emplirent ainsi chaque semaine de la voix merveilleuse de Ludmilla. Il n'y avait plus ni contrat à honorer, ni cabale à affronter, ni critiques à redouter. Le chant était un cadeau de l'artiste aux fidèles de son village, qui l'accueillaient comme un miracle.

L'écho de ce bonheur se répandit bientôt dans toute la région. On vint de Genève pour entendre la messe de 11 heures à Saint-Julien. L'église était pleine, de la nef au chœur et jusqu'aux chapelles votives. Mais quoi que l'on pût faire, jamais Ludmilla n'accepta de chanter ailleurs ni d'étendre sa participation à d'autres offices.

Mathilde n'a jamais voulu commettre d'indiscrétion à propos de son amie. Elle a refusé de me dire si elle était heureuse, si elle pensait encore à l'amour, si elle évoquait parfois Edgar.

Elle me raconta seulement la scène au cours de laquelle Ludmilla apprit, malgré elle, ce qu'il devenait. Dans la maison de Saint-Julien, il y avait une chaîne stéréo pour écouter des disques mais ni téléviseur ni poste de radio. On pouvait y vivre hors du temps, comme jadis dans l'Ukraine communiste. Aucun journal n'arrivait non plus et surtout pas les magazines, que Ludmilla avait en horreur. C'est par hasard, un jour qu'elle traversait le village pour aller chercher du pain, qu'elle lut à la volée une affichette à la devanture du marchand de journaux. Les nouvelles les plus sensationnelles y étaient écrites sur fond jaune et renvoyaient à l'édition du jour du quotidien local. Le titre était cette fois « Le roi du luxe prend la fuite ». Une photo d'Edgar de très mauvaise qualité était reproduite en dessous.

Ludmilla revint chez elle. Mathilde était là. Elle lui demanda si elle pouvait aller acheter le journal. Sans doute n'avait-elle pas osé le faire elle-même. L'exemplaire que rapporta Mathilde resta plié sur la table du salon jusqu'au soir. Le lendemain matin, il avait disparu. Ludmilla se leva tard. Elle avait les yeux rouges, le visage bouffi comme, naguère, lorsqu'elle prenait des somnifères. Elle ne dit pas un mot à son amie de ce qu'elle avait lu.

Acculé à la faillite et au terme de plusieurs mois de bataille juridique et financière, Edgar ne s'était pas présenté à une convocation du juge d'instruction chargé de son dossier. On avait appris peu après qu'il avait quitté la France à bord d'un vol pour Dubai. Mais sa destination finale était inconnue. Un mandat d'arrêt international allait être délivré contre lui.

*

J'ai rencontré Ingrid à cette époque-là. Elle avait vingt-trois ans et était étudiante en école de commerce. On l'avait affectée pendant un stage de deux mois à l'hôpital où je travaillais comme médecin. Elle devait s'initier à la gestion d'un établissement de santé. J'avais dix ans de plus qu'elle. À la fin de mes études, j'avais choisi cette pratique aux limites de l'humanitaire, dans un hôpital public de Seine-Saint-Denis où la plupart des patients étaient des immigrés et des gens sans le sou.

J'ai tout de suite remarqué cette grande fille farouche. Le directeur l'envoyait dans les services régler des questions administratives et observer le fonctionnement de l'institution. Je l'avais interpellée à propos d'une question assez secondaire de livraison de matériel qui se faisait attendre. Elle m'avait répondu devant tout le personnel avec une précision remarquable mais sur un ton que je n'avais pas accepté. Je n'avais pas voulu faire d'esclandre et j'étais allé la voir dans son petit bureau l'après-midi pour lui dire de ne plus jamais s'adresser à moi de cette façon. Elle s'était excusée en rougissant et j'avais compris qu'elle était inhibée par la timidité. Venu pour la réprimander, j'étais reparti en l'invitant à déjeuner pour le lendemain. C'était une période de grande instabilité affective pour moi. Après avoir conservé la même compagne pendant toutes mes études – elle était médecin aussi –, j'avais commencé à vagabonder. Après trois années de pratique en Afrique, j'avais pris ce poste et me sentais flottant, incertain de mes choix, d'autant moins fixé sur mon avenir qu'il semblait tout tracé. Ce qui m'attira chez Ingrid, ce fut son charme froid, sa dureté fragile qui évoquaient si peu les passades auxquelles j'étais habitué à ce moment-là. Sa gravité m'intriguait. Je n'avais aucune idée sur sa famille. Elle portait le nom d'Edgar mais il est assez courant et je ne savais pas qu'elle était sa fille. Il me fallut plusieurs rencontres et une intimité déjà fort avancée avec elle pour qu'elle me parlât un peu de ses parents. Elle s'était contentée de me dire qu'ils étaient loin et qu'elle ne les voyait pas. C'était vrai. Ludmilla avait déjà migré en Haute-Savoie et Edgar était en fuite. Je ne lui en demandai pas plus.

Notre relation est vite devenue très sérieuse. J'étais sous le charme de sa personnalité énigmatique, à la fois tendre, sensible à l'excès et capable de brutalités de langage. Elle avait un corps qui reflétait les mêmes contradictions. Musclée, tendue, sans le moindre excès de graisse, elle était d'une douceur et d'une lascivité que je n'avais jamais connues, quand elle s'abandonnait. Elle m'avoua avoir traversé à l'adolescence des périodes successives d'anorexie et de boulimie, de maigreur extrême et de quasi-obésité.

Je compris vite que nos années d'écart, loin d'être un obstacle comme je l'avais craint, la rassuraient. Je ne résistai pas à la facilité de penser qu'il y avait sans doute dans ses goûts amoureux la recherche d'un père. Je ne l'interrogeai pas là-dessus. Les choses viendraient à leur heure.

En attendant, nous avancions vite. Nous nous voyions presque chaque soir et nous passions les week-ends ensemble. Ce qui la rassurait aussi dans notre relation, c'était ma famille. Si j'avais à l'époque un comportement de célibataire erratique, il est vrai que je viens d'un monde très stable.

Mes parents sont pharmaciens à Desvres, dans le Pas-de-Calais. Je suis le troisième de leurs cinq enfants. Ingrid me fit parler de mon éducation, de la rassurante monotonie de notre vie de province, de la douceur un peu vénéneuse de ce cocon familial ; il m'a donné beaucoup de bonheur mais aussi l'envie de fuir et de connaître d'autres horizons. Quand je lui demandai si elle aurait aimé avoir une famille comme celle-là, elle réfléchit longuement et ne répondit pas.

— En tout cas, finit-elle par me dire, je ne veux jamais me marier. Jamais.

Elle n'en révéla pas plus ce jour-là.

C'est peu de temps après qu'elle reçut les premières nouvelles de son père, depuis qu'il avait quitté la France et disparu. Elle ne me dit ni où il se trouvait ni pourquoi il était parti. Mais pendant deux jours, elle chantonna toute seule, se montra pleine d'une gaieté à laquelle je ne la pensais pas capable de se livrer. Sa tendresse à mon égard prit une forme nouvelle. Je compris qu'elle n'excluait plus d'envisager l'avenir avec moi.

XXVIII

En quittant Cape Town, pour découvrir la maison, il faut prendre la route côtière qui suit l'océan Indien. J'ai eu le tort d'y aller au mois d'août, c'est-à-dire pendant l'hiver austral. Un vent violent venait de la mer, chargé de brumes et de pluie. Les villas disséminées dans les escarpements boisés de la côte avaient l'air de bêtes tapies dans des trous de végétation pour résister à l'assaut des éléments. De gros rouleaux blancs ourlaient le rivage. J'étais presque seul sur la route. Bien qu'on fût en plein jour, j'avais allumé les phares. Le GPS m'a indiqué l'embranchement où il fallait tourner. Je suis monté encore un peu jusqu'à découvrir la maison dans un virage. J'ai reconnu celle que j'avais vue sur les photos. Les nouveaux locataires étaient prévenus de mon arrivée. Ils avaient laissé le portail ouvert. La voiture garée sur une allée de graviers, je suis sorti en courant, tirant le col de mon manteau par-dessus ma tête. Le froid humide me faisait frissonner.

Judith et Bob m'accueillirent avec une exquise politesse britannique. Ils m'installèrent près de la cheminée dans laquelle brûlait un grand feu d'eucalyptus. Le thé était prêt. Nous n'eûmes pas de difficulté à trouver un sujet de conversation : le temps était propice aux commentaires navrés et aux prédictions optimistes.

Puis nous en vînmes à l'objet de ma visite.

— J'écris un livre sur un des locataires qui vous ont précédés dans cette maison.

Ils m'expliquèrent qu'ils n'habitaient là que depuis trois ans. Ils n'avaient donc pas connu Edgar. Je ne l'espérais pas, à vrai dire. Mon intention était seulement de voir les lieux où il avait vécu et de connaître le décor d'un des épisodes de son histoire.

Judith me proposa de visiter la maison tout de suite. La nuit tombait vite et, sous l'orage, il faisait déjà sombre.

La villa était bâtie sur deux niveaux. Celui où j'avais pénétré en entrant ouvrait par de grandes baies vitrées sur un jardin étroit et, au-delà, sur la mer. La pluie ruisselait sur les vitres. Par moments, des rafales de vent jetaient des paquets d'eau qui faisaient claquer les châssis métalliques. Ce rez-de-jardin était divisé en deux : un grand salon et un bureau. Ces espaces étaient séparés par une cloison à laquelle était adossée la cheminée métallique. En haut, trois chambres ouvraient sur une terrasse. Je demandai si la maison était louée meublée. Bob me répondit que oui. À en juger par le style des meubles, ils devaient dater des années quatre-vingt, comme la maison elle-même. C'était donc dans ces mêmes meubles qu'Edgar avait vécu.

Il était arrivé pendant l'hiver austral lui aussi,

puisqu'il avait quitté la France à la fin du mois de juin. Je l'imaginais montant ici, avec ses deux valises. Un agent immobilier devait lui avoir vanté la vue. Avec la brume de cette saison, il fallait le croire sur parole. Edgar avait sans doute payé la caution en liquide. Dans le récit de sa fuite tel qu'on le trouve dans les journaux français de l'époque, il avait vidé les coffres de son siège social qui contenaient de fortes sommes en dollars.

Pourquoi avait-il choisi Le Cap ? Aucune convention d'entraide judiciaire ni d'extradition n'existait entre la France et l'Afrique du Sud. Il avait eu l'occasion de s'y rendre à plusieurs reprises. On a dit aussi qu'il avait financé l'ANC à l'époque de l'apartheid. C'est bien possible car il avait souvent pris des positions politiques très dures contre ce régime. Depuis que Mandela était au pouvoir, il disposait sûrement d'amis dans le nouveau gouvernement. Bref, il était en sécurité là-bas.

Reste que, me tenant dans ce salon ouvert sur le jardin tropical, je m'imaginais ce qu'il avait pu ressentir quand il s'était retrouvé là, seul et ruiné.

En fuyant, il évitait le procès, la prison peut-être, car la vindicte de Louarn l'avait précipité dans une catastrophe financière et humaine. Il s'était battu jusqu'au bout. Il avait cherché du secours à l'étranger, était entré en relation avec des investisseurs russes, chinois, de grandes fortunes pétrolières des Émirats et du Nigeria. Mais la partie de son ancien groupe qu'il contrôlait encore n'intéressait personne car elle ne comptait que des branches secondaires et en déficit. Le fleuron de Luxel sur lequel Louarn avait mis la main était en revanche très convoité. Edgar apprit que la banque qui l'avait racheté à bas prix l'avait revendu presque aussitôt à un fonds d'investissement, en faisant une plus-value de trois cents pour cent. Il chercha à contre-attaquer, en portant plainte contre cette transaction et en accusant la banque d'escroquerie. Malheureusement, le temps judiciaire n'est pas celui des affaires. S'il avait un espoir de gagner – il était mince –, ce ne serait sûrement pas avant d'avoir déposé son bilan.

Un nœud coulant se resserrait autour de lui, fait de procédures judiciaires, d'opprobre médiatique, de faillite économique. Il m'a dit que dans la grande solitude de cette période il avait eu une seule compagnie, et c'était un fantôme. Il pensait à sa mère, la marchande des quatre-saisons qui poussait sa charrette par tous les temps. Elle était morte depuis bien longtemps mais il lui parlait, l'écoutait, prenait des forces à son contact. Il se sentait comme un petit garçon qui venait chercher des souvenirs et de la tendresse. En même temps, homme accompli, accablé d'épreuves, il pouvait parler à sa mère à égalité dans le malheur. Il se rappelait que, dans le long calvaire que fut sa vie, elle n'avait jamais exprimé ni plaintes ni désespoir. Au plus noir des jours, elle prenait un bouquet parmi ceux qu'elle vendait et elle respirait son parfum les yeux fermés.

« Les grandes choses sont dures et froides. Mais les petites sont douces. Il y a toujours une consolation dans les objets minuscules. »

Et c'est un soir, en dialoguant ainsi avec la disparue, tendrement, presque joue contre joue, qu'il avait décidé de partir.

— Je n'ai pas fait très attention en montant, dis-je en revenant à Bob. Nous sommes loin du centre-ville ?

Il me répondit avec un enthousiasme de banlieusard. On était à dix minutes seulement en voiture du front de mer.

— Quinze, corrigea Judith, dans un sursaut d'honnêteté.

— Et vous avez des voisins proches ?

— C'est cela qui est merveilleux ici. On peut passer des jours sans voir personne. Mais si on a besoin de compagnie, il y a du monde autour.

Edgar avait-il besoin de compagnie ? J'en doutais. Pour en juger, je disposais du témoignage d'un de ses avocats qui lui avait rendu visite au Cap. Il m'avait décrit son exil en détail, sous le sceau du secret.

Edgar vivait dans une solitude complète. Il avait acheté un VTT et faisait de longues randonnées cyclistes dans les collines. Il allait aussi marcher sur la montagne de la Table qui domine la baie.

Dans ces parages éloignés de l'Europe mais rattachés à elle par bien des fils, on trouve toutes sortes de gens qui cachent un secret. Certains fuient le fisc, d'autres la justice, d'autres encore un foyer où ils étaient malheureux. La prudence et la courtoisie veulent qu'on ne leur pose aucune question. Edgar en trois années de séjour n'a jamais eu, j'en suis sûr, à donner d'explication sur son identité. Il réglait son loyer, garait sa voiture à la bonne place, payait ses impôts locaux. Qui aurait tenté d'en savoir plus ?

Après les mois de pluies entrecoupées de belles

trouées de ciel pâle vinrent les saisons de chaleur. La brise du large tempérait les ardeurs africaines. C'était un climat délicieux, un peu semblable en été à celui de la Côte d'Azur.

Edgar reprenait goût à la vie. Il passait de longues heures dans son jardinet à lire et à écouter de la musique. Pour lire, il prenait tout ce qui lui tombait sous la main. En matière de musique, son choix était simple et toujours identique. Il avait apporté une collection de CD d'opéra et il les écoutait en boucle. La soliste était toujours Ludmilla. Il n'en aurait à aucun prix voulu une autre.

Ces airs d'opéra, cette voix magnifique lui rappelaient tout ensemble ce qu'il avait connu et ce qu'il avait manqué.

En fermant les yeux, le chant lui permettait de sentir Ludmilla à côté de lui. Il se souvenait des instants passés avec elle, de leur bonheur, de leurs jeux de désir. Pourtant, la même voix faisait aussi revenir dans son cœur le regret de toutes leurs séparations, de l'indifférence qu'il lui avait témoignée aux moments clés de sa carrière, de son infidélité.

Certains soirs d'été, quand la lumière de ces confins de l'hémisphère Sud peine à s'éteindre et illumine comme une fièvre ce qui devrait être la nuit, Edgar, sur son matelas de mousse, en nage, tournait et retournait dans son lit sans pouvoir chasser de son esprit l'image de Ludmilla. Il pensait à Ingrid aussi mais de façon plus sereine, pendant la journée, et il le lui écrivait dans une lettre qu'il envoyait à Paris chaque semaine.

Ludmilla, c'était autre chose. Son évocation

obsessive provoquait en lui le désir, le chagrin, le regret, l'espoir, le désespoir. Où était-elle ? La reverrait-il ? Il avait parfois des pulsions de vengeance. Il se mettait à échafauder des plans farfelus pour tuer Rick de Lacour. Il ne doutait pas qu'il fût à l'origine de l'affaire de Santa Monica – car Edgar savait, lui, qu'il était tombé dans un piège et que tout, dans ce scandale, était téléguidé.

Mais cette pensée virile de combat, qui lui servait à éloigner pour un temps le souvenir douloureux de Ludmilla, s'épuisait vite. La nostalgie revenait. Il avait envie de siffler un arrêt du jeu, de s'affranchir des règles, de prendre un avion et d'aller chercher Ludmilla. Il abattait mentalement tous les obstacles mais il en demeurait toujours un dernier qui, quand il apparaissait sur les décombres des autres, le faisait souffrir sans rémission ni remède : il pouvait bien atteindre Ludmilla, elle ne voulait plus de lui. Il avait trahi sa confiance. Elle était le jouet d'un clown pervers qui l'avait convaincue de sa culpabilité.

Pour contrebalancer ces nuits blanches et meubler son oisiveté, il s'enivrait d'exercices physiques. En peu de semaines, il avait perdu la mauvaise graisse des déjeuners d'affaires. Son teint se hâlait, son œil devenait vif, son appétit ne le conduisait plus à la table des grands chefs mais à la diététique du sport.

C'est vers le début de février, huit mois environ après son arrivée, qu'il prit la décision d'interrompre le monologue entêtant qu'il entretenait avec lui-même. Il eut l'idée d'écrire à Ludmilla. Ce n'était pas une lettre normale. Elle atteindrait vite des dimensions qui ne permettraient plus de la glisser dans une enveloppe. Si l'on devait les qualifier, il faudrait dire que ces pages constituaient plutôt un journal intime. Il n'était pas, comme il est d'usage, réservé à l'auteur. On devait plutôt y voir une longue adresse, une supplique, une moitié de dialogue puisque personne, jamais, ne répondait et pour cause : ce journal ne quittait pas le bureau d'Edgar.

Il ne cherchait pas dans ces pages à se justifier, évitait de revenir sur l'ultime épisode qui avait causé la dernière séparation. Il évoquait plutôt sa vie au Cap, les souvenirs heureux, racontait toutes sortes de choses que, faute d'intimité, il n'avait pas voulu ou su dire à Ludmilla.

On imagine que j'aurais tout donné pour mettre la main sur ce texte. Dans sa forme complète, selon Edgar, il totalisait trois cent dix pages d'une écriture serrée. Il est malheureusement introuvable. J'ai d'abord cru qu'il contenait des révélations que nul, dans la famille, ne souhaitait me voir utiliser pour ce livre. Mais j'ai abouti à une autre conclusion. Il avait été détruit à l'état de manuscrit et personne n'en avait conservé copie. Cette destruction est probablement assez ancienne. Qui en a été responsable ? Ludmilla ? J'en serais étonné. Edgar lui-même ? Je le pense plutôt. C'était bien son genre de vouloir effacer toutes les traces des mauvais jours, celles au moins qui dépendaient de lui.

Cette lettre à Ludmilla était une chronique détaillée d'un de ces épisodes tragiques. Edgar ne souhaitait pas qu'elle subsiste. Il lui avait consacré beaucoup de temps mais ce sacrifice ne comptait pas. Cette « lettre » pouvait disparaître surtout parce qu'elle avait rempli son office. En effet, au bout d'un an et demi de cette rédaction quotidienne et solitaire, Edgar s'était brusquement décidé à l'envoyer.

À ce moment-là, le mystère de la disparition d'Edgar avait été éclairci et des articles avaient depuis longtemps révélé qu'il s'était réfugié en Afrique du Sud – Ludmilla n'eut donc aucun doute sur l'origine du paquet qu'elle reçut un jour et qui portait un timbre de ce pays.

Comment avait-il retrouvé son adresse ? Là aussi par la presse et sans la chercher. Les journalistes aiment bien, de loin en loin, donner des nouvelles de ceux qui ont fait l'actualité avant de disparaître. Des clichés volés montraient Ludmilla marchant dans la neige et un texte assez plat décrivait sa retraite savoyarde.

Ingrid ne sut rien de cette « lettre ». Ni son père ni sa mère ne l'informèrent de son existence ni ne lui révélèrent qu'elle avait recréé un lien entre eux. Elle n'eut pas de conséquence immédiate. Ludmilla n'y répondit jamais. Que répondre, d'ailleurs, à un tel torrent d'impressions, de sentiments, de souvenirs ? Il faut s'en tenir éloigné ou plonger dedans à son tour. C'est ce qu'elle fit, d'abord en lisant et relisant ces pages. Elles avaient été écrites sans artifice littéraire et même avec une certaine maladresse. C'était ces insuffisances qui lui paraissaient les plus émouvantes. À travers elles, Ludmilla entendait Edgar parler, chercher ses mots, utiliser des clichés hors de propos. Derrière ces faiblesses perçaient son manque d'instruction, le respect un peu naïf qu'il montrait pour la littérature sans bien la connaître et, au-delà, une sensibilité extrême qu'il cherchait à faire partager sans avoir les outils pour y parvenir.

Deux mois se passèrent avant que Ludmilla prît sa décision. Elle n'en informa personne à l'exception de Mathilde, qui l'encouragea.

Il a fait presque beau, le lendemain de mon arrivée au Cap et, en revenant dans la maison d'Edgar, j'ai pu la visiter à nouveau et la voir sous un autre jour. Ses murs éclataient de blancheur à côté des rouges et des verts des allées et du jardin. La mer, au loin, était comme un bouclier d'acier sur laquelle le soleil plaquait le dessin des nuages et d'aveuglantes flaques de lumière. Je comprenais mieux qu'en un tel endroit la joie la plus éclatante pouvait en un instant succéder à la mortelle nostalgie que provoquaient les tempêtes. C'est par un jour comme celui-là, du moins je le crois, que la scène a dû se dérouler. Edgar était parti courir à pied sur les sentiers de la montagne de la Table. Il revenait épuisé et heureux, trottinant le long de la route escarpée qui monte jusqu'à chez lui. Il a certainement vu la voiture au dernier moment. C'était une Coccinelle bleue avec le macaron d'une compagnie de location. Elle était garée près de la maison et la porte d'entrée était ouverte. Il aimait cette idée, lui qui avait consacré tant d'efforts à accumuler des biens, de pouvoir disposer de peu et de ne pas craindre de le perdre. Il ne fermait jamais sa maison à clé. Dans plusieurs passages de sa « lettre », il avait insisté sur cette liberté nouvelle pour lui.

Comprit-il tout de suite ce qui se passait ? Je l'imagine avançant sans crainte vers l'entrée, hésitant un peu, comme pour garder le souvenir d'une époque qui, à la seconde suivante, allait se terminer, et il pénétra dans la maison.

Ludmilla l'attendait, debout sur la terrasse. Elle se tourna vers lui. Ils eurent un moment de surprise tant ils avaient l'un et l'autre changé. Ils étaient réveillés du long et haïssable cauchemar du succès, délivrés du culte narcissique d'eux-mêmes que leur avaient imposé des carrières hors du commun. Les cheveux courts brillants de soleil, la silhouette amincie, le sourire presque invisible dans son visage à contre-jour, Ludmilla fit un pas. Edgar avança vers elle, haletant de sa course et tremblant de surprise. Puis ils s'étreignirent, envahis l'un et l'autre par la sensation d'être à nouveau au complet dans le monde.

XXIX

Ingrid vivait avec moi depuis plus d'un an déjà. Elle insistait pour désigner l'appartement comme étant toujours « chez moi ». Je compris qu'elle ne se considérerait jamais chez elle dans ce lieu où j'avais vécu plusieurs années avant de la connaître. Elle avait terminé son stage depuis longtemps et nous n'avions plus à subir l'inconvénient de travailler au même endroit. À sa sortie de l'école, elle avait trouvé un emploi de conseil en stratégie dans un prestigieux cabinet. Quoiqu'elle s'y consacrât avec sérieux et compétence, elle fut pourtant licenciée au bout de quelques semaines.

« C'est quand ils ont su », me dit-elle d'un air dur. « Su quoi ? » Elle me regarda avec étonnement. Pour la première fois, elle me le confia par la suite, elle se rendit compte qu'elle ne pouvait pas continuer à vivre avec un homme qui ignorait son secret.

« Quand ils ont su qui est mon père. »

Ce soir-là, elle commença à me raconter sa famille.

Bien des choses s'éclairaient grâce à ce récit.

D'abord, bien sûr, je compris pourquoi la boîte de conseil en stratégie ne pouvait pas envoyer à ses clients la fille d'un homme poursuivi, responsable d'une faillite retentissante et en fuite de surcroît. Surtout, je mesurai dans quelle solitude Ingrid avait passé ses années de jeunesse. J'entrevis aussi la souffrance qu'avaient dû lui causer les multiples séparations de ses parents. Elle avait eu sous les yeux un couple difficile à cerner pour une enfant. Ce mélange de passion et de destruction, de rapprochements et de ruptures avait laissé des traces profondes dans l'esprit d'Ingrid. De là venait très certainement son aversion pour le mariage et le refus qu'elle m'opposait chaque fois que j'en évoquais la perspective.

En même temps, il y avait en elle l'héritage de Ludmilla, sa sauvage origine, la force et la gravité qu'elle mettait dans ses interprétations. La différence était qu'Ingrid ne se connaissait aucun talent caché, comme le chant l'avait été pour sa mère. Entre autres raisons, le fait que Ludmilla ne lui avait pas transmis son génie nourrissait la rancune de sa fille. S'y ajoutaient bien d'autres griefs liés à des souvenirs d'enfance. Avec le temps, cependant, Ingrid avait fini par la comprendre et lui pardonner. Sa mère avait été elle-même roulée par un destin terrible, comme un nageur dans une vague, et elle avait fait de son mieux pour ne pas couler, accomplir ce à quoi sa nature l'avait préparée. Elle avait fait de son mieux pour épargner ses proches, plus qu'elle ne l'avait été elle-même.

Quand Ludmilla avait quitté la scène, sa fille lui avait rendu visite en Haute-Savoie. D'avoir renoncé à l'opéra rendait l'ancienne diva plus humaine et plus accessible à l'amour de son enfant. Ingrid n'était plus gênée par la grande ombre du monstre sacré. Elles firent pendant trois jours de longues promenades dans la campagne qui, en ce plein été, résonnait du bruit des grillons et du vol des abeilles. Ludmilla parla de l'Ukraine, de sa rencontre avec Edgar, toutes choses qu'Ingrid connaissait vaguement mais dont elle n'avait jamais envisagé la réalité.

Pour autant, si elles se rapprochèrent pendant ce bref séjour, elles ne devinrent pas très intimes. Elles s'écrivirent un peu. Ludmilla n'avait pas fait installer le téléphone pour éviter d'être harcelée par des fâcheux. Ingrid ne sut pas que sa mère était partie rejoindre Edgar. Elle s'avisa de sa disparition après avoir vu revenir trois lettres couvertes du tampon : « n'habite plus à l'adresse indiquée ». Elle s'inquiéta, prit seule le TGV jusqu'à Genève et loua une voiture.

Elle m'appela de Saint-Julien pour me dire : « Elle est partie. »

La maison avait été relouée. Un voisin lui indiqua qu'un déménageur avait tout embarqué au garde-meubles avant le départ de Ludmilla et en sa présence. Ingrid prit contact avec l'entreprise. On lui confirma que l'ameublement de sa mère était enfermé dans un conteneur et en sécurité. Ludmilla avait indiqué qu'elle donnerait en temps et en heure des instructions pour faire transporter le chargement ailleurs, sans préciser la destination. Ingrid rentra perplexe.

C'est à peu près à cette époque que nous avons

loué un appartement à Pantin, au bord du canal de l'Ourcq. Nous avons ainsi quitté « chez moi » pour nous installer enfin « chez nous ». Ingrid avait retrouvé du travail dans un groupe d'assurances suédois où l'identité de son père ne risquait pas de lui causer d'ennuis. Deux mois s'étaient écoulés depuis la visite d'Ingrid en Haute-Savoie à la recherche de sa mère quand nous reçûmes à mon ancienne adresse une grosse enveloppe portant sur les timbres la mention « Afrique du Sud ». Quand Ingrid l'ouvrit, des photos tombèrent sur la table où nous prenions le petit déjeuner. Pendant qu'elle lisait la lettre, je regardais les clichés. Le premier représentait la façade blanche d'une maison environnée par une verdure méridionale. Une bougainvillée pourpre dégringolait d'un mur et un bouquet de lauriers-roses montait presque jusqu'à l'étage. C'est cette photo qui m'a permis plus tard de reconnaître avec certitude la villa d'Edgar, quand je me suis rendu au Cap.

Dès les premières lignes, Ingrid avait éclaté de rire.

— Ils sont dingues ! s'écria-t-elle sans cesser de lire.

Je la regardai. Elle n'en dit pas plus et je retournai aux photos. Une autre représentait une petite chapelle au clocher pointu, d'allure presbytérienne, plantée sur un gazon très vert. La minuscule flèche surmontée d'une croix se découpait sur un ciel d'un bleu uniforme et profond.

— Qui ça, « ils » ? demandai-je, même si je me doutais de la réponse.

— Mes parents.

— Eh bien ?

— Ils m'annoncent leur mariage.

Je ris à mon tour.

— Ça fait combien, maintenant ?

— Cinq !

— Ils t'ont donné des explications ?

— Pas plus que les autres fois. Ils disent qu'ils se sont retrouvés au Cap. Et comme d'habitude, ils invoquent des raisons pratiques : mon père est résident en Afrique du Sud. Pour que Ludmilla reste avec lui, il fallait qu'ils se marient, etc.

Ingrid n'était évidemment pas dupe de ces prétextes. Elle souriait.

— Fais voir les photos. Ah oui, ça, c'est leur maison, sur les hauteurs du Cap, d'après ce qu'ils décrivent. Et ça, la chapelle où a eu lieu la cérémonie. Comme les catholiques ne voulaient pas d'eux à cause du mariage précédent à Notre-Dame, ils ont demandé à un pasteur du coin pas trop regardant…

Elle secouait la tête.

— De vrais enfants, dit-elle avec tendresse.

Une autre photo montrait Ludmilla debout sur le capot d'une voiture. Une pancarte annonçait : « route du cap de Bonne Espérance ». Des dizaines de babouins entouraient le véhicule et levaient la tête vers Ludmilla. Au mouvement de sa bouche, on comprenait qu'elle chantait. En dessous, Edgar avait écrit : « Comme tu vois, ta mère n'a pas renoncé à se produire en public ! »

La photo la plus émouvante était la dernière. Elle avait dû être prise le jour du mariage. On y voyait Ludmilla et Edgar qui se tenaient par la taille. Il était vêtu d'un jean blanc et d'une chemise à fleurs comme Mandela les avait popularisés. Elle portait une robe légère bleu pâle assez moulante qui mettait en valeur sa silhouette sportive. Il avait les cheveux d'un blanc soyeux. Ceux de Ludmilla étaient teints en blond et coupés assez court, ce qui la rajeunissait. Elle tenait à la main un minuscule bouquet de fleurs sauvages, sans doute coupées dans un jardin. Ainsi la cantatrice adulée qui avait reçu dans sa carrière des gerbes de fleurs rares, précieuses et chères, et qui avait même donné son nom à une variété de rose, était-elle devenue cette femme modeste et sans fard qui tenait gauchement mais avec un bonheur impossible à cacher ce petit bouquet à demi fané, sans autre prix que l'amour dont il était le signe.

Nous restâmes un moment à regarder ces photos et à nous passer la lettre. Ingrid, je le sentais, était gagnée par une mélancolie qui la conduisait au bord des larmes. Je la pris dans mes bras. À force de partager sa vie, je comprenais ce qu'elle pouvait ressentir. La joie de voir ses parents réunis le disputait dans son cœur à l'évocation douloureuse des vieux souvenirs, à l'idée de leur exil, à l'injustice du destin qui lui avait donné pour seule parentèle des êtres d'exception mais incapables aussi bien de s'aimer que de se quitter.

Nous ouvrîmes une bouteille d'un bon bordeaux que des patients m'avaient offert pour me remercier de mes soins et nous avons fêté à notre manière le cinquième mariage des deux absents.

*

Nos vies continuèrent, lointaines, rapprochées de temps en temps par une lettre ou un faire-part. C'est ainsi que nous adressâmes à Ludmilla et Edgar dans leur retraite sud-africaine un message les informant de la naissance de Louis, notre premier enfant. Deux ans plus tard, ils apprirent de nous la venue au monde d'Adèle, sa petite sœur.

Chaque fois que nous recevions un message d'eux, nous nous demandions s'ils allaient nous annoncer une nouvelle séparation. Ingrid en avait pris son parti. Leurs frasques ne la faisaient plus souffrir : s'ils avaient décidé à nouveau de continuer leur route chacun de son côté, Ingrid n'en aurait été ni étonnée ni meurtrie. Mais ce n'était pas le cas. Aux photos que nous leur faisions parvenir des enfants, ils répondaient par des clichés qui les montraient au Cap dans leur maison ou en voyage dans la région. Ils avaient l'air heureux. Toujours pleins de paradoxes, ils nous apparaissaient de plus en plus jeunes et en forme à mesure qu'ils vieillissaient. Leurs traits étaient pourtant marqués par le passage du temps. Les cheveux d'Edgar se raréfiaient ; des rides creusaient le visage de Ludmilla. Mais leurs silhouettes étaient plus sveltes et sportives que jamais. Ils pratiquaient les divers sports dont Le Cap offrait la possibilité. Ils ne se montraient jamais qu'en tenue de cycliste, de yachtman ou de randonneur.

Internet avait commencé tout juste à pénétrer dans la vie quotidienne. Ils s'y étaient mis parmi les premiers. Nous communiquions désormais plus fréquemment grâce au courrier électronique.

Edgar avait mis ces nouvelles techniques au

service de ses intérêts. Depuis son exil, il menait à distance des actions judiciaires tous azimuts. La première avait pour but de le blanchir des accusations de malversation qui pesaient contre lui. Son but était de pouvoir un jour ou l'autre revenir en Europe légalement. La seconde était une contre-attaque en direction de Louarn et de sa banque, pour tenter de démontrer qu'ils avaient floué Edgar.

Il obtint plus aisément satisfaction sur le premier point. Après cinq années d'exil forcé, un jugement favorable lui permit d'envisager un retour sans risque de poursuites. Restait à l'organiser car ses biens avaient été saisis. Il lui fallait trouver un endroit où s'installer et des moyens de subsistance. Ludmilla était dans une position moins défavorable. Si elle avait beaucoup perdu par rapport à sa période de gloire, elle avait placé quelques fonds sur un compte en banque. Elle avait appris à les gérer de façon prudente. Leur vie au Cap était frugale. Ludmilla avait gardé la propriété d'un deux-pièces à Paris, dans le XVIe arrondissement, qu'elle avait acheté lorsqu'elle était comblée par la fortune.

Elle ne se souvenait plus très bien pourquoi elle avait acquis cet appartement à l'époque. C'était vraisemblablement pour rendre service à l'un de ses commensaux, qui le lui avait d'ailleurs vendu trop cher. Ce bien, du reste, après le reflux de sa carrière, était le seul actif dont elle disposât. Elle demanda à Ingrid de voir où en était cet appartement, s'il était occupé et vendable. C'était un joli deux-pièces assez vaste, au cinquième étage, avec un balcon. Il était vide. Le courrier s'accumulait sous la porte et les pièces sentaient le renfermé. Nous l'avons ouvert, aéré, balayé, et nous y avons envoyé notre femme de ménage pour un grand nettoyage. Ludmilla nous remercia beaucoup. Elle demanda des photos. Sans doute discuta-t-elle avec Edgar pour savoir ce qu'il en pensait. Finalement, ils décidèrent de mettre cet appartement en vente. Il fut assez facile de trouver un acquéreur.

Avec les fonds, ils achetèrent une maison en province. Ils firent tout cela à distance, grâce à Internet. À ma grande surprise, cette méthode n'engendra pas de catastrophe. La maison qu'ils choisirent, dans la région vinicole de Menetou-Salon, était charmante. Nous allâmes la visiter, Ingrid et moi, et ce fut notre première longue sortie avec les enfants. Nous adressâmes un compte rendu scrupuleux à notre retour. La vente définitive fut signée au mois d'avril, avant que Ludmilla et Edgar ne rentrent. Ils avaient laissé procuration à un notaire. Le déménageur livra les meubles de Ludmilla qu'il avait gardés en consigne. C'est Mathilde qui se chargea de les réceptionner. Si bien que le 15 mai, quand les exilés débarquèrent en France, ils disposaient d'un logis tout prêt à les accueillir.

Nous sommes allés les attendre à Roissy. Je sentais Ingrid un peu anxieuse. Quelle version de ces deux personnages allions-nous voir apparaître ? Comment se passerait le choc du retour en France ? Nous tenions les enfants dans les bras, prêts à nous en servir comme de boucliers humains... En tout cas, c'est ce que nous nous disions en riant pendant que nous patientions dans le hall sonore et bondé.

Soudain nous les vîmes. Ils correspondaient si peu à ce que nous attendions que nous ne les avons identifiés qu'au moment où ils nous avaient presque rejoints. C'était un couple banal, deux touristes bronzés dont il était impossible de déterminer l'origine. Ils portaient des vêtements clairs de demi-saison comme des retraités qui seraient arrivés de la Côte d'Azur. L'un et l'autre avaient chaussé des lunettes de soleil. Celles de Ludmilla étaient très simples, avec une monture qui imitait l'écaille. Cela n'avait plus rien à voir avec les modèles extravagants qui lui mangeaient la figure à son époque de célébrité.

Le plus frappant, Ingrid et moi eûmes la même impression, était l'air de bonheur qui illuminait leur visage. Ils regardaient tout autour d'eux, loin et intensément comme s'ils eussent douté d'être bien rentrés dans leur pays. Et quand ils nous aperçurent, ils se hâtèrent pour se jeter à notre cou, embrasser les enfants, les couvrir de baisers.

De près, bien sûr, les marques du temps étaient impressionnantes. L'éloignement, les épreuves, la brûlure du soleil les avaient ridés. Ils avaient changé de génération. Des êtres d'âge mûr étaient partis et c'était des personnes âgées qui revenaient. Quelque chose d'apaisé, d'accompli, de doux émanait d'eux. Pendant les trois semaines qu'ils passèrent avec nous à Pantin, nous pûmes prendre la mesure de cette transformation.

Il n'y avait plus trace en eux du tumulte que produisent les désirs inassouvis ou les ambitions déçues. On sentait que la plénitude de leurs vies, y compris la chute qu'ils avaient subie, libérait l'instant présent de toute inquiétude et de toute frustration. Cela se voyait avec nos enfants. Ils s'en occupaient avec une patience dont ils n'avaient jamais donné l'exemple dans le passé. Les petits ne s'y trompèrent pas et adoptèrent immédiatement ces grands-parents tombés du ciel.

Pour être tout à fait honnête, je dois dire que, quand ils nous avaient annoncé leur intention de vivre en Sologne, nous avions été soulagés de savoir qu'ils seraient un peu loin. Au contraire, après les avoir revus, nous nous mîmes à regretter, en particulier pour les enfants, qu'ils ne fussent pas plus proches.

Quoi qu'il en soit, leur décision était prise et ils partirent pour Menetou. Quand nous leur rendîmes visite, nous comprîmes qu'ils avaient voulu, avec les faibles moyens dont ils disposaient désormais, pouvoir jouir d'un grand espace. Un petit appartement parisien les aurait trop enfermés. Ils avaient pris au Cap l'habitude des randonnées, de la vie en pleine nature. La maison qu'ils occupaient était assez vaste pour que Ludmilla disposât d'une pièce où elle pouvait écouter de la musique et chanter. Edgar, lui, s'était mis à la peinture à l'huile. Il travaillait sur de grandes toiles qu'il couvrait de coups de pinceau amples et colorés, en faisant des gestes de mousquetaire.

Avec le même panache, il continuait de ferrailler en justice pour faire condamner ceux qui, à ce qu'il prétendait, l'avaient ruiné. Contre toute attente, au bout de près de sept ans de procédures, il obtint gain de cause et réparation partielle du préjudice subi. Louarn était à la retraite et les nouveaux dirigeants de sa banque durent indemniser Edgar. Les sommes étaient bien inférieures à celles qu'il demandait mais, tout de même, c'était une victoire. Avec cette prospérité nouvelle, toute relative qu'elle était, la question se posait de savoir si Ludmilla et Edgar allaient rester dans le Berry ou reprendre une vie parisienne. Il apparut très vite que rien, sur ce point, n'allait changer. Ils restèrent à Menetou et conservèrent la même maison.

La victoire judiciaire d'Edgar ne fut pourtant pas sans conséquences. Mais les événements qu'elle entraîna furent d'une autre nature. Et malgré tout ce que nous avions fini par savoir sur eux, ils parvinrent une fois de plus à nous surprendre. Je devrais dire à nous stupéfier !

XXX

Le 14 février 2006, dans son cabinet situé au premier étage d'un immeuble de la rue des Arènes à Bourges, maître Paul Vouzeron, avocat au barreau, vit entrer une femme inconnue. Elle lui était inconnue dans le sens où son nom ne lui disait rien et où il la recevait pour la première fois. Mais son visage lui rappelait quelque chose, sans qu'il parvînt à définir quoi.

Il faisait assez froid dehors et elle était enveloppée dans un manteau de laine beige assez grossier. Quand elle l'ôta, l'avocat arrêta son œil sur une étiquette « Monoprix » cousue sur la doublure. En dessous, sa robe en laine à col roulé était sobre et élégante, et ne devait pas provenir d'un magasin plus prestigieux. Cette modestie d'apparence contrastait avec une démarche noble et un port de tête d'une grande dignité. Le visage de la femme était très ridé, trahissant son âge mais aussi une vie au grand air, la morsure du soleil.

Paul Vouzeron ouvrit un nouveau dossier et inscrivit les données d'état civil de la cliente. « Prénom ? — Ludmilla. — Avec deux « l » ? — S'il vous plaît. — Née ? — Le 18 juillet 1940 à Lviv en Ukraine. — Mariée ? — Oui. »

Le mari portait le même nom mais son prénom Edgar levait toute équivoque. Vouzeron, comme tout le monde et bien qu'il n'eût que trente ans, avait entendu parler de l'homme d'affaires, des scandales qui entouraient sa fuite. Il savait aussi qu'il avait épousé une cantatrice et se souvenait d'avoir vu *Le Trouvère* au cinéma avec ses parents quand il avait dix ans. Il ignorait cependant que Ludmilla et Edgar étaient rentrés en France et qu'ils habitaient dans la région Centre.

Quand il apprit la date du mariage sud-africain, l'avocat s'étonna.

— C'est très récent.

— Huit ans, tout de même.

— Vous avez des enfants ?

— Une fille.

— Quel âge a-t-elle ?

— Trente et un ans.

— Donc vous l'avez eue avant le mariage ?

— Avant celui-ci.

— Vous aviez déjà été mariés précédemment ?

— Oui.

— Et vous vous étiez séparés ?

— En effet. »

La curiosité de l'avocat était excitée mais il ne jugea pas convenable de poser plus de questions sur ce sujet avant de savoir pourquoi cette cliente venait le consulter.

— Venons-en au fait. Que puis-je faire pour vous, chère madame ?

— Mon mari et moi-même voulons divorcer.

— De nouveau ?

— Oui.

L'avocat laissa un temps de silence. Après tout, de nos jours, il n'est pas rare de voir des couples âgés se séparer. Cette femme avait l'air en excellente santé et il en était peut-être de même de son mari. S'ils voulaient refaire leur vie, c'était leur droit…

— Ce n'est donc pas la première fois que vous divorcez.

— Non.

— Et pourtant, vous vous êtes remis ensemble. Êtes-vous sûrs que cette fois encore…

Ludmilla eut une mimique sévère et fit un geste de la main comme pour écarter tous les obstacles que l'homme de loi pourrait élever devant elle.

— Peu importent nos intentions, à vrai dire. Elles ne concernent que nous. Le fait est que nous souhaitons qu'un divorce soit prononcé le plus rapidement possible.

— Comme vous voudrez, acquiesça Vouzeron d'un air pincé.

Il se pencha sur le dossier, le stylo en l'air.

— Il va me falloir compléter mes informations. De quand date votre précédent mariage et quand avez-vous divorcé ?

Ludmilla ouvrit son sac et en tira une feuille de papier.

— Pour vous aider, nous vous avons fait un résumé.

L'avocat saisit le document, le lut et écarquilla les yeux. Il compta avec le doigt.

— Un, deux, trois, quatre, cinq…

— Oui, dit Ludmilla. Cinq.

L'avocat étouffa un petit rire nerveux mais le regard sérieux et droit de sa cliente le dissuada de s'exprimer plus franchement.

— Ce sera votre cinquième divorce.

— En effet.

Le jeune homme de loi se redressa et prit un ton neutre et professionnel.

— Y a-t-il consentement entre vous deux sur ce projet ?

— Consentement complet. Voici d'ailleurs une lettre de mon mari à votre attention. Il est un peu souffrant ces jours-ci, sinon il m'aurait accompagnée.

— Sous quel régime vous êtes-vous mariés, la dernière fois ?

— Celui de la communauté. Comme d'habitude.

— Êtes-vous d'accord sur le partage de vos biens ?

— Cela nous est absolument indifférent. Ce qui ira le plus vite et sera le plus commode nous conviendra.

— Eh bien, en effet, dit l'avocat en se reculant sur sa chaise. Avec les nouvelles dispositions législatives, les choses peuvent aller très vite.

— Combien de temps ?

— Disons… deux mois.

— Un ?

— Le greffe est un peu chargé en ce moment, je ne vous garantis rien. On va essayer.

— Je vous en remercie, Maître.

Le jeune avocat a fait par la suite une belle carrière. Il était devenu bâtonnier quand je l'ai rencontré pour cette enquête. Il est inutile de dire qu'il a vu bien de cas bizarres et difficiles depuis.

Pourtant, il n'a jamais oublié cette entrevue avec Ludmilla ni aucune de celles qui ont suivi, avec elle et Edgar. D'abord, puisqu'il avait enfin compris qui elle était, Vouzeron était très impressionné par cette femme simple mais environnée d'une aura de gloire et de mystère. Avant de la recevoir pour un deuxième rendez-vous, l'avocat s'était documenté. Il avait trouvé un repiquage du *Trouvère* sur un site de streaming, acheté sur Ebay de vieux numéros de *Paris-Match* consacrés au couple mythique. Tout cela cadrait mal avec la modestie de cette femme. Elle semblait avoir trouvé dans la vieillesse et l'anonymat le secret d'une plénitude et d'une sérénité qu'elle n'avait jamais connues au long de sa carrière publique.

En discutant avec elle au cours des entretiens suivants, Vouzeron parvint à se faire une idée assez précise de ce qui s'était passé : la chute, le retour à la vraie vie, l'exil en Afrique du Sud et les retrouvailles avec Edgar. Mais plus ce parcours semblait logique, plus apparaissait comme incompréhensible la décision d'entamer une nouvelle procédure de divorce.

Une chose était claire cependant : il fallait aller vite. Le couple était pressé d'obtenir cette séparation. Vouzeron prit contact avec un confrère car la loi obligeait à ce que chacun des conjoints soit représenté. Il organisa une audience de conciliation à laquelle les époux se rendirent tout sourire. Vouzeron eut beau les observer attentivement, il ne décela pas en eux le moindre signe de lassitude, d'agacement ou de gêne. Ils étaient souriants, à l'aise, prévenants l'un avec l'autre. C'était à n'y rien comprendre. La procédure avança rapidement. Le jour du printemps calendaire, une juge proclama très officiellement que Ludmilla et Edgar étaient désormais libres. La magistrate était une jeune femme d'un contact un peu abrupt. Elle ne put s'empêcher de faire remarquer avec aigreur aux nouveaux divorcés que la justice n'était pas là pour se plier aux caprices des citoyens. Cinq fois, tout de même…

Ni Ludmilla ni Edgar ne parurent s'offusquer d'un tel commentaire.

— Ne vous inquiétez pas. Nous ne vous dérangerons plus. Si quelque chose doit nous séparer une nouvelle fois, ce ne sera pas la justice.

— Et quoi donc, alors ? demanda la juge, l'air étonnée.

Edgar haussa les épaules, fit un signe évasif de la main. Puis il prit la main de Ludmilla et les deux se tournèrent vers la magistrate avec un grand sourire.

Dans les jours qui suivirent, l'avocat eut de nouveau affaire à cette juge. Elle ne manqua pas de lui dire tout le mal qu'elle pensait de tels hurluberlus. Vouzeron craignit d'ailleurs que cette affaire un peu ridicule ne lui causât des ennuis et ne portât préjudice à sa réputation. Il se dédommagea de ce risque en leur demandant des honoraires très élevés. Edgar les régla sans élever la moindre objection et avec force remerciements. C'est à ce moment que vint la réplique que l'avocat n'a jamais oubliée et qu'il m'a mimée, en rendant avec précision l'expression amusée d'Edgar et sa propre stupéfaction.

— Maintenant que tout est terminé, cher monsieur, vous pouvez bien me dire la vraie raison. Pourquoi avez-vous divorcé cette fois-ci ?

— Comment, vous n'avez pas deviné ?

— J'avoue que non.

— Eh bien, maître, c'est tout simple. Pour nous marier.

*

Nous eûmes droit à la même annonce, au cours d'un déjeuner qu'Edgar et Ludmilla avaient organisé dans leur petite maison du Berry. C'était le premier week-end d'avril. Il faisait un temps radieux. Des hirondelles traçaient de grandes arabesques au-dessus des arbres du canal. Louis faisait du vélo sur le chemin de halage. Nous gardions Adèle près de nous car elle ne savait pas encore très bien nager. Le repas avait été gai ; Ludmilla avait servi elle-même le plat qu'elle avait mijoté : un lapin chasseur. Les enfants avaient fait des plaisanteries à propos de cette recette. Ils trouvaient curieux qu'on rassemble dans un même plat le nom de deux ennemis.

Edgar fit une petite remarque sur le fait que les meilleurs plats étaient obtenus en mariant des produits qui ne se ressemblaient pas. Puis il envoya Adèle jouer au fond du jardin, en un lieu où nous pouvions toujours la surveiller de loin. Ludmilla apporta les cafés et nous ouvrîmes la boîte de gâteaux secs que nous avions apportée. Quand tout le monde fut assis, Edgar commença :

— Nous avons une grande nouvelle à vous annoncer.

Ingrid tressaillit.

— Nous avons divorcé, avoua-t-il d'une voix tremblante.

J'échangeai un regard avec Ingrid. Elle poussa un soupir, tourna son café avec une petite cuiller et lâcha :

— Vous n'avez pas fini avec ces gamineries ? Ce n'est plus amusant ni tragique aujourd'hui, mais tout simplement ridicule.

Elle avait parlé un peu trop vite. Le silence qui suivit ses paroles était bancal. « Tout ce qui est excessif est insignifiant », disait Talleyrand. On sentait que personne n'allait lui répondre.

En effet, Edgar but lentement son café, reposa la tasse et continua comme si personne ne l'avait interrompu.

— Vous êtes en droit de vous interroger et de ne pas nous comprendre. Cependant, nous voulions vous présenter cette décision et vous l'expliquer, car elle a sa logique.

Ingrid avait pris un air vexé. Elle caressait l'accoudoir du fauteuil de jardin en teck, comme s'il se fût agi d'une bête de compagnie.

— Mais je vais laisser parler Ludmilla, dit Edgar. Elle exposera sûrement mieux les choses que moi.

Il s'appuya sur le dossier de son siège avec un rictus de soulagement. Des gouttes de sueur, malgré la fraîcheur de l'air, perlaient sur son front. Je l'observais depuis notre arrivée et je le trouvais changé. Il avait le teint un peu jaune et me semblait amaigri. Rien, pourtant, dans son comportement ne trahissait une faiblesse nouvelle. Rien, sauf ces quelques gouttes de sueur que l'émotion, aussi bien, aurait pu faire couler.

Ludmilla venait de revenir de la cuisine. Elle tenait un petit torchon à carreaux avec lequel elle s'essuyait les mains. Elle s'assit sur l'avant de son fauteuil, prit sa tasse et souffla sur son café. Quand elle se mit à parler, le naturel de sa pose retira à son propos tout ce qu'il aurait eu de solennel dans la bouche d'Edgar.

— En y réfléchissant, poursuivit-elle, nous nous sommes aperçus qu'aucun de nos mariages n'a été un *vrai* mariage.

— Qu'entendez-vous par *vrai* mariage, maman ?

Je l'avais interrompue sur un ton plaisant pour éviter qu'Ingrid, que je sentais bouillir, ne l'agresse et ne fasse dégénérer l'après-midi.

— Vous avez raison. C'est difficile à définir. En revanche, il est plus facile de sentir ce qui n'est *pas* un vrai mariage.

Elle plaça le torchon plié sur un coin de la table et fit mine de compter sur ses doigts.

— Le premier, un mariage blanc. Ou tout comme : l'URSS, pas de visa, pas de papiers…

— Bref, éluda Edgar.

— Le deuxième, un mariage d'opérette. La Rolls rose, le frac et, derrière, l'escroquerie et presque la prison.

Elle jeta un petit coup d'œil dans la direction d'Edgar. Leurs yeux riaient mais il baissa le nez.

— Le troisième, un mariage de convenances.

Ingrid avait redressé la tête d'un coup. Mieux valait ne pas en dire plus, sauf à la rendre indirectement responsable de ce troisième mariage, ce qu'elle contestait avec vigueur. Ludmilla glissa sur cet épisode et passa vite au suivant.

— Le quatrième, un mariage pour les médias, *Paris-Match*, *Point de vue*, strass et paillettes.

Ingrid se détendit.

— Le cinquième, conclut lugubrement Edgar, un mariage d'exil.

— C'était beau tout de même, d'après les photos ?

Ludmilla, en me répondant, reprit l'initiative de la conversation.

— Oui, beau. Très beau mais un peu triste tout de même. Nous étions seuls, loin de vous, loin de tout, à vrai dire…

Chassant la mélancolie, elle en arriva à la situation présente.

— Si bien qu'aujourd'hui nous allons nous marier, si l'on veut, pour la première fois.

— Vous aimez vraiment cela… dis-je pour les taquiner.

Mais Edgar me répondit très sérieusement.

— Oui, nous aimons cela. Nous aimons ça comme un rêve, qui était celui de notre enfance, et que nous n'avons jamais réalisé, bien que nous ayons souvent cru l'atteindre. Et, avec le temps, voyez-vous, le sens de tout cela a changé. Il nous semble aujourd'hui que le mariage est quelque chose de trop sérieux pour le confier à des jeunes gens. Ce devrait être un aboutissement, vous ne croyez pas ? Un but à atteindre, un idéal. Pour y parvenir, il faudrait toutes les ressources de la maturité, toutes les leçons de l'expérience et le temps surtout, le temps pour rencontrer la bonne personne et la reconnaître…

Cependant, Ingrid n'était pas prête à se laisser embarquer par cette littérature. Elle coupa court, en se forçant à prendre un bizarre accent populaire :

— Bon, vous avez envie de faire la fête. Vous n'étiez pas obligés de divorcer pour ça.

— Tu te trompes, intervint Ludmilla. À ce jeu-là, il faut miser. Et gros. Pour que l'engagement soit total, il faut que la liberté de ceux qui y consentent le soit aussi.

— Charabia, grogna Ingrid en haussant les épaules.

— De toute façon, ajouta Edgar d'une voix sourde, ce dernier divorce préparait aussi une autre séparation.

— Laquelle ? sursauta Ingrid.

Il ne répondit pas. Ludmilla ne laissa pas durer le silence. Elle se leva.

— Voilà ! s'écria-t-elle joyeusement. Nous vous avons tout dit. Nous ne vous demandons qu'une seule chose : soyez-là ce jour-là et soyez gais. Car pour nous, ce sera un grand bonheur.

Adèle, au bout du jardin, appelait pour que quelqu'un vienne pousser sa balançoire. Pendant que sa mère la rejoignait, j'aidai Ludmilla et Edgar à débarrasser la table. Le message était passé. Restait à voir à quoi ressemblerait ce premier mariage qui portait tout de même le numéro six.

XXXI

Edgar est la seule personne que je connaisse qui ait acheté un château pour n'y passer qu'une journée.

En réalité, ce n'est pas tout à fait exact puisqu'il nous a fait don de ce domaine par la suite. C'est d'ailleurs là que je me trouve en ce moment, pour écrire ces pages. Ingrid et moi y venons les week-ends et pendant les vacances avec les enfants. Le souvenir de Ludmilla et d'Edgar est présent partout car s'ils ne sont restés que quelques heures, elles furent si chargées d'émotions, si décisives pour la suite de nos vies qu'elles ont laissé dans la propriété une empreinte ineffaçable. Dans toutes les pièces, dans le jardin et dans les cours, nous continuons de les voir. Peut-être était-ce justement ce qu'ils voulaient, en organisant là leurs sixièmes noces.

Le domaine de Vougy-Veaugues est situé dans la campagne de Touraine. Quand on arrive du Berry où Ludmilla et Edgar s'étaient fixés, on sent le paysage s'éclairer. Le voisinage de la Loire adoucit les couleurs, desserre l'étau sombre des bois, offre à la vue des horizons plus vastes. La pierre des maisons blanchit, des jardins fleurissent partout et le bleu pâle des ciels se reflète sur les toits d'ardoises. La propriété elle-même est composée d'un bâtiment principal et de communs aménagés, en particulier une vaste orangerie, qui peut servir de salle de bal.

Le corps de logis date du XVIe siècle. Disposé en forme de L, il est construit autour d'un escalier extérieur enfermé dans une tour hexagonale. D'un côté, le petit château ouvre sur un jardin à la française planté d'ifs et de buis taillés, de l'autre, il donne sur une cour de graviers ronds.

Avec l'argent récupéré en justice, Edgar avait pu racheter cette propriété aux héritiers d'un Anglais qui l'avait restaurée pierre à pierre.

Le choix du lieu avait été longuement discuté entre les futurs époux. Ils tenaient à ce que l'endroit fût beau, bien sûr, mais d'une beauté calme, apaisée, lumineuse. Ils ne voulaient rien d'austère, rien qui incite à l'effort ou suscite l'inquiétude. C'était l'image qu'ils voulaient donner à leurs invités, une politesse qu'ils leur faisaient. Il ne fallait voir dans le choix de cet écrin Renaissance aucune ostentation, nul désir de paraître, seulement une ultime politesse adressée à des amis.

Une des commodités du lieu, dans la perspective de cette fête, était que ses propriétaires le vendaient meublé. Il n'y avait donc rien à toucher dans les pièces de réception. Cela permettait de se concentrer sur l'extérieur car c'était là, dans la douceur de cette fin de juillet, que tout devait se dérouler.

Des tables rondes entourées de chaises pliantes étaient dressées dans la cour. Des buffets revêtus de nappes blanches longeaient les murs, sous les fenêtres à meneaux du rez-de-chaussée. Une estrade pourvue de gros baffles et d'une forêt de fils électriques était préparée pour accueillir un orchestre. Les portes de l'orangerie restaient grandes ouvertes car le temps était lourd et menaçait de se gâter dans la soirée.

Tout avait été préparé par des traiteurs les jours précédents. Quand commença celui de la fête, les premiers à faire leur entrée dans la cour, à 9 heures du matin, furent Ludmilla et Edgar. C'est tout juste s'ils s'étaient changés pour l'occasion. La robe de Ludmilla était une simple chasuble de lin gris perle, tenue par de fines bretelles. C'était un vêtement assez audacieux et assez touchant car il ne la protégeait par aucun artifice. Ses jambes étaient nues jusqu'au-dessus du genou, ses bras découverts, le décolleté profond. Ludmilla ne cachait rien des altérations que le temps avait produites sur son corps. Elle n'en était que plus belle, d'une beauté sincère, fière, lucide, qui acceptait la vieillesse et voulait être jugée sans complaisance.

Edgar, lui, n'avait pas à faire d'effort pour que soit reconnue et appréciée l'œuvre du temps. Il lui avait conféré ce charme que les hommes, en prenant de l'âge, partagent avec les vieux arbres, les cuirs usés, les monuments antiques. L'acidité des jeunes années, comme le tannin des vins, s'était tempérée et transformée en une pitié fraternelle pour le genre humain. Il était arrivé vêtu d'un costume d'été d'un blanc écru, fleuri d'une pochette rouge, et sa chemise sans cravate était ouverte au col. Il avait acquis une élégance de patriarche, débonnaire, à la fois attentionnée et un peu lointaine. Il s'appuyait sur une petite canne à pommeau d'argent qu'on pouvait prendre pour une coquetterie. Mais pour qui le regardait avec des yeux de médecin, ce signe de faiblesse s'ajoutait à nombre d'autres. Il avait encore maigri et une sueur mauvaise perlait maintenant en permanence sur son front. Ses mouvements lents, plutôt qu'une retenue de sagesse, trahissaient une immense fatigue.

Les futurs mariés firent lentement le tour de la cour, des communs et entrèrent dans les pièces de réception du château. Ils hochaient la tête d'un air satisfait, lâchaient des mots d'encouragement et de félicitation au personnel. Finalement, ils s'installèrent face à face sur deux marquises dans le grand salon, auprès d'une cheminée monumentale où des cendres froides voletaient au moindre courant d'air. Des serveurs leur apportèrent à boire. Ils restèrent là pour accueillir les invités.

Les premiers arrivèrent en autobus. C'était un groupe d'enfants venus spécialement d'Ukraine avec leur professeur. Ludmilla avait demandé qu'on les choisisse dans son village d'enfance et aux alentours. Elle alla à leur rencontre dans la cour. Les gamins, impressionnés par la majesté du lieu, ne savaient comment se comporter dans un monde si étranger. Ludmilla les regarda, serrés les uns contre les autres, frissonnants, mal à l'aise. Elle dévisagea longuement chacune des petites physionomies. Il lui semblait reconnaître des personnages familiers. Les mêmes bouilles, les mêmes expressions renaissaient à chaque génération. Il y avait le rouquin qui lui lançait des pierres autrefois, le grand costaud qui avait voulu la culbuter dans un fossé à la sortie de la ferme collective et aussi le blondinet qu'elle avait fait mine de prendre pour amoureux, en attendant le retour d'Edgar. Et, un peu à l'écart, elle remarqua une petite fille aux cheveux de paille qui ne savait pas encore qu'elle serait belle et qui avait peur. Elle alla la chercher, la prit par la main, déclenchant des murmures hostiles chez les autres. Rien, décidément, n'avait changé.

Ludmilla plaça la petite fille au premier rang et se recula pour dire quelques mots à tout le groupe. Elle expliqua qu'ils étaient libres de courir où ils voulaient, de manger ce qui leur ferait plaisir et même de grimper dans les combles du château. Mais elle ajouta, en jetant un coup d'œil sans équivoque vers la petite fille, qu'elle ne voulait voir personne pleurer.

Les mots, dans sa langue maternelle, sortaient difficilement car elle avait perdu depuis longtemps l'habitude de la parler. Les enfants avaient saisi l'essentiel. Ils s'égaillèrent dans la cour en criant joyeusement.

Ingrid et moi étions en train d'arriver à notre tour, avec Louis et Adèle. Je proposai d'assurer sur le perron l'accueil des invités et Ludmilla retourna auprès d'Edgar, avec sa fille.

Mon offre était assez imprudente car je me rendis vite compte que je ne connaissais pas la plupart des arrivants. Heureusement, je m'étais déjà intéressé d'assez près à l'histoire de ceux que j'appelais mes beaux-parents (quoique nous ne soyons pas mariés). Si les visages ne me disaient rien, les noms me permettaient de situer à quelle strate de leur vie se rattachaient les divers convives.

Parmi les premiers, je vis approcher un petit homme voûté, ravagé de tics, qui cherchait Ludmilla avec un empressement désespéré. Je lui indiquai les salons et il s'engouffra dans le vestibule de toute la vitesse de ses petites jambes. C'était le baryton Viktor.

Je ne m'attardai guère aux gens plus jeunes, qui avaient dû connaître les mariés récemment. Avocats, assureurs, financiers s'avançaient avec aisance et semblaient considérer comme normal d'avoir été invités. Sans doute ne voyaient-ils pas non plus ce que cette fête pouvait avoir de particulier et, en somme, de tragique.

Ceux qui, en revanche, suscitaient mon attention étaient les plus âgés ; un peu perdus, ne sortant à l'évidence plus guère de chez eux, ils appartenaient à d'autres mondes et leur timidité craintive éveillait ma curiosité. J'allais vers eux et tentais de savoir qui ils étaient. C'est ainsi que je repérai un couple de contemporains d'Edgar, quoique plus éteints et d'allure plus modeste. Leur nom ne me dit rien mais une vague ressemblance avec des jeunes gens aperçus sur une photo me fit hasarder des prénoms : « Nicole ? Paul ? » Je vis leurs visages s'illuminer. « Vous nous connaissez ? » Ils étaient tout joyeux et se sentaient d'un coup moins perdus. « La Marly. La traversée de l'URSS. Oui, je connais un peu tout cela… » Ils me serrèrent la main avec reconnaissance et allèrent rejoindre les mariés d'un pas plus assuré.

Certains des véhicules qui déposaient les invités devant la grille, à l'autre extrémité de la cour, tranchaient par leur luxe. D'une limousine noire sortit une femme très maquillée que tout le monde dévisagea avec respect, en la prenant pour une actrice. C'était Denise, l'agent américain, retirée des affaires mais qui continuait de fréquenter le monde culturel new-yorkais. Je savais que Ludmilla avait tenu à l'inviter et j'étais heureux pour elle qu'elle eût fait le déplacement.

Un autre personnage impressionnant fit son apparition, en sortant avec majesté d'une Mercedes aussi polie qu'un miroir. Son costume de prix, ses manières de grand seigneur mais aussi ses regards fouineurs par en dessous me fournirent des indices pour le reconnaître. Je ne m'attendais pourtant pas à ce qu'Edgar l'eût invité et encore moins à ce qu'il eût accepté. Sa présence en disait long sur la comédie des sentiments et la complexité des attachements humains. C'était le banquier Michel Louarn, le compagnon d'Edgar dans la réussite et l'artisan de sa perte. Il faut croire que les affrontements et même les coups bas, quand ils émaillent la relation de toute une vie, produisent entre ceux qui se sont déchirés un lien tout aussi fort que la douceur et les bienfaits.

J'étais curieux quand même de savoir comment se passeraient les retrouvailles et j'accompagnai le banquier jusque dans le grand salon où Edgar était assis. Les deux anciens complices s'aperçurent de loin. Je les vis se figer, surpris, se jauger comme des coqs, délibérer un instant en eux-mêmes. Puis Edgar se leva et ils se donnèrent une accolade émue, souriant et pleurant à la fois, sur le temps passé et sur celui qui reste, sur les espoirs partagés, les trahisons subies, l'amitié.

Entre-temps, Mathilde était arrivée et s'était faufilée toute seule jusqu'à Ludmilla. Je ressortis me placer aux avant-postes. Une heure durant défilèrent des personnages bien différents, qui incarnaient chacun un moment dans la vie des maîtres de maison. Je découvris Laureau, l'ancien patron de l'éphémère entreprise de faussaires, Champel, devenu veuf et qui se souvenait d'avoir confié sans y penser à Edgar la recette des hôtels qui lui avaient apporté le succès. Villebois, le directeur d'opéra qui avait donné malgré lui l'occasion à Ludmilla de connaître son premier triomphe dans *Aïda.* Il assumait désormais ses inclinations et apparut au bras d'un jeune Américain qu'il me présenta comme son compagnon. Plus surprenant encore, je fis les honneurs de la maison à une juge retraitée dont le seul titre à être invitée était d'avoir prononcé deux fois le divorce des futurs mariés.

Je me demandais si, en ce jour de pardon, je verrais apparaître Rick. J'ai su par la suite, en allant le voir à Marrakech, qu'il avait bien été invité. C'est lui qui avait refusé. Quand il me l'avoua avec tristesse, je compris que cette dérobade suscitait en lui plus de regret que toutes ses trahisons passées.

Finalement, vers midi, deux cents personnes environ faisaient bourdonner la cour et les pièces de réception. Des serveurs circulaient en présentant des plateaux d'apéritifs. Un maître d'hôtel en veste noire commença à diriger les invités vers les tables. Les places n'étaient pas nominatives et chacun pouvait choisir la sienne. Seule la table centrale était réservée pour Ludmilla, Edgar, Ingrid et moi, nos enfants, Mathilde et un dernier convive qui fut amené par le maître d'hôtel : c'était Louarn. Les voix joyeuses des invités résonnaient sur les murs du château puis se perdaient dans l'espace ouvert du ciel d'été. Je regardai le menu posé sur les tables : il n'était indiqué nulle part qu'il s'agissait d'un mariage. En discutant avec Louarn, j'avais compris que ce motif ne figurait pas sur l'invitation. Cela devait ajouter à la perplexité de nombre des participants. La plupart ignoraient pourquoi Ludmilla et Edgar les avaient réunis.

Le service de l'entrée apaisa ces inquiétudes et fit baisser le niveau sonore. La dégustation de langoustines préparées avec des herbes et une purée de céleris ramena le calme dans des âmes qui, d'ailleurs, n'étaient guère tourmentées. Le vin venait en voisin depuis les coteaux de Saumur. La magie de l'endroit opérait. Un délicieux bien-être se répandait parmi les convives. Le charme du lieu, le hasard des places choisies à table, un lien plus ou moins étroit avec Ludmilla et Edgar rapprochaient des inconnus, déliaient les langues, mettaient de la gaieté dans les cœurs. Après l'entrée, les serveurs apportèrent le plat de résistance, des cailles rôties servies avec de la purée de brocolis. Le brouhaha des conversations augmenta d'autant. Il était en train de retomber peu à peu quand un verre tinta, imposant le silence autour des tables. Des « chut », au fond de la cour, firent taire les enfants ukrainiens qui n'avaient pas cessé de se chamailler.

Enfin Edgar, avec difficulté, se mit debout et marcha jusqu'à un micro disposé derrière lui sur un pied.

— Mes chers amis, commença-t-il d'une voix rauque, lasse, presque inaudible.

Il s'arrêta et regarda tout autour de lui. C'était un regard troublant, d'autant plus qu'Edgar, après ces premiers mots, restait muet. On avait l'impression qu'il emplissait son esprit des visages qu'il avait devant lui, comme un voyageur qui considère tous les objets qu'il va emporter dans sa valise. Il acheva ce panoramique en se retournant et en fixant avec un étrange sourire les spectateurs qui se tenaient derrière lui.

Puis il fit de nouveau face au micro et, avec une diction laborieuse, il dit :

— Ludmilla et moi-même vous sommes profondément reconnaissants de vous être déplacés aujourd'hui.

Son visage était livide et moite. Sa main droite tremblait.

— J'irai vite, reprit-il, un peu intimidé par le silence qui s'était fait autour de lui. Aujourd'hui est une fête. D'abord une fête. Seulement une fête.

Cette entrée en matière se voulait aimable et plaisante. Mais le ton d'Edgar, sa voix rauque, quelque chose de forcé et de pénible dans son expression jeta un froid dans l'assistance.

— En fait, nous devons vous présenter des excuses. Nous aurions dû vous donner le motif de cette fête. Nous ne l'avons pas fait parce que vous auriez peut-être pris peur. Ou peut-être vous seriez-vous moqués de nous. Ou les deux.

Pris d'une idée soudaine, Edgar saisit le micro et le détacha de son pied. Ainsi libéré, il s'avança jusqu'à Ludmilla, se plaça derrière elle et posa sa main libre sur son épaule.

— Cette fête est un mariage. Voilà. C'est dit, vous pouvez rire maintenant.

Mais quelque chose dans sa voix et dans la posture du couple donnait plutôt envie d'attendre la suite et de rester grave.

— Oui, je sais, poursuivit Edgar. Et vous le savez aussi. Nous avons beaucoup pratiqué le mariage. Trop sans doute. Si l'on fait le compte, celui-ci sera le sixième.

Ludmilla eut à ce moment-là un large sourire. Son expression à la fois amusée et radieuse détendit l'atmosphère. On entendit échanger quelques commentaires à voix basse. Edgar se mit au diapason de cette gaieté.

— Nous avons eu affaire à tous les corps de métier qui s'occupent de mariage, de près ou de loin : maires, consuls, notaires, juges, avocats, prêtres et même… détectives privés. Je les remercie tous pour leur dévouement.

Des rires fusèrent. La tension du début s'échappait en exclamations joyeuses. Edgar profita de cette agitation pour s'asseoir. Je voyais qu'il était à bout. Il passa le micro à Ludmilla. Elle ne s'y attendait pas mais se leva à son tour et improvisa.

— Comme l'intervention de tous ces personnages ne nous a pas tellement réussi, nous avons décidé cette fois-ci de nous en passer.

Je ne l'avais jamais entendu parler en public. Sa voix de soprano, bien posée et puissante, s'éraillait et devenait un peu sourde quand elle n'avait plus le support de la musique.

— Nous avons réfléchi à la manière dont nous devions nous y prendre. Vous me direz qu'il était temps.

On voyait qu'elle cherchait ses mots. Elle n'avait pris la parole que pour soulager Edgar. Maintenant, il se sentait mieux. Il lui fit signe et reprit le micro mais resta assis.

— Nous nous sommes demandé, dit-il, devant quelle autorité nous devions nous présenter pour que notre union soit solide. Dieu ? Il est bien affaibli, de nos jours. Certains y croient encore mais plus personne ne le craint. Songez à la terreur qu'il inspirait au Moyen Âge… On pouvait lui faire confiance à l'époque. Mais aujourd'hui ?

Il y eut des sourires. Pourtant, quelques-uns parmi les vieux amis de Ludmilla et d'Edgar faisaient grise mine. On sentait qu'ils n'appréciaient guère cet humour aux dépens de Celui dont ils espéraient le salut.

— La loi ? continua Edgar. Le divorce est devenu désormais une formalité. Le mariage n'a plus rien de contraignant. Nous ne nous en plaignons pas. Nous avons été en la matière de gros consommateurs…

Les petits Ukrainiens, qui attendaient le dessert et ne comprenaient pas un mot de ce discours, avaient de plus en plus de mal à se tenir tranquilles.

— Bref, nous sommes arrivés à la conclusion que la seule autorité à laquelle nous avions envie de nous en remettre, c'était nos semblables, nos frères humains, nos amis. Vous.

Il laissa passer un temps puis conclut :

— C'est à votre garde vigilante que nous allons confier notre serment.

Il tendit de nouveau le micro à Ludmilla. Elle le saisit cette fois avec plus d'assurance. On sentait que cette partie de l'intervention était préparée pour elle.

— Et la cérémonie, nous allons la conduire nous-mêmes. À force, nous connaissons les paroles. Nous n'avons besoin de personne. Ce sera plus facile et plus rapide.

Elle se mit debout et Edgar l'imita.

— Je vais maintenant demander aux témoins de se présenter.

Mathilde se leva et déclina son identité. Puis Edgar me fit un signe. Personne ne m'avait prévenu. J'hésitais. Il était impossible de refuser. Je me levai à mon tour et bredouillai mon nom dans le micro.

Ensuite, tour à tour, les mariés se demandèrent leur consentement et se répondirent un « oui » sonore. C'était d'une simplicité confondante. Pourquoi, en effet, y aurait-il eu besoin de quelqu'un d'autre ?

Ils échangèrent les anneaux, de fines tresses d'acier sans valeur comme celles que portaient les femmes romaines quand elles avaient fait don de leurs bijoux d'or pour soutenir la République en guerre. Puis ils s'embrassèrent.

Ce n'était pas un baiser fougueux, impudique, comme en échangent de jeunes épousés impatients de se découvrir. Ce n'était pas non plus le baiser convenu d'êtres calmés dans leurs ardeurs et détachés de la chair. C'était une longue étreinte, déchirante de tendresse et de douleur, le symbole, pour tous ceux qui en étaient les témoins, de ce que la condition humaine recèle de plus tragique : l'amour à l'épreuve de l'ultime séparation. L'éternité du sentiment et la finitude des corps.

Viktor, à cet instant, par une fenêtre grande ouverte du premier étage, entonna a cappella, le *Tuba mirum* du *Requiem* de Mozart.

L'assistance retint ses larmes. Puis Ludmilla et Edgar reprirent contenance et sourirent. Les applaudissements éclatèrent de toutes parts.

Alors, comme deux acteurs au finale d'un opéra, ils marchèrent lentement vers le château et disparurent à l'intérieur sous les vivats.

Tout avait été préparé pour qu'après cet intermède plein d'émotion la fête reprenne un cours joyeux. Un orchestre reggae s'était installé discrètement. Il se mit à jouer et l'auditoire, comme un chien qui s'ébroue, secoua les dernières gouttes de mélancolie que la petite cérémonie avait fait pleuvoir. L'arrivée du dessert, un gigantesque gâteau au chocolat, acheva d'éloigner les mauvaises humeurs.

L'après-midi était déjà bien entamé. Des couples se mirent à danser un peu partout dans la cour, dans l'orangerie et même à l'intérieur du château. Ludmilla resta auprès d'Edgar qui faisait de gros efforts, malgré l'épuisement qui le gagnait, pour paraître souriant et attentif. Tous les invités voulaient les voir, se réserver un moment avec eux, parler du temps passé. Ingrid s'était installée près de ses parents. Elle tenait la main de sa mère, observait Edgar avec inquiétude. Il était à bout de forces mais elle n'avait pas le cœur de mettre fin à la procession. Car c'était toute leur vie qui remontait et prenait vie dans ces visages.

Vers 6 heures, le ciel s'obscurcit. D'épais nuages hâtèrent le crépuscule et bientôt crevèrent. L'orage éclata, annoncé par des coups de tonnerre de plus en plus proches. Les serveurs n'eurent pas le temps de débarrasser les tables, encombrées d'assiettes à dessert, de bouteilles et de tasses à café. Les convives se réfugièrent en courant dans les communs. Blottis dans l'embrasure des portes-fenêtres, les invités trempés se mirent à contempler la cataracte de pluie qui s'abattait sur la fête.

Profitant de la confusion, Ingrid et Ludmilla soutinrent Edgar et le firent monter à l'étage. Elles l'allongèrent sur un grand lit. Il s'endormit presque aussitôt.

Je retrouvai Ingrid en bas un peu plus tard. Les plus vieux parmi les convives s'étaient enfuis dès l'orage terminé. Les autres s'étaient remis à danser dans l'orangerie, au son d'un orchestre de rock qui avait été préparé pour prendre le relais des Jamaïcains.

L'averse avait fait chuter la température d'un coup et il n'y avait plus grand monde dehors.

Ingrid saisit ma main et m'entraîna du côté du jardin. Je la tenais par la taille et elle se serrait contre moi. Nous marchâmes jusqu'à la lisière des bois. De là, le château apparaissait minuscule, écrasé par le ciel de Touraine qu'éclairait un reste de jour.

— Il dort, murmura Ingrid. Il va mourir.

Elle sanglota contre mon épaule. Puis, soudain,

elle se recula, me regarda et répéta la même phrase, qui prit une autre tonalité.

— Est-ce qu'il va mourir ?

— Pas aujourd'hui. Je ne crois pas.

Elle se serra de nouveau contre moi. Je caressai ses cheveux trempés par la pluie.

— Mais c'est vrai : il est malade. Je pense qu'il faut s'y préparer.

— Je sais.

Nous restâmes silencieux puis Ingrid se remit en marche, sans lâcher ma main.

Nous avons fait le tour des bâtiments et nous sommes revenus par la cour. Le traiteur avait renoncé à débarrasser et préférait revenir le lendemain. Nous nous sommes assis, en égouttant deux chaises. Devant nous, les nappes trempées, soulevées par les bourrasques, formaient sur les tables comme un drapé de théâtre. Il n'y avait pas d'autres lumières que celles, lointaines, du château qui se reflétaient dans le verre brisé des carafes. Quelque part entre ces murs, les parents d'Ingrid étaient en train de jouer le dernier acte de leur vie.

— Tu sais, chuchota Ingrid à mon oreille, un mariage comme ça…

— Oui ?

Elle hésitait, non par doute mais parce qu'elle éprouvait le désir de prolonger cet instant de bonheur.

— … un mariage comme ça, je veux bien.

ÉPILOGUE

Les ciels du Berry servent de paysage à une campagne monotone. Le relief des nuages dessine des vallées bleues et les soirs d'été teintent l'horizon de toutes les couleurs qui manquent à la plaine couverte de chaumes gris, brûlés par le soleil.

C'est pour revoir ces ciels qu'Edgar a tenu à être ramené dans leur maison près du canal. Il s'y est éteint paisiblement à la fin du mois d'août. Ludmilla, après sa mort, a décidé de rester dans cette maison isolée. Ingrid et moi avons tout essayé pour la faire venir en région parisienne et la rapprocher de nous. Elle a toujours refusé. Nul n'a jamais su ce qu'elle faisait de ses journées. Je pense que le rêve, peu à peu, avait fini par envahir son esprit. Elle retrouvait, avec l'âge, la compagnie des songes qui avait marqué sa première jeunesse en Ukraine et l'avait protégée de la souffrance et de la solitude.

C'est à cette période que je commençai à rédiger ce récit. Je rendis de fréquentes visites à Ludmilla. J'y voyais un moyen de m'imprégner de cette histoire et aussi de compléter mon enquête.

Elle répondait à mes questions d'assez mauvaise

grâce. J'avais l'impression de l'importuner. Cependant, d'une visite à l'autre, il lui arrivait souvent d'apporter des compléments à ses premières réponses, preuve qu'elle y avait repensé en mon absence.

À mesure que les années passaient – et Ludmilla en vécut six après la mort d'Edgar –, elle parlait de moins en moins volontiers de lui. Je crus d'abord que cette occultation avait pour but de ne pas éveiller de souvenirs douloureux, en évoquant leurs années de bonheur et leur grand amour. Mais peu à peu, je compris que la disparition d'Edgar dans les propos de Ludmilla procédait d'une autre cause : elle ne voulait plus parler de lui *au passé*. Elle pensait à lui souvent, peut-être même constamment, et cette présence permanente lui interdisait de le considérer comme un personnage disparu. Il était toujours vivant en elle. Si elle ne livrait pas de souvenirs de lui, c'est qu'elle leur préférait une sorte de dialogue hors du temps. Edgar était un véritable interlocuteur à qui elle livrait ses pensées et dont elle obtenait des réponses. Je le compris quand je me rendis compte que, les rares fois où elle parlait de lui, elle utilisait le présent.

— Vous savez ce qu'il croit ? me demanda-t-elle un jour tandis que nous nous promenions le long du canal.

Je ne répondis pas. Elle était toute à sa rêverie et je ne tenais pas à lui rappeler ma présence.

— Il pense qu'on va se retrouver au Ciel un jour.

Elle s'appuyait sur mon bras et marchait en regardant l'eau verte du canal.

— C'est bizarre parce qu'il n'est pas tellement

religieux. À vrai dire, il n'a pas d'opinion sur Dieu, Jésus, les Évangiles, tout cela…

Des gamins à vélo nous croisaient en riant bruyamment. L'automne était chaud et il y avait des pêcheurs sur les deux berges.

— Et pourtant, il est convaincu qu'on se retrouvera au Paradis.

Elle eut un petit rire clair dans lequel on pouvait encore percevoir l'écho de sa belle voix.

— Je sais bien pourquoi il croit cela. C'est tout lui. Tout lui. Vous avez deviné, bien sûr ?

La question ne s'adressait pas à moi mais à un auditoire inconnu qui peuplait la grande salle de ses rêves.

— Non ? Vous ne trouvez pas ? C'est simple. Il croit qu'il y aura là-haut je ne sais quel type avec une barbe blanche, saint Pierre ou un autre. Et qu'en nous voyant séparés par la mort, il proposera de nous marier…

La gaieté lui faisait presser le pas. Je la sentais se porter vers l'avant, comme si elle courait à la poursuite d'elle-même.

— Ça ferait sept. Un chiffre qui lui plaît…

Nous étions arrivés près d'une écluse. Elle s'arrêta pour regarder un bateau de plaisance amarré en amont et qui attendait l'ouverture de la porte. Je comprenais que les confidences étaient terminées. Pour les prolonger, je lui demandai si elle y croyait.

Elle se tourna vivement vers moi et me toisa d'un air outré.

— Si je crois au Paradis ? s'indigna-t-elle, comme si c'était une grave insulte de la supposer si naïve.

Je craignis de subir une colère comme elle m'en réservait de plus en plus souvent. Mais elle se détourna et reprit sa marche, les yeux fixés loin devant elle. Et avec aux lèvres un étrange sourire qui n'était pas pour moi, elle murmura :

— On verra bien.

Postface

J'ai fait la connaissance d'Edgar et de Ludmilla à l'occasion d'une très ancienne lecture. J'ai reçu de ma mère après sa mort prématurée un livre illustré de clichés en noir et blanc que j'avais souvent feuilleté dans sa bibliothèque, intitulé Russie portes ouvertes. *Le texte est de Dominique Lapierre (qui écrira plus tard* Paris brûle-t-il ?, La Cité de la joie, *etc.), et les photos de Jean-Pierre Pedrazzini (qui mourra la même année en couvrant l'insurrection antisoviétique de Budapest). Ces deux jeunes journalistes (ils n'avaient pas trente ans) ont pu, en 1956, pour la première fois traverser l'URSS librement (quoique sous la surveillance discrète et étroite des organes de sécurité staliniens). Ils se sont embarqués avec leurs compagnes dans une voiture moderne pour l'époque et ont parcouru le pays.*

Enfant, je me suis longtemps rêvé en passager de cette voiture, ronde comme un vaisseau spatial, qui avait atterri sur la terre des Soviets à la manière des sondes qui abordent aujourd'hui des planètes inconnues. La différence, évidemment, est que les voyageurs, tout comme les peuples de Russie auxquels ils se mêlaient, étaient des êtres humains, susceptibles donc d'être dérangés par l'amour. Il n'y a pas de barrière que ce sentiment ne puisse rompre et on sait qu'il tire sa puissance des obstacles qui le contrarient. Faire se rencontrer Ludmilla et Edgar au milieu de ces périls, c'était les charger pour la vie d'une immense énergie.

J'ai toujours aimé les personnages solaires, positifs, même dans leurs faiblesses, habités par une force qu'ils mettent à l'épreuve d'une existence sans compromis. Ludmilla et Edgar étaient, dès leur naissance dans mon imagination, armés pour affronter les drames les plus cruels et les succès les plus écrasants. Cela m'a plu et je les ai tout de suite adoptés.

Assez vite, il m'est apparu que l'histoire de ce couple était liée à ma propre histoire. Il allait me permettre de mettre en scène des souvenirs intimes et, plus généralement, d'illustrer ce qui m'apparaît de plus en plus clairement comme un aspect caractéristique de notre époque : la vie qui s'allonge favorise non seulement les ruptures mais aussi les retrouvailles. Il n'est plus rare de voir réunis des couples qui s'étaient d'abord déchirés. Et ce processus d'éloignement et de rapprochement peut dans certains cas prendre la forme de mariages multiples entre deux mêmes personnes.

S'il faut que l'auteur apparaisse un instant derrière sa création, je dirai simplement que j'ai personnellement éprouvé ces phénomènes. Il suffit de se référer à ma biographie sur Internet par exemple pour savoir que j'ai connu plusieurs divorces et autant de mariages avec la même personne. L'avouer ainsi, c'est faire en général beaucoup rire.

Si le couple, quel qu'il soit, garde toujours pour ceux qui l'observent de l'extérieur sa part de mystère, le couple à mariages multiples constitue une énigme encore plus grande. Il est donc commode pour tout le monde de le réduire à son aspect risible. Les observateurs éludent ainsi les questions troublantes que de tels parcours suscitent en eux. Quant aux protagonistes de ces unions en pointillé, ils se dispensent, en acceptant l'autodérision, de faire l'aveu de leurs raisons profondes, de leurs souffrances intimes et de leurs bonheurs retrouvés.

Je n'aurais pas eu le courage de briser cette convention en racontant directement ma propre histoire. L'aveu, chez moi, prend toujours le masque de la fiction. En projetant sur des personnages des passions que j'ai éprouvées moi-même, je me délivre de toute inhibition, j'écarte la pudeur et accède à la liberté du créateur. Edgar et Ludmilla me permettent de préserver non seulement mon intimité mais celle de l'autre. Mais ils font bien plus : ils apportent au récit leur couleur singulière et leur force propre.

Raconter leur histoire, c'est d'abord la faire comprendre et accepter. En se bornant à compter abruptement les séparations et les unions, on reste à la surface des choses et le résultat serait une pantomime. Tandis qu'en reconstruisant étape par étape la vie de ce couple on peut donner à voir à quel point ses déchirements et ses retrouvailles s'inscrivent dans une logique, je dirais presque une nécessité.

Ce qui pourrait paraître saugrenu dans un résumé hâtif devient ainsi compréhensible et même désirable. La mécanique du destin génère de façon irrésistible ces moments tragiques ou heureux. Sur le temps long, le couple apparaît comme le produit sans cesse changeant d'influences multiples, de prises de conscience et d'incapacité à communiquer, de chutes et de relèvements, de transformations intérieures et de contraintes sociales.

C'est la vie tout entière, en somme, qui est livrée au lecteur, à travers non pas un seul individu (comme il est d'usage en ces temps de « particules élémentaires ») mais deux.

À cela s'est ajouté pour moi le bonheur d'évoquer en suivant ce couple l'histoire pleine de poésie et de tumulte de cette seconde moitié du XXe siècle. Ce n'est pas sans nostalgie que j'ai refait avec Ludmilla et Edgar le parcours qui mène des ruines de l'après-guerre à notre monde contemporain, à travers les Trente Glorieuses et les crises qui ont suivi.

Ce fut une période d'une exceptionnelle richesse au cours de laquelle on a vu naître un monde nouveau. Des personnalités d'exception ont traversé ces années et y ont laissé leur légende. De la Callas à Bernard Tapie, on retrouvera dans la vie sublimée d'Edgar et de Ludmilla l'écho plus ou moins assourdi de ces phénomènes. Aucune de ces références ne constitue à elle seule un modèle : Ludmilla comme Edgar sont uniques et, s'ils évoquent d'illustres contemporains, c'est sans en être pour autant les doubles.

L'essentiel, de toute façon, n'est pas là. Ce récit est d'abord un conte.

Je l'ai écrit avec un seul espoir : faire aimer ces êtres comme ils se sont aimés eux-mêmes et surtout les comprendre. Ce qui fait leur prix à mes yeux, c'est d'avoir dépassé la vision binaire du couple : soit fusionnel, soit déchiré. Et de s'être délivrés de la solution trop souvent choisie pour résoudre cette contradiction : le renoncement.

DU MÊME AUTEUR

Romans et récits

Aux Éditions Gallimard

L'ABYSSIN, 1997. Prix Méditerranée et Goncourt du premier roman (Folio n° 3137)

SAUVER ISPAHAN, 1998 (Folio n° 3394)

LES CAUSES PERDUES, 1999. Prix Interallié (Folio n° 3492 *sous le titre* ASMARA ET LES CAUSES PERDUES)

ROUGE BRÉSIL, 2001. Prix Goncourt (Folio n° 3906)

GLOBALIA, 2004 (Folio n° 4230)

LA SALAMANDRE, 2005 (Folio n° 4379)

UN LÉOPARD SUR LE GARROT. Chroniques d'un médecin nomade, 2008 (Folio n° 4905)

SEPT HISTOIRES QUI REVIENNENT DE LOIN, 2011 (Folio n° 5449 et repris sous le titre LES NAUFRAGÉS ET AUTRES HISTOIRES QUI REVIENNENT DE LOIN, coll. « Étonnants Classiques », Éditions Flammarion, 2016)

LE GRAND CŒUR, 2012. Prix du Roman historique et prix littéraire Jacques Audiberti (Folio n° 5696)

IMMORTELLE RANDONNÉE : COMPOSTELLE MALGRÉ MOI, édition illustrée, 2013 (première parution : Éditions Guérin). Prix Pierre Loti (Folio n° 5833)

LE COLLIER ROUGE, 2014. Prix Littré et prix Maurice Genevoix (Folio n° 5918)

CHECK-POINT, 2015. Prix Grand Témoin de la France Mutualiste 2015 (Folio n° 6195)

LE TOUR DU MONDE DU ROI ZIBELINE, 2017 (Folio n° 6526)

LES SEPT MARIAGES D'EDGAR ET LUDMILLA, 2019 (Folio n° 6791)

Dans la collection « Folio XL »

LES ENQUÊTES DE PROVIDENCE (Folio XL n° 6019 *qui contient* LE PARFUM D'ADAM *suivi de* KATIBA)

Dans la collection « Écoutez lire »

L'ABYSSIN (5 CD)

LE GRAND CŒUR (2 CD)

LE COLLIER ROUGE (1 CD)

CHECK-POINT (2 CD)

LE TOUR DU MONDE DU ROI ZIBELINE (1 CD)

LES ÉNIGMES D'AUREL LE CONSUL, tome I : LE SUSPENDU DE CONAKRY (1 CD)

LES SEPT MARIAGES D'EDGAR ET LUDMILLA (1 CD)

Aux Éditions Flammarion

LE PARFUM D'ADAM, 2007 (Folio n° 4736)

KATIBA, 2010 (Folio n° 5289)

LES ÉNIGMES D'AUREL LE CONSUL, tome I : LE SUSPENDU DE CONAKRY, 2018. Prix Arsène Lupin de la littérature policière (Folio n° 6676)

LES ÉNIGMES D'AUREL LE CONSUL, tome II : LES TROIS FEMMES DU CONSUL, 2019

LES ÉNIGMES D'AUREL LE CONSUL, tome III : LE FLAMBEUR DE LA CASPIENNE, 2020

Essais

Aux Éditions Gallimard Jeunesse

L'AVENTURE HUMANITAIRE, 1994 (Découvertes n° 226)

Chez d'autres éditeurs

LE PIÈGE HUMANITAIRE. Quand l'aide humanitaire remplace la guerre, *J.-Cl. Lattès,* 1986 (Poche Pluriel)

L'EMPIRE ET LES NOUVEAUX BARBARES, *J.-Cl. Lattès,* 1991 (Poche Pluriel)

LA DICTATURE LIBÉRALE, *J.-Cl. Lattès,* 1994. Prix Jean Jacques Rousseau

Composition Nord Compo
Impression Maury Imprimeur
45330 Malesherbes
le 25 août 2020.
Dépôt légal : août 2020.
Numéro d'imprimeur : 244461.

ISBN 978-2-07-287501-4. / Imprimé en France.

360617